烟凉
著

# 铁血盾牌

## 烈日危局

IRON BLOOD SHIELD

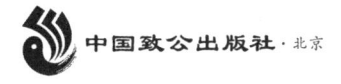

中国致公出版社·北京

图书在版编目（CIP）数据

铁血盾牌：烈日危局 / 烟凉著. -- 北京：中国致公出版社，2024.1
ISBN 978-7-5145-2107-8

Ⅰ. ①铁… Ⅱ. ①烟… Ⅲ. ①长篇小说－中国－当代 Ⅳ. ① I247.5

中国国家版本馆 CIP 数据核字（2023）第 038098 号

**铁血盾牌：烈日危局 / 烟凉 著**
TIEXUE DUNPAI:LIERI WEIJU

| 出　　　版 | 中国致公出版社 |
| --- | --- |
|  | （北京市朝阳区八里庄西里 100 号住邦 2000 大厦 1 号楼西区 21 层） |
| 发　　　行 | 中国致公出版社（010-66121708） |
| 责 任 编 辑 | 贺长虹　雷　琛 |
| 责 任 校 对 | 魏志军 |
| 封 面 设 计 | 天行云翼 |
| 印　　　刷 | 凯德印刷（天津）有限公司 |
| 版　　　次 | 2024 年 1 月第 1 版 |
| 印　　　次 | 2024 年 1 月第 1 次印刷 |
| 开　　　本 | 710mm×1000mm　1/16 |
| 印　　　张 | 15 |
| 字　　　数 | 214 千字 |
| 书　　　号 | ISBN 978-7-5145-2107-8 |
| 定　　　价 | 56.00 元 |

（版权所有，盗版必究，举报电话：010-82259658）
（如发现印装质量问题，请寄本公司调换，电话：010-82259658）

# 目　录

第一章　　坚定信念 / 1

第二章　　顺藤摸瓜 / 11

第三章　　胸有成竹 / 21

第四章　　始料未及 / 29

第五章　　大海捞针 / 36

第六章　　一网打尽 / 46

第七章　　以逸待劳 / 51

第八章　　大惊小怪 / 59

第九章　　人无完人 / 70

第十章　　来龙去脉 / 79

第十一章　　概不知情 / 89

第十二章　　心生敬佩 / 99

第十三章　　濒临崩溃 / 109

第十四章　　训练有素 / 119

第十五章　　山雨欲来 / 126

第十六章　　厮混一起 / 137

第十七章　　恪尽职守 / 147

第十八章　　遭受重击 / 153

第十九章　　决绝赴死 / 161

第二十章　　惺惺相惜 / 174

第二十一章　　手段残忍 / 186

第二十二章　　一把好手 / 198

第二十三章　　时光流逝 / 211

第二十四章　　烈日危局 / 223

# 第一章　　坚定信念

雨滴敲打着窗外的广玉兰，让人生出隐隐困意，飞机低空飞行的声音划过耳际，紧接着嘈杂声变得真实起来。距离实习结束已经有半月了，日常接触的大多是琐碎之事，并无激动人心之处，与第一天涉足此行的心情相比，而今多了一些理智与沉稳。就如同临床医学，即便在学习与实习时取得过优异的成绩，但是真正面对患者的时候，还是需要跟随有经验的医生不断地进行历练，直到能够亲自操刀为止。所谓的成长也是如此，热情不是一个严谨的工作态度，亦不是一个刑警所具备的工作态度。

王焕觉得，现在的自己需要不断地沉淀。刑警职业，心态是第一位的，战胜恐惧倒是其次的，更多的是要有足够强大的内心，去面对罪犯。许多罪犯往往能言善辩，而在这个社会上，间接参与犯罪者比直接参与犯罪者更可怕。所以，王焕需要不断地在心中重申"正义"二字，这是铁一般的原则，不能有丝毫的动摇。

另外一个需要面对的问题就是热情的消退。每一种职业均是如此，刑侦也一样。工作时并非电视剧中演绎的那样，每日如一个大英雄。在现实中，最常遇到的事情，往往超出自己的想象。不过王焕一直在等待着一个机会，一个将自己所学的刑侦知识运用起来的机会。

今日是例行歇班，王焕昨日便计划假期要去动物园逛逛，他最喜欢的就是大型食肉动物，比如老虎和狮子。在王焕看来，这些食物链顶端的动物有着与生俱来的高贵，它们的生存法则更是纯粹而简单——胜者为王。

但不巧的是，清晨起来便发现下雨了，打开纱窗能感觉到带雨的凉风。如果去动物园，那些动物大概都在打瞌睡，因此行程取消，变得无事可做。整整一天，王焕都在床头复习功课，累了便用手机观看新闻，偶尔会评论几句，有时也会觉得无力，因为在众多评论当中不乏高谈阔论者，他们以单一的视角来表达自己对某个案件的看法。从常人的角度看，那些推理不得不说十分缜密，但是从王焕的角度看，其实漏洞百出，带着太多演绎色彩。王焕记得曾有一个老刑警将破案比喻成织毛衣，真相是一点点拼凑出来的，即便是那种一眼能看破的案件也是如此。相比于案件本身而言，案件背后的动因是更重要的。从这个角度上来说，刑侦又仿佛是一门经验之学。

"现在的世界还真是危险啊！"王焕感叹道，视线停留在手头的那条新闻视频上，内容是我国某商人在非洲某小国被残忍杀害，但是凶手一直下落不明。在视频中，王焕便发现，那些黑人警察犯了不少的常识性错误。

"不必苛求。"王焕又如此说道。回望我国，以法治国的历史源远流长。愈是如此想，愈是心潮澎湃。

下午五点四十左右，电话铃声响起。王焕拿起手机一看，只见屏幕上赫然出现"师父"两个字。他腾地从床上坐起身来。倘若说话的姿势不对，电话那头的人都会敏锐地觉察到。他深吸一口气，平稳自己的气息，而后按下接听键。

"师父。"短暂停顿，以表示微微的疑惑，却不失礼貌，而后答，"有什么事吗？"

"今晚有空吗？"江旭的声音深沉而厚重。

这让初出茅庐的王焕有些微微的紧张感，有些人天生能给周围的人带来压力，而江旭便是如此，尤其是他那一双能够洞察真相的眼睛，令人不敢直视。

江旭是东山警局的老刑警，之前局里一个喜欢古文字的新人警察给他取过"钩距之仙"的雅号。对于这个称号的来历,新人王焕自然也是好奇的,这个"之仙"二字,容易理解,应该是这个行业内的翘楚的意思,只是"钩距"两字不太容易理解,为此王焕特地查阅了资料,终于在古籍中发现了一些线索。

在《汉书·赵广汉传》中有这么一句话:"广汉尤善为钩距,以得事情。钩距者,设欲知马贾,则先问狗,已问羊,又问牛,然后及马,参伍其贾,以类相准,则知马之贵贱不失实矣。"

然后底下有古人做的注,其中有颜师古的注,他是引晋灼的话,说的是:"钩,致;距,闭也。使对者无疑,若不问而自知,众莫觉所由以闭,其术为距也。"

查阅到此,疑惑算是解开了。这所谓的"钩距"应该就是推理之意,只是在古代被叫作钩距而已。如果直接呼作"推理之仙"似乎太过浅白,而用"钩距之仙"则给这个称号加上了一抹奇幻的色彩,如此一来与其人近仙的感觉吻合。不得不说,当时为江旭定这个称号的人费了不少的心思。

早在实习的时候,王焕便分在江旭所在的小组,转正之后,王焕竟又戏剧化地分在了江旭所在的小组,不得不说是缘分了。江旭也对这新来的小伙子印象不错,将王焕收编进自己的小组,可能也是出于惜才的原因。

"有空啊,师父。"王焕说道。刑警这一行,亦是师父带徒弟,所以王焕称其为师父,一来是为了表示自己的尊敬,二来也是为了表示对江旭的崇敬。钩距之仙这个名号并不是吹出来的,而是依靠老江的本事一点点地积累出来的。这几年老刑警江旭连破悬案,让不法分子闻风丧胆,不得不说这个名号实至名归,王焕也是发自内心地崇拜电话那头的江旭。

"今晚六点十五,玉玑山路,梧桐树酒馆,跟你聊聊。"江旭的话语不多,但是不知为何,王焕总能从他的声音中听出命令的味道。

"好的。"王焕回答。而后对方挂断,此时钟表上的长指针停留在四十五分的位置。还有三十分钟,王焕赶紧换了衣服,匆匆出门。

六点，正值下班高峰，路上堵车，街上的汽车排成条条长龙。王焕不断地催促着出租车司机，但是车流经过一个学校路段，接送孩子的车辆将行车道的大半占领了，而前方又恰是一个十字路口，红灯会持续近两分钟，更是加重了这个路段的拥堵。江旭特地选择这个时间、这个天气让王焕出门，其实有其用意，他想看王焕能否在半个小时之内顺利赶到。这已不是江旭第一次用这样的手段为难手下了。

作为一个刑警，应该对城市的所有道路情况都了如指掌。很多时候，警察是需要与时间赛跑的，有时候早一分钟就可以挽救一条生命。现实毕竟不是条件都设置好的数学题，现实中充满着偶然。江旭之所以如此，也是为了让新人知晓现实情况之复杂，如何在规定时间内到达目的地，也是一个好警察的必修课。

"不行，肯定来不及。"王焕喃喃道，"师傅，从这里到梧桐树酒馆最近的路怎么走？"

出租车司机愣了愣，回答："这就是最近的路了，现在这个时间点，哪里都堵车。"

"我是说步行，或者是骑自行车。"王焕从钱包里掏出五十元钱递给司机。

"小伙子，这么赶时间，是去跟女朋友约会吧？"司机见王焕一脸着急的样子，调侃道。

"不是约会，是任务，求求师傅了。"王焕的好胜心被激起了，其实下雨、道路堵车都可以作为迟到的理由，但是一想到这是师父江旭给自己的考验，就有一种不能输的冲动。

"近路是有，看见前面的学校了吗？"司机师傅不慌不忙地找着零钱说道，"这是学校的东门，从这里进去，找到北门出去，然后左拐，看到第一个红绿灯，然后右拐五十米的样子就到了。你们小伙子有力气，如果跑步的话，十分钟就可以到。"

王焕眼前一亮，果真有近路。接过零钱之后，他数也没数便冲出了计程车，从学校大门进入后直朝北门方向奔去。

## 第一章　坚定信念

学校的规模不小，现在正值学生放学时间，因此王焕只能跑跑停停，但即便如此，也比乘车绕过学校要快很多，毕竟从学校穿过大约少一大半的路程。王焕用了六分钟的时间穿过学校，按照司机的指示，朝左拐，全速奔跑两分钟后，看到第一个红绿灯，然后右拐，这时已经可以远远看见梧桐树酒馆红色的吸塑灯箱了。只见一个高大的身影在酒馆门口撑着伞抽烟，看那人的身形，不是别人，正是江旭。

王焕对了一眼时间，放慢了脚步，准备在六点十五分准时出现，在此之前就让师父在那等一会儿吧。

六点十五分整，王焕从酒馆的拐角处走出来，这时江旭正扔掉手中的烟头，身体微微前倾，似乎正要转身回酒馆的样子，但是在转身的瞬间，视线正好落在王焕身上。即使这位老刑警用可怕的镇定掩盖住自己内心的欣喜，但是王焕还是看到了他眉间那一抹似有若无的笑意，自己无疑是完成任务了。

江旭微笑，抬着手表笑道："六点十五，准时。从你小区到这里要经过六个街区，一共五个红灯，我给你打电话的时间是五点四十五，也就是说你在五十左右出门，三十分钟是怎么赶到的？"

王焕长舒一口气，原来这真的是老刑警江旭给自己出的一道题，如果不是自己不按套路出牌的话，恐怕现在已经被江旭批评了。

"师父，这您就不用多问了，只要我能准时出现就证明我有办法在三十分钟内到达。"王焕颇为得意。

江旭笑道："这次是给你的一个考验，也是给你的一个提示。要知道现在很多犯罪分子往往都是高智商的，他们经常会利用时间差作案，刻意误导侦查方向，我故意如此，也是为了告诉你这点。高明的罪犯往往不会采取常用的手段，你需要一些新的破案思路，刑侦这行是需要与时俱进的，你懂，罪犯也懂，所以我们必须比他们懂得多。"

江旭说得很有道理，但是王焕觉得江旭这话未免有些夸张，他说道："其实刑侦就是设谜与解谜的过程吧。"

"可以这么说，但是也不尽然，有些案件谜底已经昭然若揭，但是没有证据，依旧不能抓捕罪犯。"江旭说道，"我倒喜欢把刑侦比喻成雕刻，我们需要一点一点细细推敲，才能使真相显露。"

"这个思路很新颖，第一次听说把刑侦比喻成雕刻艺术的。"王焕说道。

江旭轻声笑道："你现在最需要的就是非常人思路。"

"非常人的思路？"王焕有些不理解。

"对，非常人的思路。"江旭笑道，"先上楼，慢慢聊。"

梧桐树酒馆二楼，两人在靠窗位子坐下，江旭点了啤酒与烧烤，夏季的雨天如此搭配再合适不过了。然后他将菜单推给王焕说道："我的菜单很简单，看你的，记住这不是白请客，所以你也不要客气。"

老刑警江旭总是一副严肃的表情，说话方式也与常人不一样，换作常人往往会感到压力，不愿意与这样的人共事。但是深入了解他之后，会发现老刑警只是将自己的一些个人情感藏在心底。不过尽管如此，江旭对王焕的欣赏之意还是能从话语之间透露出来，他将王焕收编到自己的小组就是最好的证明。

"那我就不客气了。"王焕的笑容很大方。

啤酒、烧烤以及一些王焕爱吃的小菜肴陆续上桌。"例行干杯。"江旭端起酒杯与王焕邀酒，王焕举杯，刻意将杯子压低。

"停，把杯子抬起来！"江旭表情严肃。

王焕悻悻地将杯子抬到与江旭杯子同样的高度。

"王焕，你要记住，所谓酒桌文化很多都是我们文化中的糟粕，正因为这些文化，原本单纯的酒桌上就会衍生权钱交易，这些都是我平生最厌恶的事情。记住，你我是挡在黑暗前面的第一道防线，不要有虚伪，不要有这些套路。也许我有些借题发挥了，但是我不希望我的学生懂得这些，哪怕他被人说不礼貌。"江旭说道。

王焕突然感到一阵温暖，印象里，老刑警江旭总是沉默寡言，这次居然会破天荒地说这件事情，尤其是那句"我的学生"，让王焕感动不已。

"对了，师父，您方才说的那些非常人思路怎么讲？"王焕问道。

## 第一章　坚定信念

"我们先来讨论一个案例吧！"江旭说道。

"好。"王焕抬起酒杯邀酒，两人同时将啤酒一饮而尽。

"通常的犯罪，其起因只是一个点，也就是作案动机。那么我问你，作案的动机一般有几种？"江旭问道。

"通常情况下，是情杀、仇杀、劫财、劫色等。"王焕说道。

"不错，侦破案件的最基础步骤就是找到犯罪的动机，这样就可以顺藤摸瓜，一点点地将真相牵扯出来。"江旭往酒杯里倒满了酒，说道，"但是在现实中，狡猾的罪犯会将真实的作案动机隐藏起来，只要侦查方向出现错误，那么整个案件将会陷入一个死循环。"

王焕点点头，说道："现实中真的有这么狡猾的罪犯吗？"

江旭微微一笑道："只有你想不到，没有他们做不到，我曾经接过一起案件，是多人合伙犯罪，他们混淆了作案动机，最后将我们的思路引到罗生门上去了。"

"罗生门？"王焕来了兴趣。

"是的，现在的犯罪分子会估量犯罪的代价，因此他们会想方设法利用法律的漏洞，以及我们侦查的漏洞。有时候我们明明知道罪犯是谁，但是却没有确凿的证据进行逮捕，这是很令人头疼的。"江旭说道。老刑警在说这话的时候，似乎话里有话。

"所以干刑侦的必须有无比的耐心，还有打破砂锅问到底的态度对吧？"王焕说道。

"说得很好，要的就是你这态度。"沉默了一会儿，江旭又说道，"不过仅仅有态度还是不够的，你需要努力了解罪犯的心理。一般来说，作案手段越是高明的人，犯罪心理越与常人不同，像那些莫名其妙的杀人事件，就更是复杂了。"

"莫名其妙杀人？"但凡杀人必有因由，怎么可能莫名其妙呢？

江旭一笑道："我的意思是说杀人取乐的犯罪。这些罪犯往往心思缜密，有很高的反侦查能力，会利用各种现有的条件，更有甚者，会将犯罪现场伪造成意外，面对这样的案件，可以说是无从下手。"

王焕若有所思地点点头，又问："师父，您遇到过类似的案件吗？"

"遇到过，当年那桩沉尸案耗费了三年的时间才被侦破。当我们将凶手的犯罪思路破解后，他也没有辩解，直接认罪了。"江旭将啤酒上的泡沫喝掉，说道。

"这个世界上没有完美的东西，包括犯罪。只要你做了什么事情，就一定会留下蛛丝马迹，我们警察的工作就是与这些狡猾的犯罪分子斗争到底。"江旭继续说道。

王焕在江旭面前就像是一个小学生，觉得江旭说得十分有道理。江旭饮了一杯酒之后，换了一种语气又问道："你对死刑怎么看？"

"死刑？"这两个字对刚踏入刑侦行业的王焕来说，还是显得有些沉重。

"你觉得应该存在死刑，还是不应该存在死刑？"江旭又问道。

"我觉得死刑作为最高的刑罚，应该是存在比较好。如果没有死刑，犯罪的代价会更小，另外对受害者来说也不公平。"王焕说道。

江旭点点头，又说道："最近不少人在呼吁废除死刑，他们往往不是在黑暗第一线的人，单纯地从人道主义角度考虑问题。王焕你记住，你今后所面对的黑暗，比你想象的要罪恶一百倍、一千倍。"

王焕紧抿着嘴唇，重重地点点头。

"说个例子吧。"江旭似乎打开了话匣子，"有一次聚餐，几个老同学在一起，有律师、法官，还有警察，我们聊着聊着就聊到了死刑是否需要被废除的话题，大家的意见各异，莫衷一是，但是后来我讲了两个实例，他们都沉默了。"

王焕坐直了身体，期待着师父接下来的话。

"那是在我年轻的时候接到的一个案子。有一个男子从少年时代就开始盗窃、抢劫，成年之后变本加厉，后来因为情节严重被判刑两年。但是出狱之后他又入室抢劫，加上强奸，被判了无期。说是无期，其实是有期，只要表现好，可以减刑。那个人入狱的时候不到三十岁，出狱时也就四十出头。没想到，出狱之后的两个月，他又入室抢劫，这次不

第一章　　坚定信念

仅强奸还杀人，终于被判了死刑。"江旭深吸一口气，接着说道，"这就是所谓的迟来的正义。"

王焕深吸一口气，心中的愤怒之火被点燃。

"将那人逮捕归案之后，我与他聊了聊。我问他出去之后为什么不好好做人，要干这种事情，他的回答让我震惊。他说他出去都已经四十多岁了，不会用手机，不会用电脑，找工作没人要，也不想一辈子在工地打工，他想来想去，除了抢劫，别的都不会，所以他还是选择了犯罪。"江旭说道。

"太可恨了！"王焕握起拳头说道。

"所以，你必须坚持你的正义，将黑暗扫除干净，就算面前有万丈深渊，你也必须跳下去，这是我们警察的天职。从你踏入这行开始，你的命就不属于你自己，而是属于千千万万的人民。"

"是！"王焕坚定地回答道。

短暂的沉默，两人同时将视线转向窗外。

而后江旭打了开手机微信，点开其中的一条新闻，将手机递给王焕。

"这是？"王焕问道。

"你的第一个任务，记住，这次不是演习。"江旭双眼中充满着坚定。

王焕将视线转移到了手机上的新闻，是一起诈骗案，坐标夕阳小区。这里近一半的住户被不法分子诈骗，总金额近五十万元，这些受害者大多是老年住户，至今不法分子所在的保健品公司已经不知去向，前日东山警察局接到报警，将此案列为重点案件。

"师父，这是我的任务？"王焕有些不相信。

江旭点点头说道："是的，不过我会在背后给你提供帮助，但是这次主要是你负责，警局不可能永远由我们这群老刑警支撑，重要的是培养你们这些年轻人，这也是我邀请你出来的原因。"

王焕有些微微的激动，这是自己从事刑侦事业来接到的第一个案件，而且还是一个涉案金额如此之大的诈骗案。在接受挑战的同时，王焕觉得有一点点的压力。

"怎么了？"江旭笑着问道，"如果觉得有难度，我可以让其他人负责。"

"不不不，不是这个意思，只是一开始就接手这么大的案件，师父可是非常信任我啊。"王焕说道。

"记住，案件没有大小，人民群众的事情都是我们的事情。另外，千万不可以妄自菲薄，挑选你，也不是我一个人的意思，而是队里几个老刑警一致的要求，你可不能让大家失望啊。"

"我一定不会辜负大家的希望的！"王焕与江旭二人将啤酒一饮而尽。

## 第二章　　顺藤摸瓜

次日，仍旧落雨，东山警局的王焕与老刑警江旭二人食罢早饭，出发去夕阳小区。此时烟雨蒙蒙，汽车驶过跨江大桥，桥下来来往往的渡轮发出沉重绵长的汽笛声。王焕长望着江面，心中十分感慨，现在自己真的是一名刑侦人员了，感觉有些不真实，可能这是初次工作的新鲜感吧，就像当年考上警校一样，需要一段时间去适应。

半小时后，他们到达夕阳小区。只见小区大门口挂着红色的横幅，上面赫然写着一排大字"无良保健品，还我养命钱"。

"横幅都挂起来了，事情可不小啊。"王焕说道。

"大爷大妈的事情最难解决了，况且这次的案件涉案金额达到五十万元，不是小数目了。现在保健品公司的负责人人间蒸发，没有半点线索，只能先例行盘问，走走程序吧。这次的行动我交给你负责，可不能让我失望啊。"江旭说道。

"那是一定的。"王焕回答道。

"你现在准备一些要问的东西，我不提醒你，自己思考一下该问哪些问题。"江旭说道。

"估计这些大爷大妈知道得不多。"王焕说道。

"不论如何，都可能有蛛丝马迹。"江旭说道。

"嗯嗯，师父说得对，我们这就开始例行盘问，希望能早点找到突破口。"王焕说道。

此时只见一群老人撑着伞围堵在小区门口，与小区门前的白色雕塑显得格格不入。眼下的困难是如何劝这些大爷大妈先回去。

"大家静一静。"老刑警江旭走上前去,干咳一声,而后说道。

也许是这身警服给了人安全感,抑或是江旭的声音令人心安,那些大爷大妈立即就安静下来了。王焕朝江旭投去崇敬的目光,如何用一句话就让原本浮躁的人群安静下来,不得不说需要深厚的领导力才能做到。

"到底发生了什么事?"江旭问道。

话音刚落,一个背脊佝偻,走路颤颤巍巍的老人便在一旁开始说话了。老人带着一种浓重的南方口音滔滔不绝地说了一刻钟之后,大家实在是听不清他在说什么,王焕才礼貌地将他的话打断。

"这样吧,大家要配合我们的调查,大家选出一个代表来,跟我回警局配合录一下口供。"江旭说道。

这时一位大妈被推上前来,只见她身穿红色的罗裙,烫着时尚的头发,身上戴着首饰,一看就是家底子很厚,可能也是这次保健品诈骗案的受害者。随后,这位大妈与江旭、王焕回到了警局,具体讲述案件的经过。

"请问您的名字是?"王焕问道。

"李江海。"女人回答道。

"是本名吗?"王焕问道,他有一种直觉,这样的名字绝不是一个女人的名字。

大妈眼中闪过一丝高傲,似乎有些看不起眼前的小刑警。

"这是我老公的名字,损失的是他的财产,不是我的。"大妈漫不经心地说道。

"请说您的本名,这些都是要记录在案的。"王焕说道。说到此处,王焕又想起师父江旭教自己的说话之法。对话其实就是提取线索的一个很重要的环节,用不同的交谈方式,也许会达到不同的效果。

想到这里,王焕换了一种口吻,说道:"阿姨,我知道您在这次的诈骗案中损失很大,请相信我们人民警察并配合我们,我们一定会将大家的损失追回来,并且将犯罪团伙连根拔除。其实阿姨如果能说一些有用的信息,也是在帮助你们自己。这案件发现得早,涉案金额五十万左右,按照犯罪团伙的思路，五十万其实数目并不是很大，所以不存在携款出境的可能性，他们可能会在其他城市继续作案，如果我们能了解他们的作案风格，就能尽早为大家挽回损失。"

王焕如此一说，这大妈的脸色渐渐地转变了。王焕这一通话说下来，消除了大妈不少的疑虑，也让她有些相信眼前的这个年轻人了。

"我叫王仙岭。"大妈开口说道。

而后王焕例行公事地问了不少的琐碎问题，慢慢地进入案件的话题。

"这件事情还要从今年三月份开始说起。"王大妈陷入了回忆。

夕阳小区的住户大多是老年人。这里原本是烂尾楼，房子闲置了三年左右，后来南方的开发商来接盘，将此处改建成写字楼。但是因为写字楼的经营情况很差，后来又被开发商承包下来改建成老年公寓，仅仅一年时间，这里便住满了老人。这个世界上有两种人是最容易骗的，一种是孩子，一种是老人。因此这样一个庞大的老人聚居地，很容易被不法分子盯上，其间也有不少诈骗团伙在夕阳小区进行过诈骗活动，但是数额不大。后来这些老年人联合起来，组成了反诈骗小组，这位王大妈便是反诈骗小组中的一员。

今年三月份，陆续有一些西装革履的年轻人来小区做活动，他们推销的保健品是足底按摩器，免费试用。

"您还记得这家保健品公司的名字吗？"王焕问道。

"大成足底按摩器。"王大妈肯定地回答道。

王焕点点头，记录下王大妈的回答。

"开始是一周来一次，后来每天都会来。开始我们心里很高兴，他们还给我做家务，并且那些足底按摩器真的很好用，我自己也用过，质量很不错，的确有一些效果。"王大妈说。

王焕一听，心中不禁对这些诈骗犯有了一些新的想法。这些诈骗犯先用这些小花招取得老人们的信任。这些老人大多子女在外，自己独自在此居住，有了这些年轻人的帮助，心中自然十分开心。经过一段时间的相处，老人们的戒备心就被瓦解了。大概一个月之后，他们又开始推销新的产品，这次除了按摩器，还有一些保健药品，这些药品价格不菲，但是因为已经取得了老人们的信任，因此这次的推销非常顺利，一些一开始保持着警戒心的老人也参与了。后来这个反诈骗小组的老人反倒成了这些保健药品的推销人，王大妈也是其中之一。一传十十传百，越来越多的老人开始购买保健药品，直到他们发现这些药品是假的之后，再去找保健公司，对方已经人去楼空，连影子都不见了。这时老人才反应过来自己被骗了，然后才报警。

"那还有他们的联系方式吗？"王焕问道。

"有，但是再打过去的时候已经显示是空号了，他们明显是早做准备了，将这些号码全部注销了。"王大妈说道。

"一点线索都没有了吗？"王焕又问道。

"药品盒子上的联系方式也是假的，我们也将药品拿到专业制药公司去问过，这些药品的原料竟然就是面粉，没有任何的保健作用。"王大妈说。

"面粉？"王焕惊讶道，几盒面粉卖了五十万，果然老人的钱真的很好骗。

"是的，都怪我们当时糊涂，还帮忙宣传。我们处处提防，结果还是被骗了。警察同志可一定要帮帮我们啊，这些钱都是我们养老用的，如果追不回来，我们以后可怎么办啊！"王大妈说到此处情绪有些激动，双手敲得桌子咚咚作响。

王焕深吸一口气，渐渐觉得事态严重起来，五十万虽然金额不是很大，但是从王大妈口中能知道，这个犯罪集团是具有极高的反侦查意识的。这让王焕想起了在学校时候学到的一桩古代诈骗案。说是一个商人第一年在钱庄借了钱，然后按照规定日期归还，第二年又借了一些钱，然后又按照规定日期归还，如此取得了钱庄老板的信任，第三年再借的时候，加大了金额，但是这次借款人带着钱财一去不回了。通常的诈骗都是比较直接的，如此放长线钓大鱼的不多见，背后一定有更大的阴谋，王焕如此觉得。

## 第二章　顺藤摸瓜

"好了，谢谢阿姨的配合，您提供的信息对我们侦破案件有很大的帮助，请您放心，回家耐心等待，不要再组织叔叔阿姨们扯横幅了，这样对我们破案不仅没有帮助，而且扰乱社会治安。阿姨放心，只要是犯罪，那就一定会留下蛛丝马迹，阿姨只要耐心等待即可。"王焕注意自己的措辞，千方百计地稳定王大妈的情绪。

"那可要感谢警察同志了，我相信你们，我们一定会配合警察好好调查的，什么时候需要我们，直接说一声，这是我的电话号码。"王大妈问王焕要来一张白纸，在白纸上写下自己的电话号码并递给王焕。

王焕接了过来，将上面的号码存进手机。

王大妈走后，王焕将有效信息整理出来。首先，这个诈骗团伙用足底按摩器来做诱饵，如果能找到足底按摩器的生产商，应该能够顺利找到这些按摩器的订单方。定下主意之后，王焕又跑了一趟夕阳小区，问老人们要了一个足底按摩器。王焕一见这东西，心下一凉。没有生产日期，没有生产商，包装是一种极其朴素的风格，外包装上连图案都没有，这种东西一看就是有问题的商品，这些老人怎么会这么轻易被诈骗呢，王焕百思不得其解，其中肯定还有问题。

在夕阳小区，王焕再次询问了其他大爷大妈，他们都跟王大妈所说的差不多，这让王焕犯了难。

晚上七点，刚下班的王焕接到了女友余平的电话。

"喂！今晚有空吗？"电话那边传来余平的声音。

"可能有点忙，回去之后还要梳理案件思路。"王焕想了一会儿说道。

"一点儿时间也没有吗？"余平问道。

王焕有些犹豫。

"你现在在哪儿？我去接你吧。"王焕说道。

电话那头沉默良久。王焕在刑侦方面虽然心思缜密，但是对于如何哄女友，完全还是一个新手。

"怎么了？"王焕问道。

"没事，你忙吧。"电话那头回答道。

王焕心中咯噔一下，女孩在说没事的时候，往往证明事情已经很严重了，听到此处，他立马换了一个语调说道："我现在去接你吧。"

　　"不用，我自己回去。"余平的声音很干脆，好像随时都要挂电话。

　　"别……"王焕这话刚说出口，电话那头便挂了。

　　他抬起手机正想回拨，突然瞥见手机屏幕上显示的日期。

　　"糟了！"王焕大声说，原来今天是余平的生日！因为刚刚接手了诈骗案件，心思大多在案件的梳理上面，竟然将这件事情忘记了。王焕赶紧招呼了一辆出租车。

　　"师傅，睿智山南门，尽快，谢谢！"王焕看了一眼时间。

　　余平在睿智山某传媒公司上班，这是一家小型的新闻公司，规模虽然小，但却时常爆料不得了的新闻，当然其中也不乏危言耸听的成分。王焕曾多次劝余平不要在这样的公司上班，现在言论失当也是一种违法行为，特别是现下很多媒体报道容易将社会敏感点肆意放大，引起社会恐慌。

　　接着王焕又给余平拨打了电话，三次都被对方拒绝，可能是因为王焕的疏忽而开始闹情绪了，直到王焕在短信中提及余平的生日的时候，余平才接了电话，此时余平已经离开公司了。

　　"你已经过来了？"余平问道。

　　"是啊，很快就到。"王焕回答。

　　"但是我已经打车回家了，你过来了？"余平颇为惊讶。

　　"对啊，我很快就到了。"王焕说道。

　　"这怎么办？"余平说道，"要不我回去等你。"

　　"这……要不你就地停下，给我发定位，我让司机换方向，过去找你。"王焕说道。

　　电话那头沉默了一会儿，又说道："今晚可以陪我吗？"

　　"当然可以啊！"王焕回答得很坚定。

　　"好，就喜欢你这种态度。"余平回答。

　　而后王焕央求出租车师傅改变方向，但是因为是单行车道，只能先

## 第二章　顺藤摸瓜

到路口尽头再拐。但是到了路口，却发现一辆白色小轿车与城市公交车相撞，出了车祸。路上的车堵成了一条龙，汽车的鸣笛声此起彼伏，让人心烦意乱。这世界上有一条法则叫墨菲定律，是一种心理学效应，是由爱德华·墨菲提出的。简单而言，就是如果有两种或两种以上的方式去做某件事情，而其中一种方式将导致灾难，则必定有人会做出这种选择。墨菲定律告诉我们，事情往往会向你所想到的不好的方向发展，只要有这个可能性。

比如你衣袋里有两把钥匙，一把是你房间的，一把是汽车的。如果你现在想拿出车钥匙，会发生什么？是的，你往往拿出了房间钥匙。墨菲定律的适用范围非常广泛，它揭示了一种独特的社会及自然现象。它的极端表述是：如果坏事有可能发生，不管这种可能性有多小，它总会发生，并造成最大可能的破坏。

王焕自认为不是一个运气好的人，因此对墨菲定律十分笃信，其实有时候就是一种心态问题，比如一路上都是绿灯的话，一个人的心情就会顺畅，但是一路都是红灯的话，那心情自然会不好。人们的大脑往往对不好的事情记忆深刻，等下次再遇见红灯的时候，总以为自己经常遇到红灯，所以一般抱怨自己倒霉的人都是比较敏感的人。他们往往喜欢将偶然事件的概率放大，做事消极，久而久之，就会觉得自己运气不好。虽然王焕能用这些科学道理来安慰自己，但是面对这种情况的时候仍旧十分气愤。

"哎呀，倒霉！"王焕说道。然后他付了钱，只能小跑前行。这是他第二次绞尽脑汁与时间赛跑了。这是一座小城市，近年来由于旅游行业的发展，导致私家车数量直线上升，交通拥堵问题也日益严重，王焕在新闻上不止一次看见胖乎乎的市长说要改善城市交通拥堵的问题，但是一直到现在，还是如此。城市改造的步伐跟不上城市发展的步伐，对于这一点，不知是该高兴，还是该不高兴。

一刻钟后，王焕又拨通了余平的电话，但是迟迟没有人接听，一连打了五次都是如此。王焕看了手机上余平发来的定位，距离自己还有两公里左右，是一个叫常平公园的地方。王焕知道，那是个小型的公园，附近还有公交站，不应该没有信号。

　　警察的直觉告诉自己，余平可能遇到了危险。想到这里，王焕不禁加快了脚步，调整着呼吸。在警校，长跑训练是每日不落的项目，两公里的距离，平时训练在十分钟之内。这次，王焕只用了六分钟左右的时间便赶到了常平公园，只见公园的广场上一群大爷大妈在跳着广场舞。

　　王焕又拨通了余平的电话，电话铃声响了五次之后，忽然接通了，王焕长舒一口气，问道："余平，你现在在哪儿？"

　　这时只听见电话那头传来女人的叫喊声，随后似乎传来手机跌落在地的声音。王焕心中一惊，赶紧朝公园的山道上冲过去。公园里是盘山山路，万幸的是，公园的山道没有铺石板，而是泥土。王焕打开手机的手电筒，一路寻找脚印。因为昨天刚落雨，山道上并没有多少人走，只有稀疏的几个脚印。王焕低下头，仔细辨认有无余平的脚印。余平的脚大概三十七码，平时喜欢穿运动鞋。王焕几乎将脸贴在地上，终于在距离公园长凳一米远的地方找到了类似的脚印。朝长凳周围看去，只见泥泞的地上脚印十分杂乱，很明显发生过打斗。

　　王焕的心一下子提到了嗓子眼，不过毕竟是警察，面对这样的突发事件，心态比一般人不知要稳多少倍。王焕顺着那脚印快步地朝前走，根据脚印推测，站在余平背后袭击她的人身高应该有一米八的样子，体重较轻。当他顺着脚印跑到山腰处的时候，听见不远处的林子里传来女人呜呜的喊声。听到此处，王焕不顾一切地冲了过去，只见一个高瘦的人影将余平按在草地上。那人看见王焕，双眼中冒出凶狠的光。只见那人下眼睑发红，面色惨白，身材清瘦，似乎没有什么精神。但是面容上透着一种犯罪分子独有的凶狠，看见王焕突然冲进林子里，立即从腰间抽出一把匕首来。

　　此时天已经黑了，王焕只能一手拿着手机，一手防备着那歹徒。这空手夺白刃的功夫在警校没少学，但是老刑警江旭也说了，空手夺白刃是一种需要运气的功夫，不在万不得已的情况之下不要逞英雄。

## 第二章　顺藤摸瓜

王焕心跳加速，不得不说，心中有一些恐惧。在警校实习的时候，也曾演习过类似的情况，但是那毕竟是演习，心态上完全不是一回事。现在是真刀实枪，而且对手是亡命之徒，加上现在天黑，自己只能空出一只手来与歹徒搏斗，还要顾及余平，这难度不小。但是凡事只要心定便可以化险为夷。王焕在心中提醒着自己，千万不能乱了阵脚，否则就麻烦了。

王焕想将这歹徒引出林子，先确保余平的安全再说。想到此处，王焕与那歹徒保持着安全的距离，并慢慢往后退。

面对这种情况，能安全解决就安全解决，孙子曰："攻城为下，攻心为上。"老刑警江旭也曾说过，在与犯罪分子斗争的时候，要多与罪犯周旋，而不是以命相搏。尽量要掌握与歹徒的谈判技巧，这样往往可以事半功倍。

"喂，兄弟，你知道你在做什么吗？"王焕边往后退边说道。

"老子做什么要你管？"只见那高瘦的男子手里紧攥着黑色的匕首，声音嘶哑地说道。

随身带着凶器，应该是早就预谋好的，王焕看那人的身形和表情，似乎是个惯犯，而且看他整个人的精神状态也不太正常。

"我只是路过的，只是路过的。"王焕回答。

"路过的，你就别管！"那高瘦男子说。

"兄弟，抽烟吗？"王焕开始转移话题，从口袋中掏出小苏烟，向男子递了递。

男子微微犹豫，停下了脚步，这时他背后的余平已经站起身来，王焕用余光瞟了她一眼，似乎没有大碍，心头松了一口气。

"别动！"余平这边一有动静，那歹徒如惊弓之鸟般立马又转身朝她冲去，然后将匕首架在她的脖子上。

王焕的心一提，深吸了一口气，手已经下意识地将烟盒捏变形了。

"大兄弟，冲动是魔鬼，一定要考虑到后果啊，你现在放下匕首，什么事情都没有，相信我。"王焕深吸一口气，耐着性子说道。

"别过来！"从表情上看，歹徒已经十分紧张了。

"我不动，你也不要冲动，兄弟你一定要考虑清楚，杀人偿命，你现在回头，一点事儿也没有，相信我，先把匕首放下。"王焕说着，慢慢地朝前挪动。

"已经没办法回头了，你别逼我了！"歹徒大声说道。

"这个世界很美好，还有很多的事情需要我们去做，把眼光放长远一点。现实生活中，大家都被压得喘不过气来，但是只要我们心中乐观，很多事情都可以轻松解决的，冲动是魔鬼，不可以被冲动支配。相信我，一切都会好起来的，不要冲动，千万不要冲动。"

此时歹徒似乎有些犹豫，直直地望着王焕，然后说道："你不要报警。"

王焕点头说道："不报警，你先放开那个女孩，我保证不报警。"

歹徒缓缓地放开余平，慢慢后退。王焕朝余平使了使眼色，余平便缓缓地朝前挪。等到余平走出第三步的时候，王焕一个箭步冲上前去，将她揽在怀中。这时歹徒因为受惊，立即朝反方向逃了。

余平这才反应过来，尖叫起来，王焕紧紧抱住她，平复她内心的惊恐："没事了，没事了。"

## 第三章　　胸有成竹

夜晚，七人酒吧昏黄的灯光下，余平的脸上还挂着两道没干的泪痕。

"谢谢你。"余平说道。

"有什么好谢的？"王焕笑道，虽然表情很轻松，但还是心有余悸。如果自己当时选择直接跟歹徒硬碰硬的话，可能现在就不是这个结果了。

"谢谢你送我的生日礼物啊。"余平脸上终于露出了可爱的微笑，这种微笑如同阳光一般，让王焕内心也感到温暖。

"什么礼物？"王焕是临时才想起来今天是余平的生日的，自己也根本没有买礼物，余平却说谢谢自己，这让王焕有些惊讶。

"你救了我，难道这不是最好的生日礼物吗？"余平说道，"我终于看见了我心目中的大英雄。"

余平的眼中充满着对王焕的崇拜之情，这让身为警察的王焕感到满足。

"今天真的是十分幸运。刚才到底发生了什么事？"王焕问道。虽然歹徒已经逃跑了，但是王焕在刚冲进树林的时候，已经迅速拍下了几张照片，发给了值班警察，现在应该已经开始抓捕了吧。

"下班后，在你给我打电话之后，我便在常平公园公交站下了车。本来想在广场上等你的，但因为大妈们跳广场舞，很吵闹，所以我就去了公园里面。想着能不能捉弄你一下，就想藏在公园里的树林里面让你过来找我。但是我刚进公园的时候，就看见一个抽烟的男人朝我走过来，等我意识到危险的时候，那个男人已经从后边掐住我的脖子。我无法叫喊，然后他把我拖进了树林里……还好你及时出现了，不然……"说到这里，余平又露出了恐惧的眼神。

"没事了，记住，不论在什么时候，我都会在第一时间出现的。"王焕安慰道。

"现在女性安全问题真的是越来越严重了。"余平说道。

"所以咯，你的选择是正确的，找我做你男友。"王焕说道。

"哼，找你做男友我吃亏，每天都加班，一心扑在工作上的男人，连我的生日都忘记得一干二净。"余平说道。

"这次是我的错，我自罚一杯。"王焕说道。

"唉，算啦，既然选择了你，我就有心理准备。你可是替人民群众挡住黑暗的人啊，一想到这里，我心里就还挺自豪。"余平说道。

王焕笑道："警察是一个神圣的职业，我们就是光明使者咯！"

"哼，夸你两句你就顺着杆子往上爬了，说，为什么忘记我的生日？是不是故意的？"余平语带嗔怪。

"这不是工作太忙，刚转正，上头就给了一桩大案子，现在真的是一点头绪都没有。"王焕说道。

"没有头绪？"余平笑道，"什么样的案子会让我们的王大侦探没有头绪啊？"

"一起诈骗案，现在找不到诈骗团伙，他们的产品连在哪里生产的都不知道，联系方式也是假的，反侦查能力很强。"王焕说道。

"既然敢明目张胆地进行诈骗，那就一定想好了退路。"余平说道，"是哪起诈骗案啊，我们怎么不知道？"

"夕阳小区保健品诈骗案，前天的事情。"王焕回答。

"夕阳小区？"余平咬着下嘴唇，又说道，"要不要我明天带人去采访一下，然后写一篇新闻。"

王焕皱着眉头，轻声说道："这个，明天我去跟师父商量一下，如果可以的话，还真需要你们曝光，一个是收集线索，一个是提醒全国各地的人们，不要再上当受骗了。"

## 第三章　胸有成竹

"好的，没问题。这条新闻我要亲自撰写。对了，你们警局有类似的公众号吗？"余平问道。

"公众号？"王焕并不知道。

"就是自己的媒体平台。"余平说道。

"这个我不太清楚。"王焕回答。

"唉，算了，这事儿还是我来帮你吧。"

"说不定两天之内，你们就能收到匿名举报电话了。"余平看起来胸有成竹。

王焕笑了笑，并没有抱太大的希望。其实王焕并不知道网络媒体的力量。现在的社会，网络舆论是一股特别强大的力量，可以说无处不在。它缩短了人与人之间的距离，加强了人与人之间的沟通。针对案件来说，利用网络媒体可以很快地进行消息的散播，并且可以让群众进行监督，效率是很高的。但是网络媒体侦查除了有这些好处之外，还是有不少不足之处的，比如网络上经常存在信息不实的现象，容易误导读者，引起社会恐慌。另外犯罪分子也会利用网络进行反侦查，如果发生了这种情况，将会对正常的调查造成一定的麻烦。因此，王焕需要谨慎考虑一下，特别是要与师父江旭详细商量。

半个小时后，警局打来电话，称在常平公园出现的罪犯已经被抓捕，罪犯对自己的行为供认不讳。王焕松了口气。

"你报警了？"余平问道。

"是的，一开始就报警了。"王焕说道。

"你不是说不报警吗？"余平问道，"这样那个人以后会不会报复你？"

王焕轻轻一笑："我是警察，警察就负责抓贼，如果担心报复的话，我还做什么警察？"

"可是警察也是人啊。"余平说道。

"放心，一般人是不敢报复警察的。反而是你，你以后千万不要对别人透露半点我的身份，知道吗？"王焕说道，"刚才在救你的过程中，我需要刻意装出我只是一个路人的样子，别人不知道你我的关系，那你就最安全。罪犯往往不敢报复警察本人，因为如果报复警察的话，那就是挑战整个国家的法律了，所以他们没有这个胆量。就怕他们报复警察的家人。前段时间我看过一个新闻，在我们的边境某城市，一个缉毒警察的家人就因为路过的时候，小孩子喊了一声爸爸，被毒贩认出来，结果遭受了残忍的报复。敢报复的那些罪犯往往是穷凶极恶之人，因此手段也会特别残忍，所以，我现在反倒担心你的安全。"

余平认真地听着王焕的话，问道："真的会这么严重吗？"

"会。"王焕认真地回答道。

"那你我的关系都无法公开，地下恋情？"余平问道，"以后是不是结婚的时候，都不可以声张了。"

王焕沉默，并未说话。

余平长叹一声，又说道："我知道你的肩头有更重要的东西，我理解你，谁让我找了个大英雄做男朋友呢？"

王焕惊讶，一向我行我素的余平竟然说出这样的话来，可能是因为今晚发生的事情，让她的思想发生了一些改变吧。

警察的恋情不能像其他人那样毫无忌惮地公开，这对于一些热恋中的情侣来说，其实是很痛苦的。

不过无论如何，每一种工作都有其苦衷，比如医生，要面临作息时间极其不规律、医患关系紧张等现状，还有教师行业，看似轻松简单，但其中的难处也很少有人知晓。各行各业都不容易，珍惜当下就好了。

"你现在能理解我，我真的很感动啊。"王焕回答。

"其实平时任性都是我装的，我只是想在你面前特殊一点，想要你多关心我一点。"余平说道。

"好好好，都听你的。"王焕说道，"等有空我得教你一些防身术，还有防身知识，你平时大大咧咧的，没有防备，我现在经常加班，不是每天都能有空来接你，所以我要教你一些有用的知识。"

"哈哈。"余平笑道，"我们单位大多是女同事，老板也考虑到这

## 第三章　胸有成竹

个问题了，所以加班会补贴车费，并且这些司机师傅都是与公司签过合同的，可以说是专车接送了吧。防身术这东西，用处很小啊，我看还不如一瓶防狼喷雾。"

王焕摆摆手说道："不不不，练习身手并不是让你练成武林高手，而是练习一种遇到危险能够镇定自若的本领。比如一个练过武术的人与一个没有练过武术的人在面临危险时的心态是不一样的。就比如你在遇到歹徒的时候如果只知道大喊大叫，这样无疑是在刺激犯罪分子，可能一开始他没有加害你的念头，但是因为你的一声大叫，造成了犯罪分子心里的恐慌，因此产生了杀人灭口的念头。

"但是换一个练过的就不一样了。首先她的身体素质会好，其次心理状态也会很好，在面临危险的时候，下意识就会提高警惕，不像一只等待被宰割的绵羊，有时候周旋几秒钟，都可能出现转机。所以，练习一些防身术还是特别有必要的。千万不要觉得没有用，有时候能救你的反而是这些看似没用的东西。"

余平呆呆地望着王焕说道："你以前不是这样的，现在怎么这么能说会道了？"

王焕哈哈一笑："这都是我师父教给我的，师父说作为一个警察最基本的是正义感。在能力上，知识面要广，因为以后我们所面对的是形形色色的社会人士，没有足够宽的知识面，面对一些问题的时候，可能会束手无策。比如说这个保健品诈骗案，我对保健产品不是很了解，因此侦查起来就有一种孤立无援的感觉。另外作为警察，口头表达能力也要强，我们面对的大多是刀尖上舔血的亡命之徒，我们需要瓦解他们的意志，让他们认识到犯罪的代价，并且及时阻止悲剧的发生，这才是最好的结果。所以在实习的时候，师父带着我们疯狂地练习话术，就让我这么一个平时沉默寡言的人变得爱说话了，不得不说，起初也是很反感，但是经过今晚的事情之后，我觉得师父说得太有道理了。"

余平撑着下巴，微笑地看着王焕，轻声说道："你真是改变了很多。以前，我看你就像看弟弟一样，现在不一样了，你越来越像个男子汉了。"

"怎么，我以前不是男子汉？"王焕问道。

"是是是，快吃饭吧，一会儿菜凉了，今晚你说陪我的，明天上班吗？"余平换了一种语气，但是双眼中还是暗示着自己需要陪伴。

"师父说这件案子让我负责，所以工作量很大，不过你今天生日，无论如何我都是要陪你的，说不定，你这机灵脑袋还能给我一些启发呢，不是吗？"王焕用手指头轻轻在女孩的额头上一点。

"你说的都对，希望你以后永远都不要遇到案子，特别是那些恐怖的案子，我真的好怕你有危险。"余平说道。

"傻瓜，快吃饭吧，别多想了。欸，对了，一会儿去看个电影怎么样？"王焕问道。

"好啊，这次的电影我来挑。"余平说道。

"哪次不是你挑的？我就准备去影院睡觉了。"王焕伸了伸懒腰说道。

"这次不许打瞌睡了。"余平娇嗔道。

次日，东山警局，王焕将余平的想法告诉了师父江旭，是否要通过媒体渠道将此事曝光。

"也不是不可以。"江旭说道，"记者今天会过去吗？"

"在等我的消息，只要我们允许，他们立马就会过去，而且这篇新闻由余平亲自撰写，应该不会出现夸张虚假的成分。"王焕说道，"这帮人肯定不会善罢甘休，应该还在外地作案，此时进行曝光的话，可以引起全国人民的注意，减少人民群众的财产损失。"

江旭深深地点点头说道："不错，那就按照你的想法去办，这次保健品诈骗案由你全权负责，希望你能顺利地完成任务。"

"是。"王焕回答道。

中午十一点左右，王焕拨通了余平的电话。

"喂，可以进行采访了。"王焕说道。

"真的吗？"余平的语气有些激动。

"下午一点，我在夕阳小区等你。"

"好的，没问题。"

## 第三章　胸有成竹

下午一点,白色的新闻采访车停在夕阳小区的门口。此时小区前面雕塑上的巨型横幅已经被撤走了,但还是有不少大爷大妈聚集在此。他们中有不少人想通过自己的能力将犯罪分子找出来,整日聚集在楼下想办法,王焕乘坐的警车刚到夕阳小区便被大爷大妈围了起来。

"大家不要着急,我过来就是为了解决这个案子的,如果大家有什么新的线索请及时提供。"王焕说道。

这话一出,大爷大妈立即七嘴八舌说起来。一直等到余平来,大爷大妈的注意力才完全被采访吸引。

王焕松了一口气,在小区门口抽烟。

一个小时后,余平采访结束,与王焕交谈了采访到的信息之后,王焕交代了哪些可以报道,哪些暂时不能报道,而后余平离开。

随后王焕带人在夕阳小区进行例行盘查,搜集线索。

"只能挨个询问了,这些大爷大妈一人一个版本。"助理小舟说道。

"先搞清楚这些东西是怎么在小区里卖起来的,难道就没有一个懂的人吗?"王焕说道,"这事情很蹊跷,我听说这个小区有一个防诈骗小组,需要调查一下,防诈骗小组不可能连这点常识都没有。"

"嗯嗯,有道理,老人们的有些话是相互矛盾的。"小舟说道。

"先调查一下谁是这个防诈骗小组的负责人。对了,上次那个王大妈,也去问问。我还有点事情,先回警局了。"王焕说道。

"好嘞。"小舟按照王焕的指示,前去询问盘查。

半个小时之后,小舟将收集起来的信息整合好,用短信发送给王焕。原来这个防诈骗小组是夕阳小区的一个老人团体,成员有三十人,大都是由退休的高级知识分子组成的,小区其他的老人一般都会向他们咨询一些常识问题,久而久之,他们在夕阳小区就有了一点公信力。

这个小组存在已经有五六年了,其间因为各种原因有人离开,他们也会吸纳新的成员。上次被带回警局询问的王大妈就是他们的成员,小组里有五人有最高仲裁权,都是由德高望重之辈担任。这五个人用他们的话说是元老,负责组织小区内大小活动,包括春游、慈善活动、看望生病老人等，这王大妈就是其中一个，其余四人有李大妈、孙大爷、刘大妈和江大爷。

根据小舟收集的信息来看，王大妈上次可能隐瞒了一些东西。这次保健品诈骗案之所以有这么大的规模，一方面与那些诈骗犯高明的手段有关，另一方面就是诈骗犯利用了夕阳小区的防诈骗小组，尤其是这五个元老。

"这事情还要从这五个人入手啊。"王焕轻轻地敲着桌子说道。

## 第四章　　始料未及

次日在夕阳小区，王焕亲自带人走访调查。这次他们并没有直接调查防诈骗小组的五个元老，而是找了小区其他的老人进行侧面了解。王焕想知道，到底是谁顺利带动小区的老人购买保健品的。这个涉案金额达到了五十万元，肯定不是简简单单的诈骗团伙就能做到的，王焕的直觉告诉他，夕阳小区的防诈骗小组，尤其是这五个元老肯定有问题。

当天下午，夕阳小区防诈骗小组的五个元老都收到了东山警局的传唤，但是这五个人一致否认自己与此案的关系，尤其是提到是否帮助宣传的时候，这五个人都支支吾吾。毋庸置疑，肯定是这个防诈骗小组进行了动员，不然的话，这样的"三无"产品也不可能在一个小区如此疯卖。

而这五个人当中，孙大爷的嫌疑似乎是最大的，在整个审讯过程当中，孙大爷不仅含糊其词，而且眼神躲闪，说话也是词不达意、前后矛盾的。

"我觉得这个孙大爷很有问题。"王焕说道。

"为什么？他说的话跟其他人差不多。"江旭说道。

"但是他显得格外紧张，这种反应证明他在说谎。"王焕回答。

江旭笑了笑，又说道："可能只是单纯的心理素质不好。"

"如果是这样的话，那我只能说是直觉了。"王焕说道。这是警察的直觉，所谓的直觉是一件很神奇的事情，在警察学校的时候，王焕就被要求进行直觉训练。

江旭朝身后的躺椅上欠了欠身子说道："你真是活学活用了，直觉也需要一定的科学道理的。"

"但是暂时不能解释，我想单独跟孙大爷谈一谈。"王焕说道。

"但愿你的直觉是正确的。"江旭说道。

孙大爷站在墙根使劲抽烟，他的烟比较前卫，是绝版的大前门。民警王焕晃悠悠走进来，把门带上。孙大爷嘻嘻哈哈说道："王警官，有什么事情吗？"

"说吧，有什么事情瞒着，没事也不会找你，一五一十地交代了吧。这次的保健品诈骗案，还有一些细节没有透露，说说吧，协助我们破案。"王焕催促道。

孙大爷听完这话，身子一抖说道："王同志讲话凭良心，我可是守法公民，什……什么诈骗案，你这警察同志，话可不能乱说，我自己也是受害者，我也被骗了好几万，我怎么可能参与诈骗？"

王焕坐下，而后轻轻敲了敲桌子，示意孙大爷也坐下，微笑道："这话可是你自己说的，我并没有说你参与了诈骗案，我们的对话可录着像。"

孙大爷双目一瞪，呼吸变得急促起来，又说道："警察同志，你看我像个犯罪分子吗？哎哟，这让我怎么说呢？"

"知道什么说什么，现在有人都因为这个事情要跳楼了，你也不想看着小区里的老伙伴们一个个愁眉苦脸的吧，有什么知道的事情，都说了吧。"果然不出王焕所料，这个孙大爷还藏着不少的事情，只是他心理素质不好，随便这么一问，就露馅了。看着孙大爷的反应，王焕估摸着，这个孙大爷很可能是被那伙诈骗犯威胁的，不然也不会如此。

"那我就说了，这个对话别人不知道吧？警察同志，你可要保证我的安全啊。"孙大爷朝四周看了看，一脸讳莫如深的样子。

王焕轻轻一笑道："这里可是警察局，咱们的对话是绝对保密的，不可能泄露出去。孙大爷你也放心，我们对外也不会透露半点你提供的线索，这些都是保密的。"

"那我可真说了。"孙大爷仍旧有些不放心。

"尽管说，孙大爷，你想，你提供的线索对我们破案有很大的帮助，这样的话，那些犯罪分子就可以早日归案，只有把他们抓了，你们损失的钱才可能找回来。"王焕动之以情晓之以理。

"有你这句话我就放心了。"孙大爷长叹一声。

"我的情况比较特殊,我没有子女,单独一个人。年轻的时候我在S省的乡下做一些杂务,中间也娶了妻子,但是一直没有孩子。后来妻子也去世了,我拿着我们俩的积蓄在夕阳小区买了房子,准备安静地度过余生。夕阳小区虽然叫夕阳小区,但是真的给我带来了许多温暖。我是较早几年住进这里的,这里以前是一个写字楼,后来被改造成老年公寓,可能也是因为我比较早来这里的缘故,加上我年纪比较大,这里的一些老伙伴都比较相信我,当时这个防诈骗小组成立的时候,我并没有参与,但是他们一致推举,所以我也就成了元老……"孙大爷回忆起来。

王焕认真地听着,没有打断他。

"这个防诈骗小组成立之后,小区里就开始热闹起来了,我呢,文化水平也不高,就是有事情就出个面给大家评评理,可能他们就是看中我这点,才会威胁我的吧。"孙大爷双眼中透出了惊恐的神色。

"威胁?"果然不出王焕所料。

"这件事还要从三月份开始说起。我去花鸟市场买东西碰见一个年轻人给我推销保健品。我当然是不相信的,就随口拒绝了,但是那个年轻人死缠烂打,就说要搞一个调查,需要填一个表格什么的,说如果填了,就免费赠送我一个足底按摩器。我看是免费的,就答应了。这个表格我也看不明白,有一个地方需要填写住址,我就填了夕阳小区。"孙大爷顿了一下继续说,"过了大概半个月的时间,就有一群人来夕阳小区推销保健品了,我一看就是上次给我推销足底按摩器的。这些年轻人很热情,不管我们买还是不买,每天都过来,有时候还帮忙给晒晒被子什么的。这时候就有几个小年轻开始跟我套近乎了,得知我只是自己一个人之后,他们找我就找得更勤了,他们甚至知道我喜欢喝什么样的酒、抽什么样的烟。我记得应该是在上个月十七号的时候吧,一个戴墨镜的高个子男的找到了我,开始跟我商量合作的事情。我说我一个老头子能跟他们合作什么,他们说是合作挣钱,然后当时就给我开出了价格,说是能给我二十万，只要我说服大家购买保健品。这个我一听，就感觉不对劲，但是看那群人啊，怎么看都不像是坏人，加上他们又是请客，又是这个那个的，说他们的产品是世界上最好的，后来我就答应了。然后我利用我在夕阳小区元老的身份，开始帮忙推销。大家都相信我的话，谁知道这就上了他们的当啊。其实在中间我也反应过来了，这伙人可能是骗子，但是他们似乎也能够察觉到我的动向一样，在我想要报警的时候，他们忽然找上门来，说这件事情需要保密，如果合作愉快的话，他们会按时给我钱，如果合作不愉快，会让我吃不了兜着走。我这才明白，他们肯定是利用我进行诈骗，但是那时候回头已经来不及了，我只能硬着头皮答应。后来小区里的好些朋友跟我翻脸，我能怎么办呢，我只能矢口否认啊，这事儿我不能说出去，说出去的话，就算那群人不找我，我们小区里的人也不会放过我的。"

王焕皱着眉头问："他们给你打过钱吗？"

说到此处，孙大爷开始面露难色，问道："这些算是赃款吗？"

"肯定算的。"这次王焕没有隐瞒，只要孙大爷参与了案件，那么他接受的犯罪分子的钱都属于赃款。

孙大爷这个属于合同诈骗案件，这个国家法律中是有明文规定的。

"那那那，警察同志，我这个算是违法了吗？"孙大爷开始紧张起来。

"这个已经不是简单的违法了，这都可以算是犯罪了，不过你也不用担心，到时候你可以进行举报，做污点证人。"王焕说道。

"污点证人？"孙大爷问道。

"啊，这个在中国大陆是没有的，不过也有类似的法律，怎么说呢，就是戴罪立功，如果表现得好的话，可能就会轻判，而且你自己也是受害人。现在的主要问题是你收了他们多少钱。"王焕回答道。

孙大爷微微沉默。

"一定要如实回答，你现在的每一个举动都将决定往后的判决。"王焕说道。

"五千，他们就给我打了五千元。"孙大爷回答。

"人民币？"王焕问道。

"对对对，是人民币。"从孙大爷的表情上看，应该没有说谎。

"可千万不能说谎啊。"王焕再一次提醒，"到时候抓到他们，还要重新确认一遍的。"

"千真万确，没有说谎。"孙大爷说道。

"那他们给你钱是走什么渠道的，是用银行卡转账的吗？"王焕问道，这个十分重要，如果是从银行卡转的话，就可以直接查找对方的银行账户，这样就可以节省很多时间、很多步骤。

"不不，他们是直接给我现金的。"孙大爷回答。

这个也在王焕的预料之中，这伙诈骗犯敢这么明目张胆地进行犯罪，就一定想好了退路。

"好的，知道了。"王焕说道。

"警察同志，你刚才说的那个污点证人怎么弄，我现在举报了就算了吗？"孙大爷见王焕脸色变得严肃，赶紧问道。

"我国现行刑事立法没有规定污点证人豁免制度，但该制度的内在精神在一些刑事制度中有所体现。对于犯罪嫌疑人、被告人愿意揭发他人罪行、提供重要线索或积极协助追逃的，视具体情况可以适用法律中有关立功、重大立功、酌定不起诉等制度的规定处理。但由于酌定不起诉制度在我国当前的适用范围较窄，即仅在'犯罪情节轻微，依照刑法规定不需要判处刑罚或者免除刑罚'时，检察机关才有决定是否起诉的裁量权，所以，更多时候是通过立功制度来从轻、减轻或免除提供积极协助的被告人的刑事责任。"王焕回答道，自己的法律功课可是做得很充足的。

"警察同志，你看我这也没什么文化，你跟我讲这些，我也不懂啊，能不能说得简单一点，我现在孤身一人，没人会帮我的，我也是被逼无奈啊。"孙大爷用央求的语气说道。

"孙大爷，你也不用担心。到时候等犯罪分子落网了，我们核实一下，如果你没有撒谎的话，那你所提供的信息对我们破案来说就是有帮助的，这样在一定程度上可以减轻你的刑罚。况且法律也不是死的，法官会根据实际情况进行合理的判决的。"王焕说道，"从私人角度来说，我是很同情你的遭遇的，所以，如果需要的话，在这个案件了结之后，我会出面帮忙的。"

孙大爷听得云里雾里的，但是王焕的最后一句话他听得很明白，就是王焕到时候会帮助自己，现在自己犯罪已经成了事实，后悔也没办法了。

"早知道，我当时就应该报警了。"孙大爷说道。

"千金难买早知道，现在网络这么发达，很少有人敢明目张胆地进行诈骗，这伙亡命之徒肯定是惯犯了，他们认准了你们这些老人不敢张扬的特点，所以你们成了他们最理想的猎物。"王焕说道。

孙大爷垂下脑袋，长叹一声："还是要相信国家的力量啊，现在国家强大了，不再是以前了，我总是用旧眼光去看待事物，现在的法律已经很健全了，我应该第一时间报警，而不是畏畏缩缩。"

"现在也还来得及。"王焕给孙大爷递了杯水说道，"关于这件事情你还知道什么内情都可以告诉我们，越详细越好，包括犯罪嫌疑人的长相、身高等，这样可以帮助我们进行抓捕。"

"哦哦，好。"孙大爷点头说道，"那个人大概一米八的样子，皮肤偏黑，因为当时戴着墨镜，他的脸我记得不是很清楚，但是他的耳朵很特别，好像是畸形了，右耳的耳垂似乎缺了一部分，看那样子，应该是天生的。"

王焕立即记下这个线索，可以说这个是一个很明显的特征了，在实施抓捕的时候，应该会很容易辨认。

"其他人呢？"王焕又问道。

"那就多了，他们都是一起来，一起走的。"孙大爷说道，"这个我实在记不清有谁了。"

"他们来的时候是开车的吗？车牌号还记得吗？"王焕又问道。

"开车倒是开车的，车牌号就不清楚了，但是车的颜色是黑色的。"孙大爷说道。

"什么牌子的车,知道吗?"王焕认真做着笔录。

"看样子像是标致。"孙大爷回忆起来,"对,应该是,但是每次来的好像都不一样,记得不是很清楚。"

"好的,其他细节想想还有没有。"王焕问道。

"暂时想不起来了。"孙大爷说道。

王焕合上本子,说道:"多谢配合,最近可能要限制你的活动,随时保持联系,如果嫌疑人继续跟你联系的话,一定要及时通知我们。"

"警察同志你放心,这几天我都没睡好觉,这件事情一直压在我心头,想尽早解决了。"孙大爷说道。

## 第五章　　大海捞针

夜晚，王焕下班之后，简单地吃了晚饭，而后开始整理案件脉络。现在案情不能说很清晰，但是大概已经有了头绪。这伙诈骗犯利用孙大爷在夕阳小区元老的身份进行保健药品的推销，现在只要找到更多的线索，查明这伙人的头目是谁，就可以实施抓捕。但是这伙诈骗犯非常狡猾，没有留下电话号码，连给孙大爷的钱也是现金，最令王焕担心的是，这伙诈骗犯可能已经在外地作案，等到资金积累到一定程度，他们肯定会逃出国境，到时候可谓是泥牛入海，很难抓捕了。

王焕根据孙大爷提供的线索，在白纸上将犯罪嫌疑人画了出来。他虽然是一名警察，但是在学生时代也曾学习过素描。画完之后，王焕远距离地看了看那画像，这种形象的人在社会上有很多，除了耳朵有点不同之外，还真的很难寻找，如果不加选择地寻找，无异于大海捞针。

"怎么办呢？"王焕坐下，泡好的速溶咖啡已经凉了，"事情只要愿意去想，总是会有办法的，一定要静下心。今晚不睡觉，想破脑子也要将案子撕开一个口子。"

现下的情况是，没电话号码，没车牌，没名字，唯一能确定的是一个右耳畸形的诈骗犯，可谓所有能够简单破案的点全都被堵死了。

"既然这伙人这么轻车熟路，那应该有诈骗的前科。"王焕用笔头点了点纸张，"诈骗前科，这个……"

王焕立马拨打了余平的电话，三次，无人接听。王焕有些着急了，又拨打了第四次，电话那头这才传来余平的声音。

"喂，听得清吗？"王焕说道，只听见电话那头的声音模糊不清。

"喂！"电话那头传来余平的声音，慵懒无比，"几点了？"

余平这一问，王焕才发现，现在已经夜里一点多了，自己竟然就这样坐在电脑桌前思考了这么久。

"我长话短说，余平，明天你能帮我查一些新闻吗？"王焕说道。

"查新闻？"余平说道。

"嗯嗯。"

"什么新闻？"

"就是近几年或者近几个月关于保健品诈骗案的，越全越好，然后统一发给我。"王焕说道。

"我说你怎么这么激动，原来是在思考案件。没问题哦，我明天过去就给你查。对了，明天早晨你就可以看到采访报道了，我们已经多渠道推广，应该不会有人再上当受骗了。"余平说道。

"那太好了，我感觉自己距离真相就一步之遥了。"王焕说道。

"你看你，还是个工作狂，现在都一点多了，早点休息，不要太过劳累，这样以后容易失眠。"余平说道。

"遵命。"王焕说道。

次日，王焕一早便去了东山警局，八点一刻召开小组会议，讨论夕阳小区保健品诈骗案的事情。

"根据我们以往的经验，这伙诈骗犯应该不在本市了，我想我们应该收集一下前几起诈骗案的信息，可能是同一伙人干的。"王焕说道，此时老刑警江旭已经完全将此案的大小事宜交给王焕处理了，自己则退居帮手的位置。

"那我们是要从这几年的诈骗案入手吗？"小舟问道。

"对，扩大范围寻找类似的案件。"王焕说道，"根据他们的作案风格，可以寻找到他们以往的作案地点，只要找到车牌号、电话号码等有效信息，就可以顺藤摸瓜，将案件彻底侦破。"

"这些案件可不好找啊，大多都是悬案。"

"放心，收集案件信息的事情交给我去办，接下来你们要做的事情就是进行甄别筛选，找出类似的案件。这伙诈骗犯十分狡猾，有着非常强的反侦查意识，我想他们不会一个套路玩好几遍，很可能每次都用新的点子。"

"很好，但是如果他们是第一次进行诈骗，那怎么办？"在一旁沉默良久的江旭说道，"又或者是诈骗团伙中的一部分人。"

"这……"王焕挠了挠头，"那只能先行排除，然后一步步摸索。"

"还有更好一点的办法吗？"江旭说道，"就算利用这样的办法锁定了犯罪嫌疑人，没有证据如何进行抓捕？"

"这……"老刑警江旭这话如同一盆冷水泼在这新组建起来的小队身上。对于王焕来说，虽然理论学得很扎实，但是结合实际的时候，难免捉襟见肘，被江旭这么一问，开始哑口无言了。

"现在你们有几件事情需要去做。"江旭的表情变得严肃，坐下来缓缓说道。

一见师父开口了，众人突然来了兴致。

"记住一件事情，诈骗案的核心就是人民币，就是钱。五十万的金额不可能全都是现金，这些大部分都会走银行转账，嫌疑人的银行账户，是你们首先需要调查的东西。嫌疑人可能将资金分散在多个地方，所以你们现在需要去银行调查转账记录，最近有哪些人大量地存取人民币。"江旭说道，"附近的几家银行都可以进行调查，从那里可以获取监控，从而锁定嫌疑人。另外你们的证据收集得还不够完全，那些保健药品需要进行正规医院的鉴定，确定没有营养，这个才能算是诈骗，有了这些证据，你们抓到的人才有可能会被判刑，你们现在做的这些无疑是空谈。"

被江旭这么一说，王焕等人难免有些失望。

"大家也不要气馁，这些都是在长时间的办案过程中积累起来的经验，既然犯罪分子很狡猾，那我们就要做好长期作战的心理准备。"江旭说道。

老刑警江旭这么一说，大家的士气又慢慢地被提起来了。

## 第五章　　大海捞针

"你们这只是第一步而已，其实侦破这种案件是很简单的，难就难在如何将诈骗团体连根拔起。根据你们获得的一些信息，我觉得这个保健药品应该是犯罪分子在自己的生产作坊中制造的，上面的一些商标以及电话号码，甚至生产日期都是假的，这些东西可以以假乱真，一般消费者是看不出来的，更别说那些老年人了。所以从现在开始，你们需要对城市周边的一些工厂进行逐一的排查，但是记住，千万不要大张旗鼓，这样容易打草惊蛇。另外，这些诈骗犯虽然不是毒贩，但是他们也有可能会铤而走险，所以安全是第一位的。"江旭说道。

老刑警江旭这么一说，王焕豁然开朗，原来对于一个诈骗案可以从这么多角度进行剖析，自己原先怎么没有想到。

当天下午，由王焕领导的小队穿上便衣，开始在城市郊区逐一排查生产作坊。这座城市是以旅游业为主的，生产作坊并不是很多，所以排查起来也比较快。

另外一头，小舟等人在周边银行调查金额较大的转账记录，以及追踪其流向。

查了整整一下午，王焕发现周边的生产作坊基本都是一些雕刻作坊，并没有保健品的生产作坊。王焕心想，他们可能是在外地生产，然后运过来的。这个也符合这伙犯罪分子小心谨慎的风格，现在只有等小舟那边的消息了。

当天下午四点半，王焕接到了小舟的电话。

"喂，有结果了吗？"王焕急切地问道。

"江老师真的是料事如神，查到了两笔可疑款项，数额较大，一笔是 X 省的农业银行，一笔是 H 省的邮政储蓄银行，而且最可疑的是，这两个账户最近都被人取过款，取款地点都在 S 省，我觉得很可能就是那伙诈骗犯汇出去的资金。"小舟说道。

听到这个消息之后，王焕差点笑出声来，这真的是踏破铁鞋无觅处，得来全不费功夫。

不能高兴得太早，王焕提醒着自己。毕竟这两笔款项现在还不确定是那伙诈骗犯的，但是取款地都是在同一个地方，这就有点可疑了。王焕接到电话之后，即刻动身回警局，召开小组会议，讨论这个问题。

老刑警江旭在会议上提议，现在即刻动身前往S省，调查现场监控录像，与当地警方合作，实施跟踪追捕。

确定下来之后，由老刑警江旭与王焕两人一同前往S省T市。两人买了当晚的火车票，简单收拾了一下便出发了。这是王焕第一次跨省追捕，心里不禁有些激动，在火车上一夜未眠，看着窗外的风景由平原变成了山川，直到凌晨四点左右方才迷迷糊糊地睡着。老刑警江旭叫醒王焕时已经到目的地了。

"现在去当地警局吗？"王焕说道。

"哈哈，真是工作狂。以我的直觉来看，这个基本可以确定是那伙诈骗犯的赃款。现在我们要做的就是养精蓄锐，好好吃一顿，然后将罪犯抓捕归案。"老刑警江旭到了S省反倒不慌不忙了。

"听师父的。"王焕说道。

两人在附近的饭店点了一些南方菜。吃饭的时候，老刑警江旭说了一件自己曾经经历过的案件。

"那是在前几年，我记得应该是春节前后，具体哪一年我也记不太清楚了，不过这个不重要。"老刑警江旭的话匣子似乎打开了，王焕也来了兴趣。

"某地的一个单身老汉，跟这次的孙大爷差不多，姓张，姑且称之为张大爷吧。这个张大爷在那天突然接到了一个自称'澳门少妇'的人的电话。"江旭说道。

"我的天，还澳门少妇，这个也是蛮厉害的。"王焕有些吃惊，没想到一向严肃的师父江旭会遇到这样的案件。

"这就是桃色诈骗了，要知道，每一种诈骗都利用了受害者的心理，然后一步步引人上钩，他们往往会寻找自己所需要的对象，尤其是单身的老年人。"江旭说道。

"他们容易被骗吧，我看那个孙大爷也是，虽然嘴上说是被威胁的，但是我猜想他当时应该也是财迷心窍了，不然也不会一直瞒着不报警。"王焕说道。

"是啊，现在诈骗犯太多了，接着上面的说。"老刑警江旭来了兴致，继续说道，"那个所谓的澳门少妇在电话那头用甜美的声音说她的丈夫不能生育，想让这个张大爷帮帮忙，成功之后，这个少妇可以给张大爷一百万。"

"一百万？"王焕说道，"果然被骗的都是觉得天上能掉馅饼的，然后呢？这个也没涉及骗钱啊。"

王焕好奇起来，想知道这个诈骗犯是如何进行诈骗的。

"这次的诈骗金额虽然不多，但是手段却是很高明的。这个澳门少妇还请了一个'律师'来做中间人，以造成合同合法的假象。对于这些，没有什么文化知识的张大爷哪里知道。张大爷深信不疑，觉得自己马上就能得到一笔钱了。"江旭说道。

"原来这就是重金求子的骗局，第一次听说是这么操作的，哈哈。"王焕笑道。

"后面的一些事你应该能猜到了。这个律师和少妇就说需要这个张大爷去医院开一个体检证明。从这时候开始，骗子就进行诈骗了。这个张大爷第二天就去医院开了证明，证明自己的身体没有问题。这个时候，作为受害者的张大爷可能更加相信这个骗子的话了。"江旭说道。

"这就是用各种骗局来营造一种真实的假象吧，如果是不懂的人或者财迷心窍的人，的确容易被骗，尤其是在还有一个假律师的情况下，犯罪分子简直是太狡猾啦。"王焕说道。

"在一切都准备妥当的时候，双方约定好，哪一天在什么地方见面，这一切费用都由少妇出，这些都有照片和各种手续资料作为证据，让张大爷信以为真。"江旭说道，"这时，作为中间人的律师提出，需要交十三万元的保证金，这笔保证金的数额律师也用了各种表格列举出来，做的跟真的一模一样。而且对方承诺，事成之后这十三万元会退还，这样张大爷是根本不会怀疑的。"

"这个就厉害了,张口就要十三万,这个张大爷不会真的给了吧?"王焕有些不相信。

"站在我们的角度肯定是不相信的,但是作为张大爷,现在他的眼里只有那事成之后的一百万酬劳,他当时已经财迷心窍了,况且这种事情张大爷肯定也不会跟别人说,这些都是诈骗分子一开始就想到的。"江旭说道。

"的确如此,人在那种情况下已经没有理智了,作为张大爷,这种占便宜的事情怎么可能会放过。"王焕说道。

"然后,张大爷就将自己辛苦存的十三万元全部都打给那个律师了。"江旭说道,"就在钱转过去没过一个小时,对方就已经联系不上了,这时候张大爷才反应过来自己被骗了。当时张大爷跌跌撞撞地跑到警局报案,直说天塌了,哭得稀里哗啦的,真的,当时看着真的很可怜,但是这也是惩罚,因为自己的贪念而导致被骗。"

王焕说道:"那这个案子最后破了没有?这个应该也很难办吧。"

"这个案子最后侦破了,但是侦查起来是比较难的了,不过步骤是差不多的。先查询赃款的去向,因为是张大爷自己汇的款,所以我就直接去汇款的农业银行进行了查询,结果这笔钱被汇到了B省,我当时就带人去了B省进行查询。但是一到B省,犯罪分子狡猾得很,跟我们打起了游击。在B省我们查到这笔钱又从银联被转到了J市,到了J市之后,发现赃款又转到了X省,反正就是这样不停地来回转,当时大概跑了小半个中国,真的是对犯罪分子恨得牙痒痒,不知道他们搞什么名堂。最后终于锁定最后取款人在Z省。"江旭说道,"这笔钱终于有了着落,这些犯罪分子真的是太过狡猾。"

"这……竟然这么曲折!"王焕问道。

"这还没完,经过调查发现,最后那个取款人也就是一个被雇来取钱的,他与雇主并不认识,只接受佣金,也不知道取这笔钱干什么。"江旭说道,"结果根据这个取款人提供的线索,我们锁定了最终的嫌疑人,并且将其抓捕归案。这是一桩典型的电信诈骗,我们现在遇到的这个案件严格上来说，还算是简单的，但是我有预感，这伙人肯定不是那么好对付的，像这样明目张胆地进行诈骗的罪犯，往往要么就是头脑简单，要么就是有自己的势力，敢于这么做。所以这次的抓捕活动，我们要布局好，不能冲动，以避免不必要的受伤。"江旭说道。

"明白。"王焕说道，"师父，你说这次的赃款会不会也这样被转来转去啊？"

"很有可能啊。"江旭长叹一声说道，"但就算是这样，我们也要调查到底，决不放弃任何一条线索。"

江旭的眼神十分坚定。鲁迅曾说过："种牡丹者得花，种蒺藜者得刺。"种下光明的种子，开出的必是美丽之花；种下阴暗的种子，心中将生长出罪恶的根。有一种力量叫作偶像的力量，对于王焕来说，与老刑警江旭接触得越多，便越觉得他有一种长者的魅力，他对什么事情都是亲力亲为、不辞劳苦，不愧是东山警局的"钩距之仙"。

两人吃过中饭，便直奔当地警局，与当地警局进行了联系之后，立马开始调查银行的转账记录。王焕原本以为，这笔钱会像老刑警江旭说的那样，被反复转来转去，但是事实上，这笔钱在T市就已经直接被人取走了，分了五次取走的。当地警方也曾暗中调查过这个取款人，是某影视公司的秘书，他们取这些钱用来影视拍摄、搭建布景，因此警方也就没有在意，直到王焕跟江旭一路调查到这里，才引起重视。

"这个手段更是高明啊。"江旭感叹道，"想利用拍电影来洗钱，如果电影上映，他们拿到了票房，我们就真的追不到了。电影行业所介入的公司太多，我们很难找到最后到底是谁在幕后策划，所以我们要抓紧时间了。"

他们根据最后的监控显示，收集了取款人的体貌特征，不仅如此，监控中还捕捉到取款人的车牌号，是一辆灰色的别克轿车，这个发现让江旭和王焕都十分开心。如果说找人是大海捞针，那么找一辆车就很简单了。第二天，在当地警方的配合之下，他们进行了各路段监控的排查。几名刑警盯着监控找了一上午，终于找到了这辆灰色别克轿车的踪迹，最后停留地点是市区的一座写字楼。收集到这些线索之后，江旭与王焕两人开始蹲点。

南方的天气很炎热，师徒二人在写字楼下等待了一上午，就在要放弃的时候，灰色别克轿车悄然出现了。只见一个身材高挑的长直发女子从车里出来，然后踏着小碎步朝写字楼里走去。王焕与江旭两人赶紧跟上去，两人假装是写字楼员工，与那位女士一起进了电梯。只见女子按下了二十楼，江旭立马按下了二十二楼的按键，然后与王焕开始假装闲聊起来。

二十楼到了，女士下了电梯。王焕朝外面瞟了一眼，好像真的有一个"影视"的字样，但是电梯门很快就关上了。因为两人伪装得很好，所以没有引起女子的注意。

二十二楼，两人下了电梯，江旭立马找到了逃生通道，准备从楼梯下到二十楼。

王焕边跑边问道："师父，为什么刚才不直接下去？"

江旭说道："直接跟她一起下电梯的话，肯定会引起他们的怀疑，这些诈骗犯防备心理都是很强的，如果刚才我们露馅了的话，可能他们就会怀疑。所以我们先到二十二楼，证明我们不是去二十楼，这样才不会引起他们的注意，现在我们从楼梯下去，绕到二十楼，进去看看。"

"嗯嗯，有道理。"王焕说道。

而后两人下到了二十楼，刚才王焕没有看错，这里的确是一个影视公司的办公室，但是里面的员工却不多，两人顺着楼层的走廊绕了一圈，这时突然听到高跟鞋的声音，是方才的那位女士朝这边走来了。

"赶紧去厕所。"江旭说道。

两人小跑着进了厕所。

"好险。"王焕额头上都冒出汗来了，这是他第一次进行现场查案，比想象中的要刺激很多，也要真实很多，感觉自己来了贼窝，由此可以想象那些当卧底的警察需要多么强大的心理素质。

这时江旭递来一根烟，王焕接过，点上，平复了一下心情。这时厕所里传来一个男了大声打电话的声音，听那声音似乎很没礼貌，好像是在谈一单生意。

"你这废物，我现在马上过去，叫你们小心点的，尽给我惹麻烦！"厕所里的声音传来，而后传来冲水的声音。

王焕跟江旭两人转身望去，只见厕所门打开，一个高大的男子从里面走出来，皮肤黝黑，身材微胖。这一下子引起了王焕的注意，他赶紧朝他的耳朵望去，只见那人的右耳耳垂是残缺不全的，王焕急忙用手拍了拍老刑警江旭的肩膀，示意他这个人很可能就是嫌疑对象。

"看什么看！"那人看见王焕一直在盯着自己看，没有礼貌地说道，"你们两个是哪个部门的，不知道厕所里禁止吸烟啊！"

这让王焕感到紧张。

这时老刑警江旭赶紧说道："我们是编辑部的，今天新过来面试的，不知道这些。"

"哼，这么大年纪了还来面试，回去吧。"那人趾高气扬地说。

直到那人走后，王焕与江旭两人才乘电梯下楼。

出了写字楼，两人赶紧乘车去当地警局。

车上。

"师父，八九不离十了，孙大爷说的那个人就是右耳耳垂有残缺的。"王焕说道。

"想不到他们竟然利用影视公司进行洗钱，真的是太过精明了，不知道他们骗了多少人的钱，这次一定要将他们连根拔起！"江旭的眼神严肃而坚定。

## 第六章　　一网打尽

得到这些线索之后,老刑警江旭与王焕马不停蹄地赶到了当地警局,将这些情况进行通报之后,当地警局立即召开了小型会议,实施追捕计划。现在只能确定那个右耳耳垂有残缺的人是嫌疑对象,但是不能肯定其他人,所以会议决定先锁定犯罪嫌疑人,并不着急进行抓捕,而是进行跟踪,最好的情况是找到罪犯的窝点,这样就可以将罪犯一网打尽。

计划确定之后,行动开始。江旭与王焕调取了写字楼附近的监控,发现嫌疑男子下午两点左右从这里离开,驾驶一辆红色轿车朝城南方向驶去。而后在警队的帮助下,他们继续调取路上的监控视频,最终发现男子进入一个名为"金发"的小型酒吧。

"这也要进去吗?"王焕与老刑警江旭两人尾随而至,只见酒吧门口几个红黄头发的小年轻蹲在地上抽烟,相互用方言扯着嗓子在说话。

"先不急,蹲点。应该是嫌疑人进去消遣,上次这个人已经看见过我们了,如果再被发现,他肯定会怀疑。先稳住,最好能找到他们的窝点。"老刑警江旭摇下了车窗,又说道,"我先休息一会儿,你盯着,有情况立马叫醒我。"

这是王焕第一次接触真实案件,不得不说有些激动,他就像等待猎物的老虎一样,死死地盯着酒吧门口。

晚上七点,电话铃声响起。

"喂,在哪?"是女友余平的声音。

"我在……"王焕正准备说自己在外地的,但是又怕余平担心,故而立马改口说道,"我在家啊,现在在整理信息。"

"嗯嗯,案子有眉目了吗?"余平问道。

"差不多了,很快就进入抓捕阶段了,现在就在找犯罪分子的窝点了。"王焕说道。

"好快啊。"余平感叹道,"查完这个案子是不是就可以晋升了啊?"

"想什么呢,师父说了,这种诈骗案还是最基础的诈骗案,只是用来练练手而已,想要晋升,哪有这么容易,东山警局里可都是精英。"王焕笑道。

"很好,你还知道山外有山,人外有人。"余平调侃道。

"但是我也是很优秀的啊。"王焕说道。

"好啦好啦,不打扰你工作了,记得早点休息,我给你买了零食,过几天就到了,大晚上工作不要老抽烟,想抽烟的时候,吃点零食。"余平很是体贴。

"这么体贴,这让我说什么好?"王焕说道。

"那就什么都别说,照顾好自己就是对我最大的报答,你可是我今后要托付终身的男人啊。"余平说道。

王焕心头一暖,与余平相处也有几年了,年初的时候双方家长也都见了面,准备来年正月步入婚姻的殿堂,一想起这个事情,王焕的心中就忍不住激动起来。

七点半,正在王焕怠倦之时,从酒吧里走出一个醉醺醺的男子,那人不是别人,正是犯罪嫌疑人。眼看那人深一脚浅一脚地上了车,王焕立马摇醒了老刑警江旭。

"快,跟上!"江旭说道。

王焕得令,发动汽车,紧随犯罪嫌疑人。

"开得够快的,一定要咬住,千万别跟丢了。"江旭提醒道。

"他喝了酒,光是酒驾就可以治他的罪了。"王焕说着,开车跟了上去,只见车子从市区驶向郊区,这让两人都激动起来,犯罪嫌疑人现在很可能去犯罪窝点部署新的诈骗计划。

47

半个小时后，车子出了市区，在城东某地停下，王焕与江旭两人在距离犯罪嫌疑人车一百米远的地方停了下来。只见那人下了车之后，走进了一栋两层的小洋楼。四周都在修路，这个房子在这里显得有些鹤立鸡群。

两人紧跟上去，这时只见二楼的窗户边似乎有人，而且不止一个人。这让两人心里更是激动，这里百分之九十就是犯罪分子的窝点了。

"现在打电话联系地方警局，让他们赶紧派人来支援，我看这些人手里应该有武器。"江旭吩咐道，"算了，我来打电话，王焕，你悄悄地潜行过去，记住要小心，过去把他们车胎的气给放了，放前轮的。"

"好。"王焕现在心里已经无比激动了。

得到师父的指令之后，王焕弓着身子悄悄地潜进了房子，这个房子虽然是二层楼，但是底下还有一层车库，里边停着三辆车，两辆牧马人，另一辆就是犯罪嫌疑人驾驶的红色轿车。王焕背靠着墙，朝里面扫视了一眼，幸好，并没有监控。王焕小心翼翼地进入了地下车库，紧靠着汽车，将前轮的气放掉了，另外两辆也遭遇了同样的待遇。就在此时，上一层突然传来几声狗叫，应该是他们养的猎犬察觉到有陌生人的气味了。王焕心中一惊，赶紧冲出车库，此时二楼一束手电光打过来，那伙人发现了王焕。

"糟了。"王焕心头一紧，此时已经暴露了，只见小洋楼里人影攒动。

"赶紧，追上去。"老刑警江旭果断地掏出了手枪，冲进了楼里，王焕尾随而至。这时只见窗外闪过几个人影，王焕与江旭朝前一冲，他们从二楼的窗户纷纷跳下，乍一看去大概有七八个人。

"抓主要的。"江旭说道。

王焕赶紧冲上楼去，就在转角处，一抬头只见面前一个皮肤黝黑的高大男子，举着冲锋枪便朝自己扫射过来。王焕一矮身子，那一梭子子弹哒哒哒地打在了楼梯的扶栏还有墙壁上，墙上顿时千疮百孔，开枪的人不是别人，正是犯罪嫌疑人，他应该是喝酒上头，失去理智了，准备鱼死网破。

## 第六章　一网打尽

"师父,他们手里有枪!"王焕朝楼下的江旭说道。

"堵着,支援马上就到。"江旭则守着楼下的窗口,防止犯罪嫌疑人从二楼跳下。

"楼上的人听着,你们已经被包围了,现在赶紧缴械投降!"王焕背靠着墙壁喊道。

如此僵持了大概十五分钟,终于听到了警车的鸣笛声。这时尽管犯罪分子还在负隅顽抗,但是也敌不过警察,乖乖束手就擒了。经过调查发现,此处正是他们的一个窝点。江旭与王焕两人在房间里搜出二十部手机、二十张银行卡、二十多张假身份证、三台手提电脑、一台台式机,他们正是利用这些东西作案的。而在现场被抓捕的那个耳朵有残缺的犯罪分子也被带回了警局,另外警方下达了搜捕令,在次日的凌晨四点左右,将这些犯罪分子全部抓捕归案。

警局连夜进行了审讯,一开始这个右耳有残缺的男子还企图蒙混过去,但是眼见其他同伙也被抓了进来,只好承认。经过审讯发现,这伙人只是诈骗团队其中的一支,而这个诈骗团队的头目是一位叫赵鹏的商人。一听到这个消息,警局立马召开了会议,根据嫌疑人提供的线索,这个叫赵鹏的不法分子现在应该正在自己的别墅中举办生日晚会。

接到这个消息之后,老刑警江旭与王焕两人在地方警局的配合之下,驱车来到赵鹏的别墅。只见那别墅有五层楼高,是典型的欧式建筑,看得出来赵鹏应该通过不法手段聚敛了不少的金钱。

接近凌晨五点时,抓捕行动开始。警方用破门锤撞开了别墅的大门,然后一拥而入,将别墅大小出入口全部封死,最后在卧室中找到了赵鹏。找到他的时候,他还在熟睡之中,甚至不知道发生了什么事情,房间的一切可疑通信工具悉数被警方没收。

"警察同志,这是怎么了?"只见这个赵鹏满脸横肉,一副奸商的模样,见到这样的阵仗还问发生了什么事情。

"哼,发生了什么?"王焕冷笑一声说道,"这句话应该问你自己。"

说罢,王焕用手铐将赵鹏的手铐上,直接押解下楼,送进了警车。

这个名叫赵鹏的诈骗犯十分狡猾，在警局一直矢口否认，只是说自己是一个影视公司的投资商，并不知道夕阳小区保健品诈骗案的事情。直到警方根据右耳有残缺的罪犯提供的线索，在郊区找到了他们生产保健品的作坊，并逮捕了所有参与生产的员工之后，这个狡猾的赵鹏方才松口承认自己犯下的罪行。至此，夕阳小区保健品诈骗案告破。

　　三天后，江旭、王焕还有余平三人在梧桐树酒吧会面。

　　"干杯，这次要感谢王焕同志。"老刑警江旭脸上露出了久违的笑容。

　　"不不不，如果没有师父的指点，凭我自己，肯定很难侦破这个诈骗案。"王焕谦虚地说道。

　　"欸，这个和跟我说的不是一个版本，王焕，你这个人还有两副面孔。"余平调侃道。

　　"哈哈，那是要在自己的对象面前营造一副英雄的形象。"江旭说道。

　　"无论如何，我的第一步跨出去了，这种能将罪犯绳之以法的感觉简直太爽了。"王焕说道。

　　"王焕，记住，你现在还需要沉淀，往后你会厌倦，会疲乏，甚至会恐惧，不过在刑侦这条路上你永远都不孤单，我们要用铁血铸就盾牌，一张挡在黑暗前面的铁血盾牌。"江旭说道。

　　"是。"王焕的回答沉着而干脆。

　　几日之后，休假期间的王焕收到一条短信，王焕打开手机一看短信的内容，微微吃惊：夕阳小区诈骗案背后居然还有隐情。

## 第七章　　以逸待劳

　　王焕被江旭的短信召回警局以后，又一起对赵鹏进行了审讯。赵鹏也不复之前不可一世的模样，现在的样子，反倒让王焕觉得有些厌。

　　"两位警官，我就是卖个假药，不会判死刑吧？"

　　江旭按摩着太阳穴，说道："本来是不会，按照你诈骗的金额，顶多也就是坐几年牢。"

　　王焕没有说话，手里拿着签字笔，有一下没一下地在桌上敲着。

　　江旭把手撑在桌上，站起半个身子，死死地看着赵鹏的眼睛，接着说道："但是你卖的药吃死了人，这就不是坐牢的问题了。"

　　"不可能。"赵鹏情绪激动地说道，"这怎么可能，他明明跟我说过，这个药是能治老年痴呆的，就算疗效不好，也绝对吃不死人。"

　　王焕立马问道："这个他，是谁？！"

　　赵鹏一下愣住了，支支吾吾地说道："什么他？哪里有什么他。"

　　江旭狠狠地拍了一下桌子，大声说道："赵鹏你就别装了！"

　　赵鹏一个哆嗦，看着江旭狰狞的脸。

　　江旭将一沓文件狠狠地拍在桌上，说道："你也真是心大，你以为你假装做出来的药品生产线能骗过谁？你卖出去的药，你也从来不去管别人吃了有没有问题？你知道死了多少人吗？吃了你药的人，死了四个！"

　　王焕接着说道："赵鹏，四条人命，判你死刑，你觉得你一条人命，能赔得上吗？"

"不可能啊。"赵鹏快哭出来了，说道，"这真的不可能啊，两位警官，这怎么会死人呢？真的不会啊，我不想死啊。"

江旭坐下来理了理自己的衣领，说道："不想死？不想死就说实话。你不是主谋只是从犯，最多也就是无期，还能留条命。如果这个案子全是你一个人干的，你就等着枪毙吧。"

赵鹏眉眼挤在了一起，陷入了沉默，不知道在思忖着什么。

江旭朝王焕使了个眼色，王焕会意，说道："师父，我看他是想一个人扛了，咱们也别费劲了。反正抓了他，我们也可以结案了。他是无期还是死刑，也跟我们没关系。"

江旭接着话茬，作势站起身来，说道："走吧走吧，回去打个报告，把他移交给检察院，后面的事情就跟我们无关了。想死就去死，我们破了案好好休息一下。"

两个人作势走到了审讯室门口，赵鹏叫出了声："两位警官别走啊，我说啊！"

江影帝带着王影帝坐回位子上，说道："就你事儿多，说吧。我警告你，别拿假话搪塞我们，也别以为随便找个人出来就能给你背锅。"

赵鹏苦着脸，说道："两位警官，我不想被判死刑啊。我说实话，这个事情，是赵鲲让我干的。"

"赵鲲？"江旭和王焕面面相觑，这是一个他们没听说过的名字。

王焕敲了敲桌子，说道："说话别大喘气，接着说！"

"是，是。"赵鹏接着说道，"我本来在另外一个地方的工地上打工，干的不是什么技术活儿，挣不了什么钱，直到有一天赵鲲找我。"

"说重点！"江旭打断道，"赵鲲和你是什么关系？"

"好的好的。"赵鹏擦了擦额头上的汗，说道，"赵鲲是我出了五服的堂哥，因为亲戚关系离得远，从小只知道这么个人，没怎么一起待过。我从小成绩不好，小的时候我家里就老拿赵鲲来激我，说他从小成绩就好，顺风顺水地考上了个好大学。后来说是在东山市里找了个好单位上班，赚了大钱。"

## 第七章　以逸待劳

"然后呢？"王焕做着笔录，敲了敲桌子，说道，"别停，接着说。"

"然后，那天赵鲲找到我，请我吃饭。说大家都是亲戚，他挣了钱，也想帮扶我们一把。说从小就知道我，脑子灵光，在工地干活浪费了，让我跟着他干，能挣钱。"

江旭没好气地说道："他让你卖假药你也干啊？你不长脑子啊？"

"他就说是让我卖保健品，也没说这是假药，会吃死人啊！"赵鹏说话都带哭腔了，"我当时想着，都是亲戚，他也不会害我，我就想着不能跟赚钱过不去啊，就同意了。"

王焕没说话，想着：这真是个猪脑子啊。

"两位警官，后来我就跟着赵鲲混，他掏钱让我来S省租了个厂房，办了几张假证，假装有正规生产线，然后给了我一批药，说这个就是要卖的保健品，让我自己拉队伍把药卖出去。"

江旭气乐了，问道："你就没想过卖假药是违法的吗？你就没想过会有被抓的一天？"

"想啊，警官，我怎么会不想呢？"赵鹏说道，"我真想过，可是赵鲲跟我说，只要干一票就走，不会被抓的，这个能赚大钱。就算万一被抓了，顶多也就关三年，只要被抓以前把钱处理好，等出来了一样享福。"

"两位警官，我三年打工可真的赚不了上百万，所以，这不我就动心了嘛。"

王焕真的有点无语了，法盲不可怕，连常识都没有才真的可怕。又是法盲，又没常识，还被发财的幻想糊了心是最最可怕的。

江旭接着问道："你知不知道你堂哥赵鲲是在哪个单位上班？"

"这个我真不知道。"赵鹏说道，"他从来不告诉我，也不让我主动跟他联系，他有什么事才打电话告诉我。我打他的电话号码，从来没接通过。本来我也担心他整我，可是卖药赚的钱，他拿走他的那份，其余的跟说好的一样都给我，我就觉得没事了。"

"赵鲲最近联系你是什么时候？"王焕问道。

"就前几天。"赵鹏说道,"前几天赵鲲突然给我打电话,说卖药的事情被警察察觉了,让我赶紧把钱藏好,先跑到外地去避避风头,等风头过了再回来。"

江旭有点奇怪,说道:"那你怎么没跑啊?"

赵鹏有点不好意思,说道:"这不是在夜总会玩的时候,认识一个相好,我想让她跟我一起跑,她一时没答应,我就想着多劝劝她,结果还没成功,就被两位警官给抓住了嘛。"

这真的是个猪脑子!江旭和王焕同时在心里骂道。

"把你的籍贯,你堂哥赵鲲的籍贯、年龄,都说出来。还有你堂哥赵鲲用来联系你的电话号码也说出来。"江旭说道:"等我们抓到人,确定他才是主谋,你只是个从犯,可能还能不判死刑。"

"我说我说。"赵鹏听到不用挨枪子儿,非常积极,几下就把江旭要的信息说了出来,接着说道,"警官,我一定配合你们调查,我将功抵罪,只要不死就行,只要不死就行。"

王焕收起笔录,说道:"只要你配合调查,我们会向检察机关和法院说明情况的。"

"谢谢警官,谢谢两位警官。"赵鹏激动地一直鞠躬。

江旭带着王焕出了审讯室,面色愈加沉重:"尽快找到这个叫赵鲲的人,这才是背后的大鱼。"

这是一个顶楼的跃层,装修得非常有设计感,整体现代风格的装潢搭配精巧的工艺,无不显示主人的生活品质追求,还有与之相符合的财力。

K看着倒吊在二楼栏杆下的女人,按照正常的审美来说,这是一个能轻松引起男人欲念的美女。

对于K来说,杀人是一种乐趣。但是就和普通人一样,当兴趣成为工作的时候,你很难从里面获得乐趣。

K强忍住用戴着手套的手挠头的冲动,东山市正值盛夏,即使屋内冷气很足，假发底下的头皮也禁不住地发痒。

两分二十一秒。

判断一个人是否死亡是一名杀手的基本功，何况是 K 这样，在圈子里饱受赞誉的王牌，只要客户能接受他动不动买一送一的举动。

K 不紧不慢地回过身，这个屋子里还有另外一个人。

一个男人，穿着裁剪合体的定制西装，梳着一丝不苟、当下流行的复古油头，一副金丝眼镜稳稳地架在鼻梁上，看起来一副成功人士的派头。

如果不是被 K 细致地用胶布缠在椅子上的话。

赵鲲，天成药业市场部的 ACE，从他进入公司后半年以来，他一直都是市场销售部的王牌。作为一名从大山里飞出来的凤凰，他拒绝了更高的升职机会。聪明人永远只会选择最适合自己的路。赵鲲知道，以他现在的情况，做一名单纯的市场人员可以给他带来更高的收入，也能积累更多的人脉。

K 静静地看了赵鲲一会儿，好像在欣赏他脸上惊恐的表情。

"本来我的目标是赵鹏，可是在我动手前，他已经被警察抓了。"

声音响起，低沉中仿佛带有金属颗粒的摩擦感。

赵鲲心中一紧，他知道这个人出现在这里，不是没有理由。

K 看了看手上的腕表，接着说道："保守估计，我们还有五分钟的时间，如果你能给我一个不杀你的理由，我可以放你走。同意，点头。"

赵鲲眼睛里闪烁着希望的光，头上下点动，鼻腔里发出急促的嗯嗯声，能活着，没有谁想死。

K 把手放在赵鲲嘴上的胶布上，说："不要叫，我保证你会死在救你的人出现之前。"不用等赵鲲同意，K 用最慢的速度缓缓撕开那块胶布。

赵鲲身体一动不动，脑子里却在飞快转动着。赵鹏已经被抓了，但是在坑赵鹏之前，他已经给自己留好了后路，可以保证警察就算查到自己，也不会有太大的问题，更不会牵连上面的人。

等等！

赵鲲瞪大了眼睛。然而就在这一瞬间,那只削尖了的筷子已朝他插过来。

"哎呀,被发现了。即使是我,也没有办法短短几分钟处理好这样一具尸体啊。"

K看着赵鲲的眼睛,里面的光一点一点消散开来,可能,那是生的希望吧。

"真是幸运,有我,可以杀了你。"

此时,一种莫名的笑意从K的脸上浮现出来,他面部的肌肉仿佛痉挛一般扯起唇角,发出的声音却带着点点的哭腔:"可是,怎么没人能杀得了我啊?!"

K拍拍脸,让表情恢复平静。慢慢走到门口,安静站了一会儿,确定门外没人,迅速地开门走出去。

赵鲲家在十六楼,K就像来时一样,走到十四楼,从消防栓里拿出了之前放进去的行李袋,换上了来时穿着的衬衫,摘下了手套,轻快地下楼走到负二层的停车场,上了之前偷来的汽车,顺利地从车库交完停车费开了出去。

按照之前规划好的路线,K轻车熟路地把车开到了一座大桥底下,这个时间点,那里是不会有人的。如果有,大不了麻烦一点一起杀了吧。

K在车里又迅速换了一件衬衫,提着行李袋走到了马路边,打了一辆车去最近的商场。卫生间里,K更换了一身的衣服,换了一顶假发,从行李袋里拿出事先叠好的帆布背包,把之前的衣服以及袋子折好装了进去,一身清爽地走出商场,换乘了公交车去另外一个商圈。

等他再次从卫生间出来的时候,他顶着冒楂的寸头,穿着大T恤、七分裤,背一个背包,这个时候,他已经是这个城市里毫不起眼、随处可见的年轻人。

在商场里逛了逛,吃了份牛排,在书店里随意买了本新出的小说,K出门换乘了两次公交,回到了自己租住的公寓。

这是一个老小区,胜在房租便宜,租住的都是年轻人。K走到常买

## 第七章　以逸待劳

水果的水果摊边,膀大腰圆的老板娘开口热情地问道:"小黄,今天工作面试得怎么样?"

"下午才面试,现在哪儿知道结果啊。面试官让我等通知。"K笑着回答道,一脸阳光和煦,"老板娘,来个西瓜。"

"年轻人不用急,工作得好好找。看好了啊,四斤三两,四块五一斤,收你十九块。"

"老板娘,钱给你放箱子里啊。"

"行了,你拿好西瓜,回去放冰箱里冰一冰再吃。哟,小黄,还买书哪。"

"下午面试完没事,在书店里转了转,刚出的,叫什么《贞观傀儡案》,买回来看着玩儿。老板娘我走了啊。"

一个杀手,热情地和水果摊主道完别,背着背包,一手拿书,一手提着西瓜,慢悠悠地走到自己楼下爬着楼梯,好像在享受这样悠闲的时光。

他小心翼翼地打开门,一个闪身进去,反手把门关上。

这是一个典型的单间配套,他把书放在茶几上,西瓜放进冰箱,从背包里掏出白天用过的衣服塞进洗衣机里,这是明天要拿出去分批销毁丢掉的。至于假发,自己修一修还能换个发型继续用。

"喵!"

一声猫叫,只见一只橘猫慢悠悠地从沙发底下钻出来,踱到K的脚边,开心地蹭了蹭。他蹲下身子,伸手一会儿摸着橘猫的头,一会儿摸着它的下巴,猫开心地直打呼噜。K刚到东山市的第二天,就捡到了这只橘猫,估摸着有半岁大了,在外面不知道流浪了多久,瘦得可怜。带回家养了两个星期,看着贴了点膘。

瞅了瞅猫的食盆,果不其然之前放的猫粮已经吃光了。K从冰箱顶上掏出猫粮袋子,剩下的猫粮也不多了。给猫主子补充粮食,顺带添了点水,又动作熟练地把猫砂铲进垃圾桶里,走到阳台上用喷壶给阳台上摆满的多肉浇了浇水。

K站在阳台上感受了一会儿傍晚的凉爽,走回房间打开电脑,轻车熟路地打开一个图书销售网站，输入自己的账号密码，搜索了一个这个世界上至今不存在的书目，再输入一串特定的账号密码，点开联系人，拿起今天刚买的书，翻了翻，输入一串代码，随即脸上扬起一丝得意的微笑。

然后他站起身子，惬意地伸了个懒腰，走进卫生间冲凉。

随后他左手抱着大橘，右手拿着冰镇西瓜，听着电视里传来搞笑综艺的声音。这是属于杀手K完美的一天。

## 第八章　　大惊小怪

赵鲲是天成药业销售部小组组长——白术花了十多分钟,在东山市名叫赵鲲的一百三十四个人里,根据赵鹏提供的籍贯和年龄信息筛选出来了这么一个人。

江旭和王焕打电话到天成药业问了一下赵鲲是否在上班,得知赵鲲请假在家,两人便急急忙忙申请了逮捕令驱车,朝赵鲲住的小区驶去。只是当他们强行打开赵鲲家的门以后,才发现,他们来迟了一步。

江旭站在楼梯间,嘴里叼着烟,拍着半蹲着的王焕的背。

"淡定点行不行?这都是小场面。"声音半分调侃半分无奈,"这都吐了十几分钟了,你还能不能行?"

"师父,哕!有没有搞错?我正式查的第一个案子,明明就只是诈骗案,这就突然变谋杀了!哕!谋杀还不说,这口味也太重了……"

江旭叶出一个烟圈,说道:"这算什么口味重,年轻人就是大惊小怪的,吐吧吐吧,适应适应,吐完了赶紧办正事。"

江旭没有再搭理王焕,走出楼梯间。同事们已经封锁了整栋楼,现场也已经有法医科的同事过来勘验,顺便还让其他同事去调取小区的监控录像并对门岗保安进行基础询问。

江旭从警十来年,不是没见过比这更残忍的凶杀现场,只是受害人偏偏是他们已经申请抓捕的赵鲲,这样一来,整个案子已经完全朝他预料之外的方向发展了。

"老秦,现场怎么样?"江旭站在房门外朝里喊道。

没过多久,一个高高瘦瘦的男人从屋里走出来,他穿着白大褂,戴着副黑框眼镜,头发乱糟糟的,一边走一边说道:"老江,你吼什么吼哇!才来多久,我又不是卷福,看了现场就有谱。"

"别扯淡,你不是福尔摩斯也差不远了,现在有没有什么发现?"

老秦推了推眼镜,说道:"基本上两个字总结——专业。现场没有打斗痕迹,两个受害人应该都是在凶手进来之后第一时间被制服的。男性死者应该是在目睹女性死者死亡后再被杀害。已经提取了现场的指纹样本,不过我现在就敢说肯定没有一个是凶手的。目前推断两者死亡时间间隔极短,看现场的情况,新鲜着呢,最多不超过一个小时,其他的等我回去做了详细尸检再说。"

江旭揉揉手指,烟瘾又上来了:"你对这个凶手有没有什么看法?"

老秦哭笑不得地背过身,边走边说道:"我又不是做心理素描的,你问我,我问谁?我接着现场取样,今天晚上加班给你出报告,别烦我。"

江旭笑了笑,不以为意。老秦不是个喜欢没有根据乱讲的人,又冲着楼梯间吼了声:"王焕,好了没?"

王焕一边擦着嘴一边从楼梯间里转出来,脸色发白。万万没有想到刚从学校毕业接到的第一个案子会演变成现在这个样子。

"师父,现在我们应该怎么办?"

江旭没好气地瞥了王焕一眼:"脑子长来干吗的?自己先动动脑子想想再问我。"

碰了个软钉子,王焕不好意思地挠挠头。虽然他阴差阳错地破了一桩案子,但是现在他仍然是菜得不能再菜的菜鸟,遇到情况旁边有老司机,张嘴都比脑子快。

他强压住自己发毛的心理,慢慢和江旭梳理起现在案件的情况。

"通过赵鹏的口供,现在基本上可以确定他的上家就是赵鲲。但是就在我们马上要抓捕赵鲲的时候,他和他的女朋友在自己家里被谋杀。但是这不合理啊!"王焕慢慢地说道。

江旭挑挑眉,有点出人意料。王焕愿意动脑子的时候还是好使的嘛。

## 第八章　大惊小怪

"你觉得哪里不合理？说出来听听。"

王焕说道："师父你想啊，我们本来只是以为这就是一起简单的保健品诈骗案，通过赵鹏已经确定了赵鲲这个上家。通过资料显示，赵鲲是天成药业市场部的王牌，虽然目前动机不明，但是他也确实有能力授意赵鹏贩卖假药来敛财。现在赵鲲突然被谋杀，这不是明摆着告诉我们这件事没这么简单，他们背后还有人存在。可是如果真的有这样的幕后黑手，就这么谋杀赵鲲，是不是太糙了一点？"

"可以啊小王，你要是每次都能这么动脑子，我这个当师父给你领路得省多少心啊。"江旭拍拍王焕的肩，略显高兴地说道，"思路大体上没问题，但是我们现在不能把这些事情凑在一起来看，而是需要分解开。"

王焕一脸疑惑，问道："怎么分解啊？"

"首先，从保健品诈骗案的角度来说，他作为赵鹏的上家是我们最新的线索，可他现在已经死了。现在我们需要进行另外的侦查，搞清楚一件事情，保健品诈骗案背后到底还有没有人在指挥。"江旭掏掏裤兜，又点上了一支烟，"然后，从现在的情况出发，赵鲲明显是被谋杀的，我们现在另外一条路就是要立案侦查，抓住杀害赵鲲和他女朋友的凶手。"

"师父，这不就一件事吗？"

江旭的白眼翻得隔着烟雾都能看得清清楚楚："刚夸你聪明呢，这就又钻上牛角尖了。诈骗归诈骗，谋杀归谋杀，它们之间或许有联系，或许没有。你说了不算，我说了也不算，不要用你的想当然来做事，记清楚，我们是警察，永远只讲证据。"

话音刚落，江旭的手机就响了起来。

"喂，老江，小区的监控录像都调出来了，现在带回局里吗？"

"对，你们先回去，老秦还在看现场，说新鲜着呢，顶多一个小时。你们先把录像过一遍，看看有没有什么可疑的对象，做个记录，我和王焕等会儿再回去，我们是现场第一发现人，回去还要给队长做报告。"

"行吧，咱们也有段时间没碰到凶杀案了，我们回去先捋一遍录像，有什么发现再跟你说。"

电话挂断,江旭冲王焕晃晃头,说道:"走吧,热血神探。"

"现在去哪儿啊?"

"吃饭啊,晚上等着加班吧。走走走,我知道有家炒粉味道不错。"

回到局里的时候,天已经黑下来了。韩队长带着江旭和王焕站在局长办公室里,整个屋子烟熏火燎的满是烟雾。

局长张为民头疼地揉着太阳穴,问道:"这才消停几天啊,韩源,你说一下现在的案件情况。"

"张局,保健品诈骗案方面,根据赵鹏的口供,他的上家应该就是赵鲲了,只是现在赵鲲突然被杀害,我们也没来得及搜集到其他证据,更不确定赵鲲背后还有没有其他人在指挥,接下来怎么办,江旭现在应该也有了一个详细的想法。至于赵鲲被杀一案,局长您这边有没有什么指示?"

张为民拿起茶缸闷了口,说道:"小江,说说你这边的想法。"

江旭严肃地说道:"报告局长,虽然赵鲲已经死亡,但是保健品诈骗案还远远没有结案。首先根据化验科的鉴定,涉案药品含有目前未知成分,只知道能作用于人体大脑,但是具体的影响还未可知。另外,赵鲲的突然死亡,导致我们没有充足的时间来调查赵鲲在此案件中的具体位置,犯案动机等都不明朗。目前我个人建议,应该对赵鲲的日常生活、工作同事关系等情况进行调查。"

说到这里,江旭下意识地压低了声音,说道:"另外,张局,赵鲲工作的天成药业,作为药物生产企业,我现在不排除里面有部分人还有涉案嫌疑。"

王焕在一旁听得一愣一愣的,心想:哎哟我去,师父这还藏私货呢,之前一点都不跟我讲。

张为民扫了眼江旭,说道:"既然有这个怀疑,那也先不排除这个可能性。"接着对韩源说道:"现在先分开立案侦查,江旭带着王焕继续跟进保健品诈骗案,务必要尽快查明这个案件的真相,我一会儿会下批文批准你们对赵鲲的同事做调查。另外，赵鲲被杀一案就由韩源你亲自带队，局里的资源有需要尽管跟我申请，务必要尽快抓到犯罪嫌疑人！"

韩源、江旭和王焕三人立刻立正抬手应道："是！"

"小王啊，"张为民又对王焕说道，"你刚到局里，本来就想着让你先跟着小江做个诈骗案子，适应一下我们刑警队的节奏，没想到现在这个案子有复杂化的趋势。你也不要有压力，好好干，也好好跟着小江学习，他可是我们这里办案的老资格，经验丰富。"

王焕又立刻下意识地行了个礼，说道："是，保证努力学习。"

"出去吧，最近辛苦一下，尽快破案。"张为民挥了挥手。

等出了办公室，韩源对江旭和王焕苦笑着说道："这次案情复杂了，都是自己人，我也不怕说，看现在这个情况，估计也是最后两案联合调查的情况。现在老秦还在做检查，其他的兄弟还在进行录像排查记录，老江你说说你的想法。"

江旭抽着烟，说道："还能有什么想法，先加班等着弟兄们的排查结果吧，明天一早我带王焕去天成药业对赵鲲的同事做个调查，顺便对他们公司做个基础评估吧。韩队你可得再给我拨两个人，我这儿还需要天成药业的企业详细资料。"

韩源笑着说道："王焕才来几天，你就带着他加班，你这个师父可不太疼徒弟。"

"没事儿的韩队，"王焕做了个健美的动作，说道，"我还年轻呢，熬熬夜跟着师父学经验。"

江旭反手就弹了王焕脑门一下，笑骂道："你这是说我和韩队年纪大了啊？"

王焕连忙摆手，说道："这我哪儿敢，师父您和韩队老当益壮，啊呸，正是龙精虎猛的年纪。"

年轻人逗得两个老刑警哈哈直乐。

"韩队！老江！"

白术急匆匆过来，说道："快来看，排查有结果了！"

"韩队、老江，你们看这里。"说罢，他指着屏幕上的一个慢慢走出的背景，那人正背着一个行李袋，朝着一辆车走去。

"受害人赵鲲所住的小区，监控远远没有做到无死角覆盖，不过还好所用的摄像头录制的画面还算清晰。这个人出现的方向正好就是赵鲲所居住的那栋楼的出入口。"

韩源问道："就这样吗？这也不能说明什么，最多也就是一个可供排查的目标。"

白术笑道："韩队，要是就这样，我哪能火急火燎地去找你们啊。你们看看这个人上的这辆车。"

王焕三人看着那个背影上了一辆车，接着白术连续切换了两个摄像头的连续录像，然后按了暂停键。

这就是一辆普通的黑色帕萨特，没有什么特别的地方。

这时白术继续说道："今天下午有一个报案记录，一辆黑色大众帕萨特失窃，车牌号，"白术敲了敲屏幕，"和这辆车一样。"

韩源摸着下巴没有说话，江旭抽着烟，瞅了瞅王焕，问道："小王，有没有什么想法？"

王焕心里现在就一个念头，这辆车八成就是谋杀赵鲲的凶手盗走的，然后开车去的赵鲲所居住的小区。但是他知道江旭这是在考察自己，便说道："师父，我有个问题。白哥，报案记录里车辆是在哪个位置失窃的？"

白术笑着说道："小王进步很快嘛，根据报案人的说明，车辆失窃地点离我们抓捕赵鹏的地方很近。"

"那车辆失窃的时间呢？"王焕接着问道。

"我们已经拿到了失窃车辆停车场的监控记录，根据监控时间显示，是今天下午两点三十六分。"白术拍了拍手，说道，"距离我们抓捕赵鹏的时间不过短短六分钟。"

王焕心里一阵狂喜，连上了！右手握拳狠狠砸在左手手心里。

江旭摁灭了烟头，说道："说吧，现在你怎么看。"

"师父、韩队。"王焕平复了一下自己的心情，说道，"我现在怀疑这个偷车贼就是杀害赵鲲的凶手。"

韩源和江旭对视了一眼，开口说道："别光说结论，说说你的推断依据。"

"好的。"王焕抄起白术桌上的水杯喝了一口，说道，"首先，这辆车在我们抓捕赵鹏六分钟之后被盗，地点距离我们的抓捕地点极近。这说明凶手极有可能是一直在监视赵鹏，在看到我们逮捕了赵鹏以后，就立刻开始了下一步行动。他偷了这辆车，就直接朝赵鲲的住所去了，这说明什么？"

韩源一阵笑，对着江旭说道："老江，你这新徒弟别的还没学好，喜欢卖关子的臭毛病倒是和你一模一样。"

江旭做出要弹王焕脑门的动作，故作凶狠地说道："赶紧说！"

"好嘞好嘞。"王焕眼里闪着兴奋的光，说道："这就说明凶手知道赵鹏的上家就是赵鲲。整个保健品诈骗案，不仅仅只是赵鹏和赵鲲知情，这个凶手也知道，不排除还有其他人知道的可能，甚至赵鹏、赵鲲也只是棋子，背后还有指使者的概率已经大大增加了。"

王焕话刚说完，又朝白术问道："白哥，失窃车辆停车场那里的监控有拍到嫌疑人的脸吗？"

白术无奈地耸了耸肩，说道："拍到就好了，停车场的监控拍到的依然还是背影，看起来这个人是个老手，偷车也只花了两分钟多一点。"

"行了。"江旭打断了现在热血上头的王焕，对韩源说道，"韩队，这边我就先不等老秦的尸检报告还有其他凶手的搜证了，我和小王先回去休息一下，明天一早就去天成药业调查。"

"没问题，这边按照局长安排的，我先带队跟一下这个杀人凶手。"韩源说完又对王焕说道，"小王，你们先回去休息吧，这几天表现不错，继续努力，争取早日转正。"

韩源挥了挥手，让王焕和江旭赶紧先走，江旭也没客气，拉着王焕就走，边走边说道："赶紧的，这几天没睡个好觉，今天回去得好好喝两杯补一补。"

王焕挣脱了江旭的大手，说道："师父，你这到底是补充酒精还是补觉啊。你可别晚上喝多了明天起不来。"

"你知道个屁！"江旭说道："你师父我虽然好这两口，但是从来没因为喝酒误过事，心里可是有谱的。"

走到警局门口，江旭说道："赶紧回去休息，明天早上八点在这儿会合，我们一起去天成药业公司那边。"

"师父，等会儿。"王焕说道。

"怎么了？"

王焕想了想，说道："师父，从现场来看，这个凶手应该是个惯犯，而且应该会一些技击手段，可以干净利落地制服两个人。偷车也是熟手，怎么看怎么像电影里那些专业特工或者杀手。可是这样一个人，怎么可能会留下这么明显的尾巴来让我们追踪？"

江旭默默又点上了一根烟，想了想，说道："这件事，我先不告诉你，你会知道的，回吧。"

王焕难得地没有刨根问底，冲江旭点点头。直觉告诉他，今天得好好休息，不然明天之后可能就不能睡个整觉了。

第二天早上九点十分。

"我去。"

王焕跟着江旭走进天成药业办公大厦的大堂，看着这个装修得富丽堂皇的地方，略略有些瞠目结舌。

"师父，这些做药品的也太挣钱了吧。"

江旭没好气地回头瞟了王焕一眼，说道："是啊，人干销售的，业绩好点一个月轻轻松松挣个好几万，攒个几年就能在咱东山买套好房子。哪儿像咱们干刑警的，又脏又累不说，还担风险。"

王焕正一心扑在这里浮夸的装潢上，也没认真听江旭在说什么，随口应道："是啊是啊。"

"嘣"的一个脑袋崩儿，王焕捂着头看到江旭皮笑肉不笑地对他说道："是啊？那要不小王你也别实习了，赶紧辞职找个药企上班，就跟那个

## 第八章　大惊小怪

赵鲲一样拼个几年，房子、车子、票子、姑娘全都有。"

王焕哪里还敢接茬说，立马否认道："师父，干这行的是挣钱，但我可立了志要做个一心为公的好警察，你可不能断了我为人民服务的上进道路啊。"

"没脸没皮。"江旭笑骂了一句，说道，"赶紧跟上。"

两个人走到大堂前台，前台值班的姑娘笑着问道："两位先生早上好，请问有什么可以帮到你们？"

江旭掏出警察证，说道："东山市公安局刑警队，江旭。今天早上已经预约了和贵公司销售总监孙池孙先生见面。"

"请稍等。"前台查询了电脑的预约登记记录，对江旭说道，"江警官您好，已经查到了您确实有预约，不过孙总监今天早上的会议暂时还没有结束，他有提到如果你们来了，先到他办公室稍事休息，会议结束以后他马上就来。"

江旭收回证件，笑着回道："没关系，工作要紧。"

这边前台登记了江旭和王焕两人的身份信息，一人给了一个临时出入证，两人便顺利地刷卡进门入了电梯。孙池的办公室在十七楼。

王焕想了想，对江旭说道："师父，感觉有点不对，太顺利了。"

"先别想这么多。"江旭应道，"赵鲲死亡的消息我们目前还封锁着，天成药业这边应该还不知道。不过行凶的人有没有透露给这里相关的人，这就不是我们能控制得了的了。一会儿你不要说话，注意观察孙池的表情动作。"

"好的，师父。"王焕爽快应下。

叮咚。

电梯稳稳地停在了十七楼，门一开，就已经有收到通知的工作人员站在电梯门口迎接。

"两位警官，我是天成药业的员工，孙总监有交代先带你们去他办公室，请跟我来吧。"

这个工作人员是个唇红齿白的女孩儿，约莫二十三四岁的样子，一脸的微笑让人如沐春风。

江旭也没有拿大，客气地说道："行，麻烦你带路了。"

路上王焕一直观察着这天成药业销售部的工作环境，来来往往的公司员工充满朝气，不是在准备资料，就是在打电话和客户联系，他听到不少市内知名医院的名字。

前边江旭也没闲着，和那姑娘套着近乎，三两句下来，姑娘的姓名、职位、工作年限这些基础信息便掌握到了。紧接着他冷不丁问了一句："听说贵公司销售部有位叫赵鲲的能人啊？可是你们这一直以来的 No.1？"

女孩儿笑得很可爱，眼睛都眯成了线，说道："No.1？您说的应该是我们赵鲲赵组长，他可是我们这儿的传奇人物，一个人顶东山市销售部大半个部门的业绩。不过最近他都在休假，不然你们还能见着面。"

"可惜了。"江旭一脸的遗憾，王焕在后面看着不住地腹诽，这师父怕不是个影帝。

没走多远，姑娘便带两人进了一间办公室。

"两位警官稍坐，孙总监开完会以后马上就过来。对了，两位警官是喝茶还是咖啡？"

江旭笑着说道："我爱喝茶，给旁边这位小王警官来杯咖啡吧。"

女孩儿说道："没问题，两位警官稍等。"说完便关门出去了。

江旭和王焕对视一眼，开始观察起了孙池的办公室，和大堂的奢华大不一样，孙池倒是个好风雅的人，一屋子的古色古香。

王焕看着办公室里的书架，说道："师父你看，这孙池都看些什么书。《销售的108个生存妙招》《为人处世说话之道》，还有《企业生存管理》。这怕不是个人精？"

"能在这种企业当上销售总监的，谁还能不是人精？"江旭看着书柜对面的墙上挂的一幅水墨山水画，咂着嘴说道："这才是大件儿，国内新晋青年画家的山水画，看这大小，没个二十万拿不下来。"

两人对视一眼，两个字：有钱。

王焕还转悠到办公桌后面，看着上面的陈设。

桌面整洁，除了一台办公用的笔记本电脑，一个笔筒，一沓整理好的文件，就只有一个相框了。王焕仔细看了看，是一张一家三口的全家福，应该是孙池两口子，还有他们的女儿。

　　这时推门声响起，进来一个四十出头的中年人，体形保持得挺好，只是略微有些小肚腩。衣着得体，看起来充满了一股儒雅气息，像个学者。

　　这男人看了他们一眼，便向江旭走去，伸出手笑着说道："您就是江警官吧？鄙人孙池。"

## 第九章　　人无完人

江旭握住了孙池的手,笑道:"孙总好眼力。"同时介绍了身旁的王焕。

"原来是王警官,幸会幸会。"孙池一脸笑容,嘴里的话语令人如沐春风,确实是个久经社会磨炼的人精,令人察觉不到一丝怠慢。

"两位警官请坐。"

江旭和王焕两人坐到了沙发上,孙池也顺势坐到他们对面。

"江警官今天早上和我预约,说是有一件案子需要我配合调查,但是又说见面详谈,让我今天上午这个例会都开得很心惊胆战啊。"

孙池笑着说着"心惊胆战"这四个字,脸上却看不出半点恐惧心虚,他接着说道:"不知道江警官这边到底是什么事需要我配合?"

江旭同样的一脸笑容,说道:"倒也不完全和孙总您有关,只是想向孙总您这边了解一下贵公司一个员工的事情。"

"哦?"孙池露出疑惑的神情,问道,"是我们公司的员工犯事了吗?"

"那倒也不是。"江旭笑了笑否认了一下,说道,"贵公司销售部的赵鲲,孙总您应该很了解吧?这边有个案子,和赵鲲有些关系,想向孙总了解一下赵鲲平日里的情况。"

这时敲门声响起,孙池应了一声:"进来。"是刚才去给江旭和王焕倒水的女孩儿。将江旭要的茶水和王焕要的咖啡摆放在茶几上,那女孩儿又问道:"孙总,您这边还有什么吩咐吗?"

## 第九章　人无完人

"没事了小陶,你先出去工作吧。"孙池推了推眼镜。

叫小陶的女孩儿应了声"是",便往办公室外走去,这时孙池又说了句:"你和他们说一声,我这儿先和两位警官谈些事情,没有什么紧急的事情暂时不用进来。"

"好的,孙总。"小陶再应了一声,走了出去顺手关上了门。

"江警官,赵鲲这边没犯什么事吧?"孙池看着江旭问道,"他可是我们公司不可多得的好员工,也算是我一手带起来的,平日里总是忙工作,最近几天才少见地请了几天假。"

"赵鲲有没有犯事现在还不能确定。他现在还在我们局里配合调查。"江旭的神情开始慢慢变得有点严肃,"只是这个案子确实和赵鲲有关,所以这才来和孙总了解情况。"

孙池松了松颈口的领子,说道:"那江警官您这边有什么问题尽管问吧。"

江旭和王焕做了个手势,王焕赶紧拿出了笔记本和笔,准备做记录了。

"孙总,首先问一下赵鲲在你们天成药业的工作情况。"

孙池笑了笑,说道:"赵鲲是刚毕业就来我们天成药业的,我还记得当时他刚到我这里来报到的时候,是个很有干劲的小伙子。刚开始工作,还有很多东西不懂,经常来跟我请教,我也经常带他出去应酬,让他看我是怎么谈客户的。之后他自己能独立了,就开始出去自己做业务了,从那时候开始,他就一直是我们部门的销售冠军。做事有拼劲,有魄力。"他顿了顿,接着说道:"两位警官也知道,咱们东山市的房价,年轻人靠自己买房很有压力,赵鲲家里条件不好,硬是靠自己赚够了买房子和买车的钱,还找了个漂亮的女朋友。说实话,这么多年,我也很少看到这么努力且成功的年轻人了。"

江旭接话道:"看来赵鲲还真是不容易啊,那他和同事关系怎么样?"

"挺好的啊。"孙池不假思索地说道,"小赵平时挺和善的一个人,同事有忙他也愿意帮,别看他老是霸着销售冠军的位置,但是没什么傲气,其他人也很服他。"

"说起来赵鲲这么努力上进，我看着小伙子人长得也不赖，你们公司就没有女孩子想和他发展发展？"江旭适时问道。

孙池笑了笑，说道："怎么可能没有，之前部门里有一两个姑娘迷他迷得不行，小赵没看上，说自己家里条件不好给推了，怕把人给耽误了。好不容易现在谈了恋爱，同事都知道了就消停了。"

江旭笑着捧场地拍了拍手，说道："真没想到，比我预计的还受欢迎啊。"接着再问道："那孙总，赵鲲有没有什么不良嗜好？比如赌博？"

孙池摇摇手，斩钉截铁地说道："不可能！我很了解小赵，他是个很自律的人，部里组织聚会，他连扑克都不打，更别说麻将、赌博这些了。小赵也不抽烟，看他平时也坚持锻炼，也从来没听说过有碰过毒。"

"在孙总心里，赵鲲也太完美了吧？"江旭笑着说道，"那他难不成就没有什么缺点？"

"那倒也不是。"孙池摇摇头，说道，"人无完人嘛，小赵也不是圣人。他这个人特别轴，认定了的事情怎么都要去做，有时候显得太固执了。不过工作上他有这种劲头，我当领导的也不能给他泼冷水吧？只要不影响同事关系和公司的业绩，也就由着他去了。"

江旭苦笑道："孙总您这说的，我都不觉得是缺点了。"

孙池笑了笑，说道："毕竟像小赵这样的年轻人越来越少了，工作上进不说，对家里老人也孝敬，家里房子刚装好，就跟我说要把他爸妈从老家那边接过来享福。不过，说了这么多，江警官，到底是什么案子，还能和小赵扯上关系？"

"是这样的……"江旭把之前保健品诈骗案的事情挑着能透露的和孙池说了，最后说道，"我们昨天抓捕了赵鹏，他指认他的远房堂兄就是幕后指使，就是赵鲲。"

"这怎么可能？"孙池脸一下变得通红，失控地大声说道，"小赵又不缺钱，我们这工作不说能挣多少，但至少他要小康完全没问题！而且他又没什么不良嗜好，眼看马上也要结婚了，怎么可能做这种事情？！"

## 第九章　人无完人

"孙总孙总，您先别激动啊。"江旭赶紧站起来走过去，拍了拍孙池的背，说道，"这也只是赵鹏的一面之词，我们这不是也没有其他什么证据，所以才来调查嘛，如果赵鲲真的没有问题，现在是法治社会了，我们也不会屈打成招嘛。"

孙池明显有点在气头上，说道："你们把小赵请回去的时候怎么也没跟我们联系，他又没经历过这种事情，谁知道你们会怎么问他话？"

话音刚落，做着记录的王焕一下有些上火了，不过他还记得之前的教训，还算有些克制地问道："孙总您这什么意思啊？"

看着王焕还要说些什么，江旭狠狠瞪了他一眼，把王焕剩下的话给瞪回了肚子里。这边孙池说道："我什么意思？我现在就给法务部打电话，联系律师把小赵保释出来。你们没有证据，不要随意抓人！"说完作势向办公桌走去。

"孙总，这可能有点困难了。"江旭又露出了那种似笑非笑，非常欠揍的表情。

"江警官你什么意思？"孙池站在办公桌后，拿着话筒，怒视着江旭。

"赵鲲，昨天下午死在了他的家里。"江旭一步一步朝孙池走了过去，双手撑着办公桌上，看着他的眼睛，压低声音说道，"谋杀。"

王焕看着孙池的脸由红转白，手里的话筒滑落在桌上，整个人失去力气似的向后倒下，瘫坐在椅子上。

"怎……怎么可能？"孙池双眼无神地看着江旭问道，"你不是说小赵还好好地在你们局里配合调查吗？怎么现在又死了？你在骗我？"

"我可没这么说。"江旭说道，"他的尸体是在我们局里，配合我们法医的调查。我是警察，说的可没有一句假话。"

孙池像是受了莫大的打击，说不出一句话。

"孙总，节哀，现在赵鲲已经走了，但是这个案子还没有完。我们不仅要找出保健品诈骗案的真正幕后指使，还要找到杀害赵鲲的凶手。"江旭慢慢说道，"您，可要配合我们啊。"

孙池无力地点点头，说道："江警官需要我怎么做，我一定配合。"

抱着一沓资料的王焕无语地站在电梯里看着江旭吹着口哨不着调的样子，问道："师父，刚才你的演技是不是有点过了。"

江旭拍了拍王焕的肩膀，说道："乖徒儿，这可是为师的正常发挥。倒是你，刚刚有没有看出来什么问题？"

"我感觉孙池就差没把赵鲲当亲儿子看了。"

"傻小子，还嫩了点。"江旭得意地说，"孙池的演技不错，不过比起为师还差了些火候。现在师父给你画重点，你记好了。现在这年头，人都不是傻子，要骗人，说话就要真真假假，刚才孙池的话九真一假。别的不敢说，保健品诈骗案，孙池肯定是知情人。"

"师父，你说的，我们是警察，说话得讲证据，你这是双标啊。"

"证据？我一会儿就让你看证据。"

说话间，两人乘着电梯来到停车场，江旭带着王焕慢悠悠地朝车位走去，王焕耐不住性子说道："师父你倒是走快点啊，还得回局里呢。"

"慌什么慌，证据马上就来了。"

话音刚落，身后传来一个声音："江警官，等等。"

江旭回过头，看着一路小跑过来的女孩儿说道："小陶姑娘，等你很久了。"

王焕目瞪口呆地来回看着江旭和另一边的小陶，心里想着："我这师父，怕是神了吧。"

小陶也盯着江旭说道："江警官，您……知道我要来找您？"

江旭摸出支烟点上，说道："刚才我们和孙总谈话，你一直在外面听着吧？"

"江警官您怎么知道？"小陶惊讶地问道。

"你关门出去的时候，虽然走出去两步，但是又走回来站在门口。不好意思，我这怪耳朵一直比较灵。我们来的时候问你赵鲲的情况，你说到他的时候，笑得比阳光都灿烂，我就觉得你可能和赵鲲不只是同事关系。另外，我说到赵鲲被谋杀的时候，你明显在门外打了个趔趄发出了声音。声音不大，孙总没注意，我却听了个清楚。再加上我们出来以后，我没在办公室看到你，我就猜测你可能会在停车场等我们。"

王焕在心里疯狂呐喊：师父，不仅孙池没注意，我也没注意啊。

江旭没管王焕心里怎么想的，抽着烟看着小陶问道："小陶，你和赵鲲，不只是同事关系吧？"

小陶突然哭了起来，吓了王焕一跳。

"江警官，我叫陶璐，我才是赵鲲的女朋友。"

事情突如其来的转变让江旭都有点措手不及，更不用说菜鸟王焕了，他现在根本就摸不着头脑。两人对视一眼，赵鲲的女朋友已经和赵鲲一起死在他家里，这里却又出来一个说自己是赵鲲女朋友。

这赵鲲，怕不是个渣男？

"江警官，我知道这件事情很难解释。赵鲲最近这段时间变得怪怪的，也不肯告诉我到底出了什么事。不过他在休假之前告诉我，如果他出了什么意外，一定要把这个东西交给警方。"

陶璐从西裤里面摸出来一个不到一掌大的小笔记本，上面还带了把小锁，就像以前初中高中写私密心事的日记本，又拿出一张自己的名片，递到江旭手里，说道："他把这个本子给我以后，说怕连累我，不让我看，我听他的话一直没看。江警官，我不能离开办公室太久，下班以后你打我电话，我们约个地方见面。"

女孩儿说完话不等江旭回复，径自转过身往办公室走去，留下面面相觑的两人。

王焕看着江旭手里的本子，说道："师父，她没给钥匙啊。"

江旭没好气地说道："这锁连学生家长都拦不住，还难得住我们警察？"

说完两手一掰，直接就把小锁给掰断了。江旭翻开本子，王焕凑到一旁，看着上面的文字。那是一串电话号码。


这里是一处距离天成药业总部二十分钟车程的咖啡馆。对面坐着一个看起来斯斯文文的男人，约莫四十岁出头的样子，戴着金丝边眼镜，随意搭配的衬衫、西裤、皮鞋，乍一看上去，就是个随处可见的上班族。

江旭拿着对方递过来的名片：傅青，天成药业研发总监。

坦白说，在江旭和王焕的心里，能成为一名药企的研发总监，负责新药开发的人物，不都是头发花白或地中海的老头儿吗。他们不由得在心里暗自提醒自己，刻板印象要不得啊。

傅青端着杯子，细细喝了一口咖啡，看着对面的江旭和王焕说道："两位警官，自我介绍已经做过了。那么我们开始说正事。既然你们联系到我，那么，我是不是可以确定，赵鲲已经死了？"

江旭看着一脸平静的傅青，说道："正如你所说，赵鲲已经在昨天死于谋杀。但是听傅先生的意思，对于这件事已经早有预料？"

傅青淡淡地说着："我觉得，我需要从头开始讲了。"

傅青毕业于东山医科大学临床药物系，在本校读了药物研发专业的研究生，因为成绩优异，又被导师推荐到美国读了相关专业的博士。

博士毕业以后在美国工作了五年，决定回国。回国以后就一直在天成药业药物研发部工作，一直到六年前，公司安排他接手了一个新的药物研发项目。

"这个项目一直没有公开。"傅青说道，"说起来，我也是半路接手，但是也没有见过之前的开发者。我拿到手的资料只说明了目前的样本是一种治疗阿尔兹海默病的药物，那种药物叫盐酸多奈哌齐。"

江旭和王焕面面相觑，这超纲了啊。王焕默默地在本子上写下药物名字，不确定的字还让傅青做了修改。

"本来，我以为这个新药就是在盐酸多奈哌齐的基础上做改进，提高药物的疗效，这也很符合天成药业一直以来的药物研发规律，主要就是以心脑血管和大脑相关的治疗药品为主。"

说到这里，很明显地，傅青打了一个哆嗦。

"但是，研究到今天为止，我终于发现了研发这个药物的真正目的。它并不只是简单地对阿尔兹海默病进行治疗，它真正的目的是更多地开发人类的大脑。"

王焕看了看沉默的江旭，向傅青试探地问了问："开发人类的大脑的意思是？让人吃了药以后更聪明？"

傅青笑了笑，说道："一直以来都有种说法，人类的大脑只利用了10%，甚至远远不到10%。而这个药物，是为了更多地开发人类的大脑。至于当人类的大脑开发超过10%之后会发生什么，没有人知道。"

"拥有超能力？无所不知、无所不能？"王焕满脸好奇地开口，这个话题对于一个刚刚毕业的中二菜鸟警察来说，吸引力无与伦比。

江旭强忍住弹王焕脑瓜子的冲动，说道："我就知道你以前肯定电影看多了。傅先生，你继续讲。"

傅青接着说道："两年来的开发，我个人并不认为它是成功的。刚开始，我基于到手的资料和药物的基础做了一些优化，不得不说，对于阿尔兹海默病的疗效确实增加了。这一部分的研究已经上报了公司，甚至已经拿到药监局的证书，准备进入实际市场投放阶段了。

"但是，在两年前，开发情况急转直下。我按照之前的研究方向对药物的分子结构做了进一步调整。新制造的样品，小白鼠试验的结果令我吃惊，在服用药物三分钟以后，试验样本居然有了智慧反应。

"你们知道那是什么样子吗？你能在一只老鼠的脸上看到表情，你甚至能看出来，它在思考。"傅青的声音隐隐有些激动，里面隐藏着旁人未知的狂热。

江旭点燃一支香烟，问道："但是呢？我想，其实试验结果并没有那么成功？"

傅青苦笑了一下，说道："江警官说得没错，在短短一分钟以后，试验样本死掉了。在我眼前，成了老鼠干。"

"老鼠干？"王焕疑惑地问道。

"没错，老鼠干。试验后的解剖发现，老鼠全身的细胞衰竭，水分都被蒸发了。"傅青喝了一口水，接着说道，"我之后就同样的药物药品做了试验，结果都无一例外失败了。我减少了药物的剂量，结果一样。

我又更换了实验样本,结果仍没有改变。我接着对药物进行追加研究改进,现在药物的分子结构已经和之前完全不一样了,然而,结果也并没有什么不同。"

"人类大脑的重量只占体重的2%,但是却需要消耗身体约20%的能量。如果大脑真的可以开发超出10%,这也不是人类自身可以承受的。

"你们知道吗?我以为自己可以创造历史,可是,到最后这还是一个笑话。"

江旭皱了皱眉,问道:"傅先生,你说的这些,和赵鲲又有什么关系?"

"三个月以前,我发现,我最新的样品被盗了一部分。"傅青说道,"虽然这药不可能进入人体试验阶段,但是我完全可以猜想到如果有人误用之后会是什么样的结果。我当时就向保安系统和相关的负责人反映了情况,但是最后却不了了之。"

王焕说道:"不应该啊,明明是重要的新药开发,但是却这么不管不问?"

傅青点点头,说道:"之后,我向公司提交了新药最新的相关数据和成果,建议停止这个新药的开发。公司同意了,蒋总还嘱咐我休息一段时间,另外选择一个方向做自主开发。直到赵鲲找到了我。"

江旭灭了烟头,问道:"赵鲲和你,到底是什么关系?"

"他是我的学弟。"

## 第十章　　来龙去脉

"赵鲲是东山医科大学临床药物专业的毕业生,算是我的学弟。另外,我们差不多算是同期进入的天成药业,只是我是药物研发,他是市场销售。"傅青说道,"因为毕业于同一所学校,又算是同期进的公司,我和他私下里的关系一直保持得不错。但是,我没想到赵鲲找到我,居然会阴差阳错地跟我之前开发的新药有关。"

傅青回忆起当时的情景。

那是一个早晨,他刚刚收拾干净准备出门去实验室上班,筹备新药开发项目。一打开门,就发现赵鲲站在家门口,胡子没刮,脸上挂着两个硕大的黑眼圈,一脸憔悴的样子。

因为时间还早,傅青把赵鲲请进家里,只见他整个人却像丢了魂一样,好像根本听不清别人在说什么。

"学长……"赵鲲哽咽道,"我,杀人了。"

傅青大吃一惊,说道:"赵鲲你在说什么你知道吗?你怎么会杀人?"

"孙池他个混蛋害我!学长,我真的完了。"赵鲲哪里还有他一贯的精英模样,整个人在巨大的压力下颓废不堪。

傅青追问道:"孙池不是你们销售部的总监吗?到底怎么回事。"

赵鲲一五一十地告诉了傅青整件事情的来龙去脉,而当江旭和王焕听到这一切的时候,也就明白了,什么保健品诈骗案!这就是一帮极其无耻、没有底线的小人的联手作案!

孙池和赵鲲已经不是第一次合作了,从赵鲲进公司以后,因为家庭条件不好，人又善于钻营，孙池便将赵鲲发展为自己的下线。

孙池负责联系那些苦于药品监管的种种限制没有办法进行人体实验的全世界的各个药企，拿到他们新药的样品，而赵鲲则负责将这些药物包装成三无保健品拿出去分售，并记录购买人使用后的身体状况。

一直以来他们两人的犯罪行为都顺风顺水，因为没有受害人死亡，也没有引起太大的风波。两人不仅能赚到贩卖试用药的钱，还有各个委托他们的药企送来的感谢费。

而孙池为了拉拢赵鲲，也将自己多年来在东山市内的销售渠道、人脉全都转送给赵鲲，自己稳坐幕后，安安心心地捞钱。

但是，这一次，死人了。

傅青说道："赵鲲跟我讲，之前多次操作都没有什么太大的问题，他也赚到了不少钱，唯独这一次不一样。最开始他也奇怪，孙池对他千叮咛万嘱咐，这次的代理人一定要找一个绝对放心的，所以赵鲲才找上了他一个不成器的远房表哥，把这次的药包装成可以缓解甚至治愈阿尔兹海默病的特效药。但是没想到，出事了。"

江旭悠悠地说了句："他害怕了。"

"是啊。"傅青叹了口气，说道，"他这么多年以来从来没出过问题，这一次，直接闹出了人命。他来找我之前，已经和孙池联系过了，他们决定立刻让赵鹏离开东山，只要赵鹏不被找到，他们两个就没有问题。原本这件事情他不会告诉我的，但是因为两个原因，他还是决定来告诉我。"

王焕忍不住问道："什么原因？"

傅青说道："第一，他怕死。这次不同以往，是出了人命的，他必须要给自己留个后手。赵鹏是他找来的人，如果赵鹏被抓，他也跑不了。但是他害怕的是，他活不到被抓的那天。我劝过他自首，他的侥幸心理又让他觉得自己可以渡过这一关。"

说到这里，傅青揉了揉自己的眉心，声音低沉："我后悔了，当时我就该报警的，这样他说不定还能活下去。不管是坐牢还是什么，总比

## 第十章　来龙去脉

死了强。"

江旭叹了口气，接着问道："那第二个原因是什么？"

"他带着出问题的药来找我，想知道这次为什么会出人命。"傅青说着，手有些颤抖，"但是我在拿到药的第一眼就认出来了，那就是我多年来辛辛苦苦研发的新药，就是之前实验室被盗走的那批。"

傅青昂起头，看着江旭说道："你们知道这意味着什么吗？这意味着这件事关系的不仅仅是赵鲲、孙池，也不仅仅关乎那些委托他们售卖的黑心企业，就连天成药业的上层也脱不了干系！

"我的研究室不是随便什么人都能进来的，更何况在新药被盗以后，公司大事化小地遮瞒掩盖。我敢说，天成药业的老总蒋天成和这件事也绝对脱不了干系！"

江旭按住傅青的肩膀，说道："傅先生，你在这件事情里面到底是个什么角色我们暂时先不管。不过，现在开始，需要你配合我们的调查了。我现在需要涉案药物的所有详细资料，也需要你和我回警局协助调查。你同意吗？"

傅青没有闪避地直视江旭的眼睛，说道："这件事我有无法逃避的责任，之前因为我的过错，赵鲲已经被谋杀了，我现在要承担起我的责任。药物的资料本来应该是完全存储在公司实验室的电脑里的，但是其实我一直有偷偷地手写备份，还带回家重新整理了出来，我现在就带你们去拿。"

江旭朝王焕使了个眼色，说道："事不宜迟，我们马上走。"说完掏出手机，拨打了韩源的电话："喂，韩队，我们这边找到一个重要证人，案情现在有了新的进展，对，我现在申请立刻对天成药业的销售总监孙池进行抓捕，对，要快，这边我、王焕要和证人去取证，麻烦韩队你带队去抓捕孙池……"

江旭打着电话的时候，傅青领着王焕朝他停在咖啡馆对面的车走去，刚走出咖啡馆，傅青对王焕说道："王警官，你在这里等我，我把车掉个头开过来，一会儿你坐我车上，江警官开你们的车。"

因为傅青配合的态度，王焕没有多想便让他自己过去开车，自己留在这里等江旭。

看着傅青跑到马路中间，一股危机感突然涌上王焕心头，与此同时，他听到噗的一声仿佛开枪的声音随风传来。

动作比思考更快，王焕一边跑，一边朝傅青大喊："危险！"

傅青刚好跑到马路对面楼下，听到王焕的声音疑惑地转过头，看到他一脸焦急的样子，不知所措。

然而就在这时，傅青的头上，一个大型霓虹招牌突然砸了下来。

意外的发生只在电光石火间。

王焕看着距离自己不过两三步的招牌，还有招牌下面被压住的傅青，瘫坐在地上，大脑一片空白。

他是看过死人的，也想过作为一名刑警会见到各种各样的尸体。但是他从来没想过，短短两三秒间，一个活人会以这种方式死在他眼前。

傅青深凹下去的头骨告诉他，已经没救了。

啪的一声，一个耳光响亮地甩到了王焕的脸上，江旭抓住他的衣领把他提了起来，吼道："你给我醒醒！"

王焕摇摇头，清醒过来，眼前是师父江旭，耳边传来的还有路边行人的惊呼。

江旭甩开他，掏出证件，对着周围的人大声吼道："警察，这里是案发现场，所有人不要靠近！"

说完，江旭拽住王焕的头发，把他拉近自己，吼道："我不管你清醒了没有，现在，你马上打电话给局里，让同事过来帮忙。你守好现场，不要让路人破坏了，听到了吗？"

王焕看着江旭开始发红的眼睛，禁不住大声应道："听到了！"

江旭拍拍他的脸，迅速跑到自己的车前，他现在要马上去天成药业大厦，一种不祥的预感浮上心头。

江旭一边开车一边摸出一张名片，拨打了电话号码，接通的时候，对面传来一个女声："喂，你好，请问是哪位？"

## 第十章　来龙去脉

"小陶，我是江旭，你现在在哪儿？"

对面的陶璐立刻压低了声音，说道："江警官，不是说好了下班后联系吗？我现在还在公司。江警官到底……"

江旭不客气地打断了陶璐的话，说道："我不管你现在在做什么，有多重要，现在立刻马上，找个地方躲起来！不要出大厦，在楼里找个你知道的，最隐蔽、最安全的地方躲起来，不要和任何人联系，等我来找你！赶紧！"

陶璐被江旭严肃的语气吓到了，连声应道："好……好！江警官，我马上照你说的做。"

江旭挂断了电话，又马上给韩源打了过去："喂，韩队！傅青死了！你们到哪儿了？一定要抓住孙池，那家伙有危险！"

韩源站在天成药业楼下，眯着眼看着楼顶上的人影，说道："老江，怕来不及了。"

这是一个阳光明媚的早晨。

六点半，K起了个大早，刷牙洗脸，给橘猫添了猫粮，铲了猫砂，拿着喷水壶给阳台的植物喷了喷水，站在那儿伸了伸懒腰，呼吸了一口清晨的空气。

随即回到房间，打开电脑，点开网站里的特殊个人收件箱，一封未读邮件安静地躺在那里。K看着上面的信息，脸上的肌肉因为笑容开始颤抖，新工作到了。

江旭看了看手表，下午三点二十，对着手机喊道："韩队，到底什么情况？"

韩源拿着望远镜看着天成药业的楼顶，说道："孙池现在就站在他们大厦的顶楼边上，随时有可能跳下来。"

"我的天！"江旭听罢，霎时脸色煞白，"赶紧派人上去，联系消防队和谈判组的，必须阻止孙池，现在线索就在他身上！"

韩源挂断了电话，对着身边的队员喊道："马上联系消防队和谈判组，疏散地面人群，另外，给我封锁整个天成药业大厦！"声音因为急躁而变得凶悍，"一只苍蝇都不准进出！"

王焕联系了局里的同事和现场鉴定组，守在傅青死亡的现场阻止路人的围观。他围着砸在傅青身上的大招牌转了几圈，要确定事情发生之前的那种感觉以及自己听到的枪响是不是真的。

这是一块有不少年头的招牌，金属的部分已经锈迹斑斑，不过看这厚实的程度，不应该会因为锈蚀掉下来。此时他眼尖地看到，招牌上用来固定墙体的连接件位置有一处不规则的翻起。

王焕凑了上去，看到了一处被外力重击穿过的痕迹，整个部位都被打断了，这是子弹打的？整块招牌总共三处连接墙体的位置，全都被打断了！

以傅青所在之处为中心，王焕的脑海里迅速构筑起周边整个环境的立体概念，下个瞬间，他看向300米外一处五层楼的楼顶。

上午九点过六分，K已经处理了前一天用过的衣服，开着偷来的车，来到了一个离别墅区不远的地方。

因为已经踩点了不知道多少次，如何进入这样安保完善的小区根本难不住他。K停好车，背好自己的背包，走进路边的林子里，绕过了每一个他知道的外围监控摄像头，走到一处两米五高的围栏外面，看着上面挂着的牌子：高压电，请勿翻越。

K耸了耸肩，将背包扔过栏杆，自己原地一个起跳，一手搭住围栏顶部，一个借力，便轻松地翻了进去。

高压电什么的，也就只能唬唬普通人。

捡起背包拍了拍灰，K一边哼着不知道哪里听来的小调，一边找着目标别墅，整个人悠闲得就像这个别墅区里真正的业主一样。

没过一会儿，他便看到一幢房子的后花园里，一个看起来三十多岁的女人，正带着一个小女孩玩耍。K认真回想了一下目标的相关照片，

## 第十章　来龙去脉

眼睛一亮，找到了。

江旭一脚刹车将车稳稳停住，前面已经有同事拉起了警戒线，他将证件挂在胸前，径直走了进去，边走边问道："韩队人呢？"

同事连声应道："老江，韩队已经带着谈判组的同事去楼顶了，楼下已经有消防队在布置。老江你快上去，现在我们也不知道具体怎么样了。"

江旭不管不顾地冲进电梯里。现在整个事件已经让他感到非常的不安，到目前为止，仿佛发生的一切都掌握在别人的手里，从抓捕赵鹏到赵鲲被谋杀，再到傅青的完全意料之外的死亡，最后是孙池离跳楼只有一步之遥。而且这一切都是追着他们的调查进度在进行……

江旭强迫自己冷静下来。看了看手表——下午三点三十三分。

无论如何，一定要把孙池保下来！

组里来了另外几个同事，现场鉴定科的人也来了，王焕把现场交给了他们，自己朝着刚才发现的大楼走去。

这里是东山市的旧城区，楼层普遍不高，破旧，但是又别有几分历史韵味。王焕没有停留，直接爬楼梯走上了楼顶。

五层楼的高度在这里完全够王焕看清很多东西，他来到边上，以傅青遇害的位置为基准，来回观察，不一会儿，找准了方位。

他看着地面上有浅浅的踩踏痕迹，脑子里面高速运转着。不出意外的话，这里之前蹲着一个狙击手。但是，为什么呢？

三百来米的位置，对于一个受过训练的枪手来说，直接狙杀一个人无疑是相当简单的。可是，凶手却选择短时间连开三枪，通过击落傅青头顶的招牌来击杀他。

如果不是凶手有绝对的自信，那就是……

王焕咬咬牙，狠狠骂道："有病！"

话音刚落，背后传来一阵声响。王焕条件反射地拔出枪转身一指，身后却空无一人。

K把弄着从女人身上摸出来的手机，找到视频录制，对着眼前的女人和孩子开始了拍摄。

两个人被牢牢地绑在椅子上动弹不得，嘴上也贴着厚实的胶布，只能用眼睛看着K的动作。

他拿着手机，一边录一边用他带有金属质感的声音说着："孙池，看见了吗？你美丽的太太、你可爱的女儿。

"真是，太可怜了，哈哈哈哈，我都心软了，想现在就杀了她们，免得她们再受苦，你觉得呢？

"我可以给你十分钟，可是十分钟内，你一定要跳下去哦。不然，我敢保证，你老婆和女儿会走在你前面。"

滴的一声，K点开视频回放，津津有味地看了一遍，又把手机递到女人的眼前，凑到她的耳边低声说道："我觉得我刚才的声音表现不太完美，没有很好地展现出我作为一个变态杀手的姿态。你觉得有没有必要再来一条？"

这时，K摸出手机，果然看到一条来电，接了起来。

"喂。"

"我说了不是重要的事不要给我打电话。"

"杀人的事情不用你教！"

"好吧，我知道了，这边完事我马上过去。"

K挂断电话，看了看时间——上午九点四十二，又看着孙池的妻子和女儿，有点无奈地按了按太阳穴，说道："真是不好意思，今天有点赶时间，不能陪你们玩了。"他将孙池妻子的手机放回兜里，问道，"你们觉得，我要怎么杀了你们，才会比较好玩？"

江旭走上楼顶，就看到孙池站在边上，只要他一个晃身，随时都能掉下去。

韩源叫来的谈判组一直在努力和孙池沟通，可是孙池压根就没有搭理他们，只是拿着手机一直看着，不知道在看什么。

江旭走近了看，才发现孙池泪流满面，嘴里仿佛念念有词，又时不时看着楼下。

韩源看到江旭上来，一把拉住他，说道："赶紧想想办法，孙池现在情绪很不稳定，要是他跳下去，之前的调查就全完了。"

江旭拍开韩源的手，说道："不用你提醒我韩队。傅青已经死了，孙池现在就算是跳进十八层地狱，我也要把他拉起来说出真相再送他走。"

说完，江旭朝着孙池走了过去，喊道："孙总监，看着我。"

孙池猛地一抬头，哪里还有上午见面时的温文儒雅，看到江旭的出现，眼睛猛地一亮，开口叫道："江警官！"

江旭看到孙池这个样子，心里一个咯噔，还来不及说话，孙池便对着他说道："事情不该是这样的。"

说完，孙池把手机放到西装内兜里，看也不看，张开手向后倒去。

"我的天！"江旭一声大喝，冲了过去，只是再快的速度也摸不到孙池的衣角。

江旭看着向下坠去的人影，脸上表情扭曲，终于失态地吼了出来："浑蛋！"

王焕将有踩踏痕迹的地方用手机拍了下来，并通知现场鉴定小组的同事分了一个人上来做检验，他自己则回到了傅青遇害的现场。

傅青安安静静地趴在那里，如果不是头上的伤痕，王焕真的不敢相信上一秒活生生的人，下一秒就已经失去了生命。

电话响起，王焕一看，是江旭的来电，立马接通，熟悉的声音传来，冷静而平淡。

"小王，孙池，没留住。"

王焕感觉身体冰凉，却突然想起一个人，问道："师父，陶璐呢？"

仿佛能听到对方拍脑门的声音。

"差点忘了，我们还有一个证人。先挂了。"

终于，还有一线希望。

王焕收起了手机，抬头看着站在警戒线周围的围观路人，一个个满脸好奇。这时，他看到一个年轻人，留着平头，抱着两袋猫粮，正在看着警戒线里的一切。

　　仿佛感受到了王焕的目光，年轻人淡淡地看了他一眼，回过头朝着人群外走去。

## 第十一章　概不知情

陶璐坐在警察局里，略略有些坐立不安。江旭找到她的时候，她正躲在工程设备管理间里。那里除了工程部的员工有必要的时候会过去拿施工设备，平时基本上都没人去。她平时和公司里的同事关系都还不错，自己偷偷配了一把钥匙，有时候和赵鲲就在那里幽会。

江旭和王焕坐在陶璐的对面，都有些头疼。这两天事情的发展已经超出了所有人的预料，也正因为如此，他们才会察觉，本来简简单单的保健品诈骗案已经牵扯出他们无法想象的背后组织。

江旭清了清嗓子，有些庆幸今天自己的失态没有被王焕看见，不然这个师父当下去怕是有难度。江旭恢复到平日里的样子，对着陶璐问道："现在能不能跟我们先大概说一下，你和赵鲲到底是什么关系？"

"我就是赵鲲的女朋友啊。"陶璐说道，"虽然，可能知道这件事的只有我们两个人。"

王焕看了看江旭的表情，对着陶璐继续问道："我可以理解成你是赵鲲的情人吗？"

陶璐眨眨眼睛，说道："怎么能叫情人呢？我和他是正常谈恋爱，只是不想让其他人知道而已。"

"可是，赵鲲不是有女朋友吗？"

"他又没有结婚，只是谈恋爱，又不犯法。"陶璐小声地回应，"他喜欢我，我喜欢他，不就行了嘛。"

王焕感觉自己的头疼指数又上升了几个百分点，对着江旭小声说道：

"师父,是我老了吗?可是我比她小啊?!"

江旭感觉抽烟已经压不住自己的头疼了,立马换了个话题,对陶璐问道:"除了交给你的那个笔记本,赵鲲之前还有没有跟你说过其他重要的事情?"

陶璐两只手揉了揉,搓了搓,好像在认真回忆,接着说道:"我只知道赵鲲跟我说过,他一直都有和孙总一起做些事情,但是从来不肯细说。后来对他这些事情,我就不再问了,男人的事情,本来问多了也招他烦。"

这个时候,白术推门进来,说道:"老江、小王,张局叫你们去他办公室,韩队已经先去了。"

江旭苦笑了一下,拍了拍王焕的肩,说:"走吧,迎接狂风暴雨。"

"你们到底在搞什么搞?!"张为民狠狠地拍着桌子,扯开嗓子吼道,"两天,死了六个人,你们到底在搞什么?"

王焕有点蒙,掰着手指头数来数去也才四个,什么情况?看江旭也是摸不着头脑的样子。

韩源小声跟他们说道:"你们还不知道,去孙池家里取证的同事刚刚回来,孙池的老婆和孩子被发现死在家里了。"

江旭和王焕蒙了,大脑一片空白。

张为民指着韩源说道:"韩源,你先说,现在有什么发现。"

"是!"韩源应道,"从昨天赵鲲死亡以后,我们就先开始了排查。根据多方的调查显示,赵鲲被谋杀一案,凶手已经肯定是专业的杀手,在行凶后,能够熟练地躲避各线路的摄像头,在丢弃被盗车辆以后,连续更换多条公共路线,反跟踪意识和技能十分强……"

啪的一声,张为民拍桌子打断了韩源的话,说道:"我要听的不是这些!我就问你,现在凶手能不能抓到?"

韩源的脑门见汗,硬着头皮说道:"不能。"

张为民两眼一瞪,又指着江旭:"江旭,你来说,你这边现在是什么情况?"

江旭一脸严肃,说道:"报告局长!保健品诈骗案目前已经有重大突破！"

"说！"

"是！"江旭擦擦汗，把今天调查到的所有情况一五一十地讲了出来，从进天成药业大厦开始到下午约见傅青，再到傅青和孙池相继死亡。

"张局，现在虽然我们手头的线索已经断了，但也不是完全没有希望。根据之前了解到的情况，天成药业的老总蒋天成也与这个案子有关。现在我们完全可以申请调查天成药业各个高层管理人员，甚至蒋天成。不仅是要调查清楚整个案子的来龙去脉以及背后的利益往来，更重要的是要对他们进行保护。"

张为民皱着眉，手指一下一下地敲着办公桌的桌面，问道："你的意思是？"

江旭不着痕迹地瞟了一眼韩源，发现对方背在背后的手竖起了大拇指，继续说道："现在很明显了，我们调查到哪里，凶手的行凶行为就进行到哪里，这一定是背后还有隐藏得更深的人在指挥。我们现在需要将两个案子联合调查，不仅可以保证线索来源的安全，更有利于我们抓住行凶的凶手，避免更多的涉案人员和无辜市民死亡。"

"你们需要知道一件事情。"局长说道，"省公安厅已经来电话了，厅长发的话，再死一个人，公安厅就派人下来接手这个案子。"

"我不管你们是怎么想的，除了小王，都是干了十几年的老人了，要破案，更不要丢了自己的脸。"

江旭和韩源对视了一眼，应道："明白了，局长。"

局长站起身来，说道："现在起成立专案组，保健品诈骗案和连环杀人案并案调查，韩源、江旭你们一起负责。务必要尽快破案，也不要再出现新的伤亡。"

两人连忙行礼，应道："是！"

局长挥挥手，说道："都出去吧。"

三人鱼贯而出，回到刑警队自己的办公室，把同事都聚到了一起。

韩源先说道："现在两个案子并案调查，我们把手头的线索、资料都整合一下，看一下下一步的安排，然后分配任务。你们也听好了，局长已经发话了，这个案子我们必须尽快破掉，不然咱们东山市局的脸就都被我们丢光了。"

这时白术先举起了手，说道："我先说一下我这边整理的情报。首先是杀人凶手这一块，大致情况相信大家都有了解，手段残忍却又干净利落，而且有明显的反社会心理。谋杀傅青的时候明明可以选择一枪爆头，但是却在极短的时间里连开三枪打落傅青头顶的招牌来完成击杀。另外经过我们的搜索，在傅青遇害现场周边发现一部被遗弃的手机，初步可以判定是孙池妻子的手机，上面有发给孙池的视频，内容是威胁孙池跳楼，这方面通过孙池的手机我们已经确认了。凶手心思缜密，冷漠残酷，就连孙池八岁的女儿也没有放过。现在我们手头掌握的线索也只有凶手被拍下来的背影，基本上很难用作追踪凶手的依据。"

韩源点点头，说道："白术说的没错，所以我们现在单方面追查凶手身份已经不现实，只能从其他方面着手。老江，你说一下你的情报和思路。"

江旭点了烟，指了指王焕，说道："让小王来说吧。"

王焕看韩源没有拒绝，倒也没有怯场，说道："根据我们手头的情报，已经可以确认，保健品诈骗案中的涉案药品就是来源于天成药业实验室被盗的新药样品。而最了解新药的傅青已经遇害，同事已经在他的家中搜查到了他的手写资料，交给鉴定科进行进一步鉴定。另外，根据傅青死前的证词，这个案子的涉及面非常之广，而现在我们能肯定的就是天成药业的高层大体都脱不了干系，尤其是他们的老总蒋天成。根据同事的调查，蒋天成在几天前就已经出国了，具体去向不明，也无法联系，现在已经拜托出入境的同事检查他的出入境记录。另外，我们还需要立刻控制住天成药业的副总王钰、天成药业研发中心的主要负责人叶文青。一方面对他们进行调查，一方面也是对他们进行保护。我相信，他们很有可能会成为凶手的下一个目标。"

江旭点点头，说道："小王说的大体上没有问题，我再补充几点。

## 第十一章　概不知情

"首先，我们局里现在还有一个证人——赵鲲的秘密女友陶璐，虽然她一再表示对于具体的事情她概不知情，但是我也不排除她会成为凶手的目标。另外，我感觉蒋天成目前的行踪对于我们破案是一个关键点。从目前各方面的线索来看，都开始集中到蒋天成的身上，甚至包括凶手，会不会就是蒋天成雇佣的专业杀手？这是我们不能放弃考虑的点。"

韩源紧皱着眉头，说道："现在我们首先要考虑的也是最现实的问题，东山市不能因为这个案子再出新的人命。我们拟一下，对哪些人要进行调查和保护。"

一帮人经过了合计，天成药业的王钰、叶文青、陶璐，以及部分与新药开发和药品销售有关的中高层都进入了名单。

"现在我们这样安排。"韩源说道，"老江，你和小王现在主要跟踪蒋天成的线索，要尽快找到他的下落。"

江旭和王焕点点头，这也正是他们所想的。

"剩下的人除了留在局里做衔接机动，负责我们的中间联系以及汇报最新的情报线索，其余人分成两人一组，现在马上对名单上的人进行调查和保护。"

其余的同事也纷纷应是。

"兄弟们，东山已经很久没有出现这么恶劣的案件了，抓紧时间破案，不仅是为了我们自己，也是为了保证老百姓的安全，明白了吗？"

包括江旭和王焕在内，所有人大声回应："明白了。"

K抱着电脑瘫在沙发上，橘猫在他的手边躺着，不时地用头蹭一蹭他。屏幕上的在线聊天里，他慢悠悠地敲下一行字：放心，收钱办事，所有的目标，都会死。

从出入境管理局出来的时候，已经是上午九点多了。江旭抽着烟强打着精神，王焕时不时拍打自己的脸提神。

据出入境管理局的同事查出来的资料显示，蒋天成确实在几天前坐上了飞往美国的航班，王焕本来都快要接受蒋天成已经跑掉了的现实，江旭却提出要看到蒋天成上飞机时的照片。管理局的工作人员还是很配合工作，和机场联系了一下，调动数据库资料，没多久，几张照片就传了过来。

江旭和王焕一看，笑了。虽然不知道照片上的人是谁，但是这和他们从警察系统里查询到的蒋天成的照片相比，完全是两个人。

好一个老狐狸，居然谎称出国？

不过没出国好啊，要是出国了，这就真不好找了。

"喂，韩队，我这儿最新情报，蒋天成没出国。虽然出入境的资料上显示他出境了，但是根据机场数据库返回的照片，出境的不是他本人。"江旭给韩源打电话通报最新的情况，"这老浑蛋，百分百有问题。"

"没出境好啊，只要还在国内，我们就能把他给找回来。"

"你们那边怎么样，几个重要线索可别丢了。我还等着靠他们几个找蒋天成呢。"

"目前没什么大问题，都见着了人，一会儿就带回局里。"

挂断电话，江旭松了一口气，这已经是这几天来相对放松的时候了，只要带回局里，杀手还没那么大胆子和警察正面挑衅。

王焕打着呵欠，说道："师父，咱回吧？"

江旭笑道："路上买点早餐，咱俩垫垫肚子，也给局里留守的兄弟们带点儿。"

K打着呵欠，昨晚忙活了一晚上，没能睡到一个好觉，上午又要接着开工，虽然这是作为一名杀手的常态，但他还是想好好睡觉啊。

此刻的他藏身在一个楼顶的大招牌里，这里隐蔽且空间宽敞，他可以方便地趴在地上操作早已经架好的狙击枪。这个位置又是能够观察到整个路边的最佳地点，透过狙击镜，他能看到路面上行人的一举一动。

今天的天气有点阴沉，空气湿度很大，以他的经验，可能快要下雨了。身上好几处的伤疤开始隐隐作痛，更让他确信了自己的判断。

## 第十一章　概不知情

早就在目标的家里装了窃听器，听着耳麦里传来的动静，警察已经上门了。

K有点心烦，当兴趣成为工作的时候，实在是让他提不起任何干劲。而且按照今天的计划，留给他出手的机会只有一次，实在没有工夫给自己再找什么乐子。

看着街面上的路人，K右手的食指一会儿放在扳机上，一会儿又挪开。

K调整着自己的呼吸，不停地劝诫自己要忍耐。

韩源带着两个同事敲开了叶文青家的大门。叶文青已经快六十岁了，年轻时过度的劳累让他早早地从研发一线退了下来，不过天成药业给他的职位让他能够过手整个公司所有的新药研发项目，公司在开发什么，开发进度如何，甚至包括研究所需要的经费分配发放，都需要先得到叶文青的签字认可才能实施。

昨天傅青和孙池的死亡让他明白，可能留给他的时间也不多了。走错了一步，不管之后如何补救，都不一定能带来正确的结果。

韩源看着站在眼前枯瘦的叶文青，还有从厨房里出来围着围裙的叶文青的妻子，顿时有点头疼。凶手可是个杀人不眨眼的凶徒，更何况，他也怕再一次出现凶手挟持家人逼迫目标自杀的情况发生。

"叶先生，有个案子要麻烦你和我们走一趟配合调查了。"韩源说话永远都做到恭敬礼貌，这是江旭永远也做不到的，"当然，为了你家人的安全，可能你的老伴儿也得陪你走这一遭了。"

叶文青没有多说话，摘下了鼻梁上的老花镜，看着自己的老伴，脸上露出一丝笑容，里面有一些释然，更多的是歉意。

两位老人坐上警车的时候并没有惊慌，在赵鲲与孙池接连死后，这个警察们没有明说的秘密，对于叶文青等人来说，也就不再是秘密了。

一路无话，车朝着警局开去。

"来了。"

95

K看到街角转过来的警车,把眼睛凑到狙击镜前开始观察。

"啊。找到了找到了。"K呢喃着,将狙击镜瞄准叶文青的头,距离调整,风速调整,OK,只要轻轻扣下扳机,今天就完成了一个目标。

手指在扳机上停住,K发现自己下不了手,不是因为不想杀人,而是太无趣了。

"啊!"K呻吟着拉伸身体,听着骨节发出"咔嚓咔嚓"的声音,等待着另一个机会。

车越来越近了,K慢慢调整着呼吸,调整着角度。

砰,爆炸声响起!子弹出膛的声音在消声器的作用下,急促而沉闷。

K将身子收了回来,保证人从下面绝对看不到他,迅速拆了枪放回箱子里,慢慢地走回楼道,享受地听着楼下行人的尖叫声。

完成一个小目标。

江旭开着车,王焕坐在副驾驶上微微合着眼略微补充着睡眠。车上还放着些吃的,给在局里同样一晚没睡的同事带回去垫垫肚子。这时手机响起,江旭扫了一眼,是白术的号码,顺手接了起来,说道:"喂,什么事?就快到局里了。"

"老江!"白术的声音火急火燎的,"韩队出事了!"

消防员忙忙碌碌地救完火,开始对已经焦黑的车体做着破拆,江旭和王焕站在一旁,已经沉默了很久。

王焕感觉自己的鼻子很酸,仰着头尽力不让眼泪掉下来。江旭一根接着一根点烟,脚边的烟头散了一地。

先来一步的同事告诉他们,车里面不光有叶文青老两口,还有韩源和另外一个同事。可是此刻已经认不出来他们谁是谁了。

四具尸体的颜色和车身一样,已俱是焦黑。

王焕看到驾驶位的尸体,还保持着把着方向盘的动作,再也没忍住,问江旭道:"师父,那应该是韩队吧?"

江旭没说话,在烟雾里轻轻点了点头。远处警笛声逐渐靠近,不一会儿,一辆警车停了下来,车门一开,下来的是张为民。

## 第十一章　概不知情

他走得很急，看到这爆炸现场，还有车上的四具尸体，嘴唇嗫嚅着，发不出声音。沉默持续着，围绕着他们的，是大火熄灭后干燥刺鼻的空气。空气中，张为民抬起了一只手，挺立着笔直的身子，对着车子行礼。

江旭和王焕站在他的身后，同样将身子绷得笔直，缓缓抬起了右手。

王焕感受到了空气中的沉闷、严肃、压抑，也感受到了周边同事们跳动的心，在沉默地狂啸、嘶喊。

要炸裂了！暴戾的情绪在现场蔓延。

张为民放下了手，回过头对着江旭说道："江旭，从现在起，你就是我们东山市公安局刑警大队代队长。"

江旭没有做任何的推辞，对着张为民坚定地说道："是！"

局长挥了挥手，将现场的同事聚集在一起，说道："我现在就要去省厅给厅长做汇报了，预计省厅的专案组会在今晚成立，明天下午抵达东山。我现在对你们就两个要求。"

周围的人安静地听着，张为民暗暗调整了一下自己的情绪，说道："第一，你们尽可能保证自己的人身安全，我不想再送走任何一个我们的同事。第二，在我回来的时候，我要看到凶手。"

所有人的呼吸都开始急促起来，王焕觉得自己能听到旁边江旭咬牙的声音。

张为民定了定神，朝来时的警车走去，又突然定住了脚步，回头看了江旭一眼，王焕能看出眼神里由有警告的意味，也有期许的意思。

警车远去，王焕问道："师父，局长最后那一下是什么意思？"

江旭叹了口气，说道："他要我尽量抓活的。"

王焕有点蒙。

江旭说道："你说我资历比韩队老，破的案子也是局里最多的，为什么队长不是我？"

王焕摇摇头，作为菜鸟刑警，他不能明白江旭的意思。

江旭又点燃了一支烟叼在嘴角，对王焕勉强露出一个笑容，说道："以后你会知道的。"

说罢，江旭掏出了手机，给留守在局里的白术打了个电话。

"小白，其他的人证带回来了吗？"

"情况不太好，就带回来一个——王钰，天成药业的副总，其他人都跑了。"

江旭皱着眉，说道："我现在马上回去，其他的人也不能放弃，我马上安排同事们接着去找。"

挂了电话，江旭再次把所有人聚集了起来，说道："多余的话以后再说，你们都知道我老江的为人和能力，现在我们不能停下来。"

所有人点头应是，江旭分出人手，一部分去配合其他同事抓捕藏起来的天成药业高层，剩下的去天成药业总部查天成的账目。安排完工作，江旭带着王焕开车往警局赶。现在，王钰是他们最后的希望。

## 第十二章　　心生敬佩

　　江旭翻了翻手里的资料。

　　王钰，男，四十三岁，东山市本地人，天成药业副总，主管市场渠道铺售。

　　抬眼看了看眼前的人，可能因为过多的应酬，这人的身材已经完全走样，把西装撑得满满当当，满脸的油光带着汗，脸上却没有一丝畏惧的神色。

　　"警官。"王钰说道，"你们可以把空调再调低一点吗？东山的夏天太热了。"

　　"那真是抱歉了，不过，王总。"江旭敲了敲桌子，看着王钰慢慢说道，"现在好像不是讨论天气的时候。你知道为什么今天要请你来局里吗？"

　　王钰拿手擦了擦汗，说道："大概猜到了。"

　　江旭说道："王总，我现在也没有时间跟你走流程。现在赵鲲、孙池、傅青、叶文青都已经死了。如果你知道任何和他们有关的事情，我希望你赶紧告诉我们。"

　　王钰看了看江旭和王焕两人，眼睛里带着审视，就这么沉默了两秒，才垂下眼帘，仿佛在思考些什么。

　　空调的声音在沉默中呼呼作响，这样的安静持续了良久，王钰才重新抬起头，说道："两位警官，在我说了以后，我希望得到你们警方的保护。"

　　王焕拿着笔一下一下地敲着桌子，没有作声。旁边的江旭看了看王钰，说道:"王总,如果你是担心凶手的话,那就尽快把你知道的事情说出来吧。早一天抓到他,你们才能早一天安全。"

王钰一脸苦笑,说道:"希望你们在听完我知道的事情之后,还能这么乐观。"

王焕打开了笔录本,江旭则坐正了姿势。

王钰喝了口水,开始了回忆。

王钰是会计出身,曾经也是沿海某一线城市财经大学的高才生,毕业那年凭借自己优异的在校成绩和个人履历成功进入了天成药业的财务部就职。

人的野心和能力从来不是靠年龄来衡量,短短三年多的时间,王钰依靠着自己的专业和对数字的敏感,以及自己左右逢源、八面玲珑的性格,一路青云直上,成了天成药业财务部的部长。

在大家以为他会在天成药业财务部继续耕耘的时候,意想不到的是,王钰居然主动申请调到市场部做一名市场营销人员。

公司高层和他身边的朋友都非常的不理解,并纷纷劝阻,只是他们都不了解王钰的野心和对自己的期许。

他从来都没有把自己定位到一个简单的财务工作人员的身份上,财务部长也从来不是他的目标,这只是他接近目标的一个跳板。

在进入市场部以后,王钰依靠自己之前工作积累下的人脉,以及长久以来对于市场的敏感,主动出击,和各个渠道的负责人直接对话,瞬间打开了他在市场部的局面,成了天成药业市场部第一个王牌和传奇。

王钰笑了笑,说道:"孙池当年是跟在我后面捡漏的。"

王焕和江旭面面相觑:这个,未免也太励志了。

在市场部耕耘了五年,王钰一路从普通的市场销售,晋升到组长,再到主管、经理、总监、部长,之后又牢牢把持住天成药业的市场部,直到最后公司把他拔擢为副总。

其中的各种暗中操作,王钰倒也一概略过,那些尔虞我诈,怕也不是嘴上说说能让人理解得了的。

## 第十二章　心生敬佩

在王钰成为副总以后，对于公司的市场定位，他也向董事会做过多次的汇报，以至于他也拿到了对于这个案子相当重要的权力。

王钰说道："我有公司新药研发方向的审核权以及研发经费的审核权。"

江旭点点头没有说话，王焕手中的笔没有停，他们知道重头戏来了。

王钰在成为副总以后，整个市场营销的工作在他的主持下顺风顺水，新药研发方面也在他的建议下有了几个新的方向。然而在几年前，他在审核财务报表的时候，偶然间发现公司有一笔巨额的资金注资和公司一笔同样大小的研发资金去向不明，当他以为是有硕鼠在公司内部，正准备向上反映的时候，蒋天成找到了他。

蒋天成是天成药业的创始人和真正的掌舵人，对于这个人，王钰从来都是佩服的。一个普通的大学生，在毕业以后白手起家，在那个波谲云诡的年代杀出了自己的一条路，成立了天成药业。之后经历了各种风风雨雨走到了今朝。王钰扪心自问，哪怕是自己从来都不轻视自己的能力，也自觉无法成为第二个蒋天成。

对于这笔神秘的资金去向，蒋天成对王钰做出了解释。首先，这是天成药业和其他公司合作开发的新药研发项目；其次，这种药物的保密层级极高，具体内容在天成药业内部也只有蒋天成和部分董事以及负责新药研发的主要负责人知道。

对于蒋天成的解释，王钰不能全盘相信，但也只能无奈接受。说到底，他也只是天成药业的打工仔，只是级别高而已。这件事既然蒋天成清楚，还对他做出解释，他自然而然就放手了。

但是，当他以为这件事情就会这样安静过去的时候，几个月前发生的另一件事却引起了他的重视。

新药研发部门的新药样品，居然被盗了？！

当时是药品研发的傅青向公司保安部反映了情况，而保安部则向上层汇报，当时蒋天成并不在，所以王钰第一时间得到了消息。

新药是药企的生命线，如果没有新药研发，不管多庞大的企业都会倒在越来越激烈的市场竞争前线。新药被盗，简直就是在天成药业的根上开刀，王钰立马就准备组织人手展开调查，同时准备报警。

就在报警电话拨出的前一刻，蒋天成的电话来了。

蒋天成的意思简单直接，这件事王钰不要管。然后整个保安系统都被封了口，整个事件相关的记录都被抹去了，仿佛这件事从来都没有发生过。就连事后王钰试探性地和傅青接触，傅青也宣称根本没有这回事。

王钰无可奈何，只能作罢。

直到关注时事的他发现了最近东山市发生的保健品诈骗案，再到几天前赵鲲被杀，他才知道这些可能都和天成药业被盗的新药脱不了干系。

直到前两天，他发现再也联系不上蒋天成的时候，才知道事情可能弄大了。

王钰看着江旭和王焕两人，无奈道："我其实早就应该报警的，公司发生的事情实在超出了我的意料，而且，我也没有证据。两位警官，我刚才说的就是我知道的全部了。"

江旭苦恼地捂着额头，事件的发展再一次超出了所有人的预期。王焕还没有察觉，可是江旭已经注意到了王钰的说辞。这件事的背后，恐怕已经不再只是一个天成药业，还有另外一个，甚至几个合作方。

江旭问道："王总，两个问题，第一，你知道天成药业的合作方是谁吗？"

王钰摇摇头，说道："我只知道这新药的研发资金不光光出自天成药业本身，另外还有注资，但是我查过了所有的报表和银行流水，都对它作了掩饰。而且既然蒋天成说了这是高度保密的项目，我也没有追踪资金流动的权限……"

江旭摆摆手，表示明白了，说到底王钰也只是一个副总，更不是警察，他对这件事无能为力。他接着问："那你知道蒋天成现在有可能在的地方吗？"

王钰诧异，问道："不是说他出国了吗？"

王焕看了一眼江旭，江旭点点头，王焕便回答道："我们查过了出

## 第十二章　心生敬佩

入境记录，蒋天成根本没有出国，是有人顶着他的名字出去了。蒋天成应该还在国内。"

王钰脸上的惊讶不是装出来的，沉吟了片刻，说道："蒋天成有个女儿，小时候出过意外，脑损伤严重，已经成了植物人。我知道蒋天成把她安置在东海市疗养，但是具体在什么地方，我就不知道了。"

江旭眼中闪过一丝光，点点头，说道："王总，为了你的安全着想，接下来24个小时，你可能要在我们局里休息了。"

王钰摆摆手，说道："只有抓住凶手我才能安心，否则别说24个小时，多久我都想留在这儿。幸好我老婆孩子都在国外，不然我真的快疯了。"

江旭朝王焕示意了一下，两人便走出了审讯室，王钰自然有其他同事来安置。

两人直接去了张为民的办公室，张局长正在接电话，口里说着："是，我们这边也在抓紧调查，当然，省厅的同事来了以后我们会全面配合。好的，好的，保证尽快破案。"

挂断电话，张为民愁眉苦脸地揉着太阳穴，瞟了站在门口的江旭和王焕一眼，叹口气道："进来，时间紧张，废话就不说了，现在有没有线索？"

两人走了过去，江旭开口说道："张局，现在事情越来越复杂了，根据王钰刚才的口供，这件事的背后不止有天成药业，还有其他的组织或者势力参与，另外，蒋天成有可能在东海市。"

张为民眉头紧锁，问道："凶手方面的消息呢？"

江旭回答道："根据我们现在掌握的情报，凶手的行凶对象都是保健品诈骗案的参与人和知情人，目前天成药业还有部分高层在逃，已经安排人手在进行追踪了。"

话音刚落，白术推门进来，说道："张局、老江，弟兄们找到跑了的人了，都分开躲着，现在要抓捕吗？"

张为民站起来，厉声说道："马上进行抓捕，一个都不能放跑。"

江旭却伸出一只手拦住了张为民，说道："张局，现在还不能抓。"

张为民瞪着江旭，说道："江旭你什么意思？现在不把他们抓回来，等着让凶手一个一个杀了吗？"

江旭说道："张局，只有千日捉贼，没有千日防贼的。现在把他们抓回来，我们有没有证据？要不要把他们放出去？把他们放出去凶手又找上门去这事情又该怎么算？"

张为民气急，拍着桌子吼道："江旭你有没有了解现在的情况？我们东山市不能再死一个人！兄弟们不能死！这些王八蛋也一个都不能死！他们要死也只能证据确凿地死在刑场上！"

江旭淡定地继续说道："可是韩源死了。张局，韩源死了。"

张为民一下像泄了气的皮球，瘫坐在椅子上，他说不出韩源死得其所这种话，这也曾经是除了江旭之外，他最看好的人啊！

江旭面无表情，王焕好像不认识自己的师父似的，以前挂在他脸上的漫不经心和戏谑已经完全不见了踪影。

江旭说道："张局，我不会轻易让一个人死的。"

张为民抬起头，说道："今天晚上，务必抓到他。"

江旭敬礼，大声说道："保证完成任务。"

王焕和白术紧随其后，江旭就带着他们出去了。

张为民摸着办公桌上的茶缸，突然有些自嘲地笑道："果然，世界始终是年轻人的世界。你们放心地去冲吧，有事，我来扛。"

江旭带着众人回到办公室，将剩下的人手召集起来，对着白术问道："老白，现在我们一共找到了几个人？"

白术迅速回答道："五个，而且互相都离得很远。"

江旭点点头，说道："兄弟们，现在我们要用最笨，也是最危险的办法了。留下两个人在局里策应，其他的人散出去，加上现在监视他们的兄弟，从现在开始严防死守。根据我们现在的情报，凶手必然会对他们下手，这就是看我们谁的运气好，谁就能碰上凶手。谁要是抓到人，我替你们向张局请功。"

所有人都摩拳擦掌。江旭继续说道："大家都知道，这个凶手非常

## 第十二章　心生敬佩

危险，不仅手段残忍，而且反追踪技能非常高明。现在所有人检查枪支装备，今天不能有分毫差错。马上开始分组，完成以后立刻出发。"

王焕拿出自己的配枪开始检查，白术又去库房申领了防弹衣，每个人都武装得严严实实。江旭给所有人分完组，对王焕说道："你还在实习，今天去不去，你自己决定。"

王焕笑了笑，说道："我必须去。"

江旭赞赏地点点头，然后对众人说道："出发。最后说一次，活捉最好，实在不行，就地击毙！"

"明白！"众人轰然应诺，纷纷走出了警局的大门，开车离去。

王焕坐在副驾驶座上，看着江旭开车，一路无话。

等他们到了地方和正在监视的兄弟碰了头，江旭就开始询问起现场和周边的情况。

两个同事一人叫杨川，一人叫邢方平，比王焕早了三年入队，也算是东山刑警队里的老手，平时吃苦耐劳，什么活儿都干。

杨川先开了口，说道："这个老滑头就在这儿，32楼17室，事发了以后哪儿都没去，直接就来这儿了。"

王焕抬眼看了看，这是东山市一个著名商圈的一幢公寓楼，价格可不是很美丽。

江旭问道："他跑到这里来做什么？"

邢方平挤挤眼，说道："这老小子人老心不老，包养了一个年轻情人，就养在这儿。也是保密工作做得严谨，他老婆什么都不知道。还以为他是出国了，结果他就在这儿住下了，看不出来还是个老情圣。"

江旭难得地扯了扯嘴角，说道："情圣就情圣吧，只要今天他老老实实地待在这儿就跟我们没关系。川子、方平，周边地形如何？"

杨川指了指楼上，说道："他们3217室的窗户朝南，正好对面就是一栋写字楼，我观察过了，如果凶手采取远程击杀的方式，大厦的31到33楼都是顶好的狙击点。"

江旭看了杨川一眼，说道："一个人能不能看住？"

杨川咧嘴笑了笑："我已经跟局里联系，办了手续，今天晚上所有的摄像头都对准了去这三层楼的必经之路，只要有什么异常，我立刻和你们联系，只要把他堵在大厦里，他插翅也难跑。"

江旭点点头，再问道："这栋公寓一共有几个出入口？"

邢方平说道："一个大门，然后就是一个车库入口，三部电梯，也是用的笨办法，监视了车库出入口和电梯间，只要有异动，他跑不了。"

江旭对王焕说道："我们守住公寓的32楼上下的楼梯间。"

王焕点点头。

江旭看了看表，下午五点十七分，然后对另外三人说道："各就各位吧，随时保持联系，每隔十分钟通报情况。"

三人点点头，接着就分别离开，王焕跟着江旭上了公寓的电梯。

江旭看了看王焕，问道："一直忘了问你，你在学校的射击成绩怎么样？"

王焕无谓地说了一句："全校第一。"

江旭挑挑眉，接着问道："搏击成绩呢？"

王焕这次回答得言简意赅："没输过。"

江旭点点头，说道："希望今天我们运气好，凶手来的我们这儿。"

说话间两人就到了32楼，王焕看了看正对电梯的指示牌，说道："一层楼24户，三部电梯，一个楼道。"

江旭说道："正好，我们就在楼道守着，不过也要注意17室，别让里面的人跑了。"

王焕看了看，说道："还好，楼梯间离17室不远，有什么动静都能听到。"

江旭没说话，带着王焕进了楼梯间，在身上摸摸索索，香烟盒已经皱巴巴的了。他掏出一根烟，放在两手之间搓了搓，接着叼在嘴上点着，吐出一口烟圈，两人一时无话。

王焕想了想最近几天的经历，觉得自己刚出学校就遇到这样的案件太刺激了，但是对于身边的江旭又一直有个问题，不知道该不该、能不

## 第十二章　心生敬佩

能问。

江旭瞄了王焕一眼，说道："干我们这行，有什么屁就赶紧放，不要等到以后来不及。"

王焕没好气地接话道："师父，咱能说话吉利点吗？"

江旭嗤笑了一声，没接茬。

王焕理了理思绪，问道："师父，你下午跟我说，你资历比韩队老，破案比韩队多，可是之前我们刑警队的队长是他不是你。这是为什么啊？"

呼，江旭深深吐出一口烟，整张脸在烟雾里模糊不清，沉默了一会儿，对王焕说道："四年前，我和韩源都还是队里的组长，当时我们的队长叫李望。"

王焕搜索了一下记忆，印象里并没有这个名字。

江旭接着说道："李队是老刑警了，我入队的时候，就是他带的我。真要算的话，他算是你的师公。那会儿东山市出了个连环杀人碎尸案，因为手法特别凶残，担心引起市民不安，这个案子一直做低调处理。那会儿我们跟的就是这个案子。

"当时受害人累积到五名，我们被限定一个星期破案，李队带着我们各方搜集线索，终于找到了凶手的所在，那是郊区的一个仓库。局里做好部署，把那里围了，本来以为天衣无缝，结果没想到，还是出了纰漏。

"当时李队带着我们进去，千算万算，谁都没有想到，那个凶手手里有枪。"

王焕看到江旭的手微微一颤，抖落了不少烟灰，看来也是在极力压制自己的情绪。

江旭吸了一口，接着说道："李队站在我们最前面，直接被凶手一枪打中了脖子，活不成了。

"我们都愣住了，凶手却没有接着开枪，反倒把枪直接扔到地上，两只手抱在头上，说他投降。

"我当时脑子里就一个念头，我要开枪，我要打死他给李队报仇。我举起枪的时候，韩源拉住了我，队里所有人都拉住了我，韩源一直在

107

对我吼,我们是警察,人犯已经投降了,我们不能开枪。

"我知道他也想动手,不过他比我强,他一直都比我理智。"

江旭面无表情地看着王焕,王焕也从来没有看到过江旭这样的神情。

"我忍住了,我真的忍住了。可是,王焕你知道吗?那个王八蛋笑了,他居然笑了!你永远都不知道一个人怎么能有那样的笑容,得意、嘲讽、冷到骨子里的笑。

"就在韩源他们放开我的时候,我的枪忽然响了。"江旭的眼里浮现出一丝苦涩,"很巧合对吧,偏偏是在这个时候。流弹击中了凶手,那个人当场毙命。老实说,我至今仍不确定,是真的不慎走火,还是我本来就打算这么做。一切发生得太快了。尽管根据执法记录仪录下的画面,似乎是不慎走火的可能性更大。加上现场同事做证,以及张局力保,我才只是捞了一个处分,勉强留在了警察队伍里。然后你也知道了,韩源做了队长,我还是继续做我的组长。"

王焕看着这个他叫师父的男人,想了想,问道:"师父,那我知道为什么张局下午要那么说了。可是,如果真的让你抓住了凶手,你还会这样吗?"

江旭抬起头,直愣愣地看着王焕,突然笑了笑,问道:"你说呢?"

## 第十三章　　濒临崩溃

西伯利亚的寒风比林宣能想象到的更冷。

他几乎是被人推着从直升机上掉落在雪地里。穿得再厚也抵挡不住他在零下四十几度和大雪零距离地相拥的酷寒。

在他周边的是五个与他差不多年纪的孩子，都是十二三岁，林宣不知道他们为什么会来这里，他只知道，他不能不来。

他脑子里这几天回想的都是一个场景。

一个中年人站在他的面前，问他，想要救你的妹妹吗？

几乎是和妹妹相依为命长大的林宣毫不犹豫地点了点头。

他答应了中年人的条件，只要他活着从西伯利亚训练营里回去，回到那个中年人所在的地方，他的妹妹就能活下来。

十二岁的林宣不知道西伯利亚训练营是干什么的，中年人的话让他知道他可能会死。林宣不想死，而且，待在这里是他能让妹妹活下去的唯一机会了。

低温没有让林宣失去理智，他慢慢地从雪地里坐直了身子，从怀里掏出了一根信号棒，按照直升机上的人教他的那样打开，一股褐黄色的浓烟从信号棒里飘了出来，直冲天际。这阵势吓得林宣赶紧把手里的棒子扔到了地上。

周围的孩子也醒了过来，纷纷朝林宣聚集过来。

林宣看了看他们，说道："我们挤在一起取暖，现在我们先报一下年纪，我十二岁。"

孩子们都下意识地说出了自己的年纪，最小的那个刚满十一岁，长得瘦瘦小小的。

林宣指了指他，说道："你年纪最小，你站最里面。"

其他的人都没有意见，六个人挤在一起，抵挡这呼啸的冷风。

大概过了半个小时，林宣已经快要感觉不到自己的腿的存在了。模糊中，他看到一个穿着白色雪地迷彩服，披着一件白色厚实披风的人影出现。

耳边传来一个悦耳的女声，说的是中文，带着点俄罗斯口音。

"你，很好，叫什么名字。"

林宣迷迷糊糊地答道："我叫林宣。"

女声再次响起，说道："我叫叶莲娜。"

等到林宣醒过来的时候，发现自己躺在一间偌大的木屋里，身上盖着一张棕色的熊皮，不远处的炉火让屋子里的空气温暖而干燥。

这时一个庞大的身影走了进来，用生硬的中文说道："所有人，下床，站起来。"

林宣努力地爬下了床，用力地挺直了身体。这时他看清了这个庞大身影的脸：浓密的络腮胡子，铜铃般的双眼。这般凶恶的脸配上硕大的身躯，让林宣想起了一种动物——熊。

这时这个身形庞大的男人看到屋子里有个男孩儿没有爬起来，便走了过去，只一脚，就踢散了那孩子睡觉的木床。

惨叫声传过来，让林宣不由自主地抖了抖，庆幸之余，还有些同情。这时，男人抓着那孩子的头发一路拖了过来，又用力地甩开。

林宣听到他用自以为和善的声音说道："需要我帮你站起来吗？"

所有人在这个温暖的屋子里都觉得有点冷。那孩子哆哆嗦嗦地站了起来，林宣认出来了，正是被他们围在最里面的那个只有十一岁的男孩儿。

"现在听我说。"男人清了清嗓子，不过即使这样，也让林宣觉得耳边响起一阵闷雷。

"我叫马卡洛夫，你们可以叫我教官。"马卡洛夫庞大的身躯站得笔直，接着说道，"现在，穿好你们的衣服，到门外的操场集合。"

话刚说完，马卡洛夫转身就走，走到门口的时候却回过身子，说道："好心提醒你们一下，三分钟。"

林宣没有犹豫，快速穿起了衣服。但是那个十一岁的小男孩儿却还愣着，林宣过去使劲晃了晃他，说道："你是想死吗？快穿衣服。"

小孩儿仿佛终于清醒了过来，回到自己已经散架的床边，找到自己的衣服穿了起来。

林宣没有再管他，穿好衣服以后开始尽量活动自己有些僵硬的身体。西伯利亚的冬天他已经有了一定的了解，让自己的身体保持温暖是活下去的第一步。

等他打开门，寒风便灌了进来，林宣紧咬住要发抖的牙齿，走了出去。

操场上已经稀稀拉拉地站了不少人，马卡洛夫站在最前面，看着自己手上的腕表。等到林宣走近，才发现都是和他差不多年纪的小孩儿，有男有女，这让早熟的他心里有了一丝明悟，这里应该就是专门给孩子开设的训练营。

"时间到。"马卡洛夫放下了手，这时还有几个孩子才走到操场上。马卡洛夫甩甩头，没有管他们，说道："本来按照原计划，你们这一期学员有二百七十六人，很遗憾，在昨天的第一次考验中，四十三人被冻死了。"

林宣心中一惊，现在就已经开始了吗？

马卡洛夫接着说道："按照我们和你们的雇主签署的协议，你们将会在这里接受三年时间的训练，我首先说一声抱歉，我们不会保障你们的生命安全。"

在场的孩子们顿时叫了起来，林宣紧紧咬住牙关，没有吱声。

"安静！"

这一声仿佛熊的咆哮在操场上滚过，连飘落的雪花都好像为之一顿，压住了所有孩子的声音。

马卡洛夫说道："你们需要明白，在这里将会接受什么样的训练。

只有一样，那就是杀人。怎么样更有效率、更加快速地杀人。"

没有人再出声，包括林宣在内。他想了想，不由得有些自嘲：是啊，除了杀人的训练，什么样的训练营会不将人命当作一回事。

马卡洛夫的熊眼扫过所有人，有些满意现场的安静，接着说道："先自我介绍一下，我叫马卡洛夫，是你们的体能和近身搏斗教官。现在，给你们介绍其他人。"

不远处走过来几个人，林宣看到两个女人，心想，其中一个应该就是昨天他听到的声音的主人。

"汤普森。"马卡洛夫指着打头的一个高瘦男人。这人鹰钩鼻，眼睛锐利得像一柄利剑，林宣只是看了他一眼就移开了目光，仿佛自己瞬间就会被对方的眼神刺穿。"他是你们的远程枪械和野外生存教官。"

接着，是一个身材高大的女人，金色的头发高高盘起，魁梧的身材将迷彩服绷得紧紧的，林宣发誓，他从没有见过这样的女人，她看上去只比巨熊马卡洛夫小了一号。

马卡洛夫指着她说道："安娜，你们的中近程枪械教官。"

然后又是一个亚洲人，身材对比前面的马卡洛夫教官来说可以说是矮小，穿着宽松的军装，脸上挂着人畜无害的笑容，背着手站在那里，看着好像有些有气无力。

马卡洛夫嘿嘿笑了笑，说道："这位是陈，武术、冷兵器大师。我好心提醒你们，如果他愿意，他能用树叶割破你们的喉咙，以后可千万小心点。"

林宣有点小激动，听介绍这应该是个中国人，中国人对于武术和冷兵器都有天然的喜好。

最后，则是一名看起来最年轻的白人女人，身材高挑，冷峻的面容在林宣看来却可以说是娇美，只是左侧脸颊有一条细细的疤痕，让她更添了几分魅力。

马卡洛夫介绍道："叶莲娜，训练营医疗官，同时也是你们的急救、应急处理的教官。相信我，你们以后会有很多时间和她打交道。"

## 第十三章　濒临崩溃

这时林宣发现，场地里大部分男孩子都盯着叶莲娜看，看来美的确是不分国界和种族的。

这时马卡洛夫却继续开口说道："刚才我已经说过了，集合的时间是三分钟，虽然今天只有几个人迟到，不过为了给你们所有人加深印象，"马卡洛夫指指简陋的操场，说道，"十圈。现在是早上八点三十四分，九点钟之前跑完的，才有早饭吃。"

林宣摸了摸自己饿得咕咕叫的肚子，看了看操场上的积雪，不觉得自己目前的状态能够完成这样苛刻的任务。周围的孩子同样如此，暂时都还没有人先动。

马卡洛夫再次说道："好心提醒你们，今天第一天，我不想今天下午再死几个人。"说完摸摸自己的大胡子，小声嘀咕道，"虽然我也不介意。"

声音很小，但是站在前面的孩子都听到了，林宣也在其中，身体的反应快过了思考的速度，他踩着积雪走到了操场边的跑道上，开始奔跑。

剩下的人反应过来，纷纷走上跑道，马卡洛夫哈哈大笑："跑起来，孩子们，跑起来，希望你们能多些人活下来。"

林宣埋着头，以前贫苦的生活没有给他一个好的身体素质，却给了他早熟的心理和坚忍的意志，必须要活下去啊，为了妹妹。

此时专心跑步的他没有看到几个教官凑在一起，却是叶莲娜先开口说话："那个叫林宣的小家伙我很喜欢，是个好苗子。"

马卡洛夫却不屑地摇摇头，说道："太瘦弱了，我不认为他能扛下去。"

一直笑眯眯的陈反驳道："巨熊，雪狐说得没错，虽然现在为时过早，不过我也一样很看好他。"

汤普森阴森的目光扫过正在跑步的孩子们，低声说道："这才第一天，我们慢慢看吧。"

安娜瓮声瓮气地说道："还是别太给他们关注，要知道，现在二百多个人，到最后剩下来的不会超过二十个。"

113

几个人没有再说话。

九点转眼即到，林宣几乎是踩线跑完了十圈，剩下有一百多个孩子没有跑完，其中大部分是亚洲和东亚人，大多数白人和黑人虽然也是累得快要倒下，却还是完成了任务。

马卡洛夫得意地笑了笑，安娜已经从另外一个木屋子里端出来一口大锅。西伯利亚大部分地区都在俄罗斯境内，土豆是俄罗斯的主要食物，更是俄罗斯人的心头好。训练营的早餐也不能免俗，都是煮熟的大个儿土豆。

林宣看了看，只有几十个土豆，根本就不够跑完了的人分。

那边马卡洛夫却是笑着说道："不好意思，没有想到有这么多人完成了第一个任务，我们准备的早餐不够。不过没有关系，我们这里是很人道的，谁想吃，就来抢，抢得多的就能吃饱。抢不到的就饿着肚子吧。没有跑完的，也可以来抢，哈哈哈哈哈哈哈。"

在马卡洛夫话还没有说完的时候，林宣已经扑了上去，挑了两个最大的土豆，然后赶紧跑开。常年饿着肚子的生活让他对于食物的敏感远远超过一般人。这个时候，才有其他人扑向盛满土豆的大锅。

土豆是直接用水煮的，就放了一些盐，不过饿着肚子的林宣没有嫌弃，只要能够填饱肚子，就比什么都强，他疯狂地咀嚼着，眼神却没有放松地观察着周围。放锅的地方已经打成了一团，饥饿的小孩儿们都不想饿着肚子度过接下来的一整天。也有人在打林宣的主意，不过看到林宣进食的速度和离他们的距离，纷纷放弃了。

林宣吃完第一个土豆，第二个土豆也已经啃了小半，这时他听到背后有人靠近的声响，警觉地回头一看，却是那个只有十一岁的瘦弱少年。少年眼里含着泪花，双脚打战，盯着林宣手里的土豆挪不开眼睛。

林宣心软了，这个眼神让他想起了他的妹妹。他们在大街上看到别人吃着东西时，饿着肚子的妹妹就是这样的眼神。

犹豫了一下，林宣掰了一小块土豆，递给了那个孩子。

少年畏畏缩缩地看了林宣良久，才确定了林宣的好意，慌忙接过，塞进了嘴里。

林宣看着他的样子，问道："你叫什么名字？"

少年含糊不清地说道："我叫赵云海。"

这时马卡洛夫大步走了过来，一把拍掉林宣手里剩下的土豆，大声说道："我有允许你把食物分给其他人吗？"

林宣看了马卡洛夫一眼，想把掉在雪地里的土豆捡起来，马卡洛夫气笑了，一巴掌拍到林宣的头上，巨大的力量将林宣整个人拍倒在雪地里，林宣只觉脑袋里嗡嗡作响。

赵云海吓坏了，火速吃掉了手里的土豆，马卡洛夫轻蔑地看了他一眼，说道："你，滚开。"说完一只手把林宣从地上提溜起来，说道，"看来你体力不错，还能分食物给其他人，现在，接着给我跑起来，我不喊停，不准停。"

林宣倔强地看着马卡洛夫，现在的他没有力量反驳，自己默默走到跑道上，开始了一个人的奔跑。

大锅边上的其他孩子，用戏谑或嘲讽的眼神看着他，这种无言的讥笑让林宣内心隐隐刺痛。

这时他看到了另外一边的赵云海，这个孩子一直看着他，仿佛想向他靠近，林宣赶紧朝他摇了摇头，止住了赵云海的动作。

最后，不出意料地，马卡洛夫一直没有喊停，筋疲力尽的林宣倒在了雪地里。

等到林宣再醒过来的时候，他已经躺在一张病床上，却不是早上那张木床。旁边坐着一个人，赫然是叶莲娜。

叶莲娜怀里抱着一只雪白的长毛猫，看到林宣醒过来，对他说道："你不该把食物给别人，在这里，自己的生命比什么都重要。"

林宣沉默了一会儿，用因为缺水而嘶哑的嗓子说道："他还只是个孩子。"

叶莲娜有些惊讶，偏着头想了想，说道："你也还只是个孩子。不过，你们很快就都不是了。"

说完，叶莲娜放下猫，离开了房间，留下林宣一个人在那里沉思，叶莲娜到底是什么意思？

没等他想清楚，床边的窗户传来手指叩窗的声音，林宣挣扎着撑起身子，却发现是赵云海站在外面。打开窗户，赵云海因为身高不够，努力踮起脚尖，从怀里掏出一个土豆扔了进来。

林宣赶紧接住，还没来得及说话，就听到赵云海急急说道："中午大家都吃上东西了，我藏了一个土豆带给你，我要赶紧回去，不然就被发现了。"

说完，赵云海就急急忙忙地离开了。林宣看着手里的土豆，觉得有些温暖，努力控制住眼睛里的泪水，叹了一口气，说道："活下去啊……"

只是林宣和赵云海都没有发现，远处叶莲娜、马卡洛夫、陈三人站在一起看着这一幕。

陈开口说道："都是些好孩子啊。"

马卡洛夫说道："陈，收起你不值钱的同情心。我们这里是训练营，不是军队。我们培养的可能是杀手、可能是雇佣兵，他们以后甚至可能会被卖出去打地下黑拳。但是我们培养的绝对不是战士。"

叶莲娜没有说话，眼神里流转的不知道是什么情绪，她的心思没有任何人能够读懂。

林宣下午在睡梦中被马卡洛夫拎着衣领从病床拖到了操场上，这个时候，天已经快要黑了，但是所有孩子都整整齐齐排着方队站着，林宣看到面前的三具尸体，瞬间惊醒了。

马卡洛夫低下身子，在林宣耳边说道："林，你的运气不错，在第一天逃过了一劫。"

说完，他挺直了身体，大声对所有人说道："你们这些废物，很遗憾，今天第一天低强度的训练，就又有三个人扛不住了。现在，你们只剩下二百三十人。"

死亡就在眼前，林宣竭力想要控制自己发抖的身体，却发现只是徒劳，昨天冻死的四十三个人对他来说，只是冷冰冰的数字。可是当今天三个

## 第十三章　濒临崩溃

人的尸体摆在眼前的时候，他才知道，死亡离他们如此之近。

他仔细地看着地上三人的脸，赵云海不在其中。他再看向对面站着的人群，发现所有人的身体都在微微颤抖，不知道是因为寒冷还是惧怕，甚至还能隐隐约约地听到有女孩子在小声抽泣。人群中的赵云海丝毫不起眼，只是林宣发现他已经流下了眼泪。

马卡洛夫接着说道："你们还有二百三十人，可是对于我们训练营来说，还是太多了！我们现在在东西伯利亚的山上，没有足够的物资来养活你们，包括没有足够的食物，没有足够的衣物，也没有足够的药物。

"所以，如果你们想要活下去，请祈祷自己的命足够硬，或者期待你们中的废物太多撑不下去。

"让我们先来完成一个小目标，让我想想，先留下多少人合适。"

马卡洛夫装模作样的故作沉吟让所有人感到了恐惧，林宣也不例外。

"一百五十人，我向上帝保证，我们训练营现在的物资只够你们一百五十人存活！见鬼，那说明什么，你们还需要再死八十个人！"

所有人的身体都颤抖起来，马卡洛夫走到人群前，随意地指着一个孩子，大声问道："是你吗？"又随手指了一个，问道："还是你？"

死亡的恐惧在孩子们中间蔓延，绝望从心里滋生。

马卡洛夫回过头看着林宣，说道："站过来。"

林宣无力反抗，老实地走了过去。马卡洛夫按着他的头，大声说道："好好看看这个亚洲小鬼，他是今天，甚至是未来运气最好的孩子。不过我敢保证，他的运气到此结束，你们也同样如此。在八十个人死完之前，不管你们是生病，还是受伤，都不会得到任何的医疗救治。"

孩子们中一片哗然，但依然被马卡洛夫的大嗓门盖住。

"小鬼们，好好祈祷吧，祈祷那八十个人里面没有你们自己。"

说完，他松开了按在林宣头上的手，转身走回了教官队伍里。

林宣抬起头，发现所有的孩子都看着他，眼神里有的是憎恨，有的是迷茫，有的是嫉妒。他知道，他成了未来一段时间里，唯一一个得到救助的人。

林宣不在乎这些人的目光,他只是看向赵云海。

赵云海的目光里只有畏惧,太年幼的他还不明白怎么去嫉妒、憎恨一个今天刚刚帮过他的人,这样的目光也让林宣感到了一丝丝的安慰。

他看着赵云海,轻声说道:"活下去。"

赵云海没有说话,只是狠狠点下了头。

## 第十四章　　训练有素

　　训练营每天的高强度训练，让林宣他们忘记了时间的流逝，转眼间，离满三年的时间越来越近。最初的两个月里，八十个孩子，一个不多，一个不少的死伤殆尽。身体弱小的赵云海也在林宣隐秘的帮助下艰难地存活下来，一个爱哭的孩子，硬是在这样的环境里学会了坚强。

　　在接下来的两年多时间里，教官团队定期削减着训练营里的人数。二百三十人，一百五十人，一百人，五十人，到现在，只剩下二十三个人。

　　随着训练的推进，不是没有人想过要反抗，可是每当反抗开始，就会被教官无情镇压，最后成为尸体被其他孩子扔出营地。

　　随着人数的减少，剩下的人的伙食也越来越好，不仅仅每天都能吃饱，还都有充足的肉食补充。

　　林宣的身体经过这两年多的打磨，从本来不到一米五的个头蹿到了一米七。虽然看着依然不太强壮，可是脱下衣服，都是布满伤疤的结实肌肉。现在他已经能够一脚踢断大腿粗的木桩，甚至可以踢弯小臂粗的实心铁柱。

　　在枪械方面，林宣选择了主攻狙击枪和手枪，枪法可以在营地里排上前三。汤普森和安娜对于林宣的进步非常满意，不时言称林宣可以算是他们的得意弟子。特别是远程狙击方面，汤普森本来阴沉着的脸看到林宣都会露出满意的笑容，更是将自己的所学倾力传授。

　　叶莲娜不仅教他们医疗急救，到了后面，甚至还传授化装易容、快速换装。有的时候还会教营地里的女孩子一些特殊技巧。

至于马卡洛夫的近身搏斗，不适合林宣和赵云海这样的体质，反倒是陈的各种搏击手段让林宣他们学到了不少精髓。各种关节技、拳法、匕首的使用，林宣现在已经快要成为一台完全的杀人机器，一个人站在他的面前，他首先想到的就是怎么样才能用最快的方式让对方死去。

两年多的时间里，随着孩子们长大，步入了青春期，剩下的二十三人里有两对男女居然谈起了恋爱。马卡洛夫等人对于这种情况不置可否，只要完成了每天的训练，剩下的时间他们要做些什么完全不管。离三年之期越来越近，大家仿佛忘记了死亡的威胁，只期盼着能尽快离开这个给他们带来痛苦回忆的地方。

林宣却没有忘记，他隐隐有些感觉，真正要面对的残酷还在后面。一直以来他暗示赵云海努力训练，远离其他人，哪怕被其他人孤立也不在乎，甚至自己平时也尽量不和赵云海交流。

只是私下里，赵云海都叫林宣哥哥，虽然他从不回应，但已将赵云海当作了弟弟。他现在除了有一个等他回去的妹妹，还有了一个和他一路艰辛度过三年的弟弟。

随着三年之期的临近，林宣的心里愈加不安，心里的弦绷得越来越紧。

终于，三年之期的前夜，马卡洛夫带着众人来到了操场上。

操场中间燃着巨大的篝火，旁边的雪地上堆满了啤酒和伏特加，还有各种猎物。

但是当林宣看到戴着头套、被捆缚着跪在地上的二十三个陌生人时，他终于知道自己的不安来自何处。

他们杀过野兔、鹿、野猪，林宣更是跟着汤普森在丛林里蹲了十天，猎杀了一头庞大的棕熊。

可是，他们都没有真正地杀过人。

马卡洛夫站在他们的身前，说道："今天晚上，给你们上最后一课。"

虽然在温暖的篝火旁边，林宣却觉得自己的手脚逐渐冰凉。

他最开始只是想救自己的妹妹，只是想活着从训练营里走出去，努力地锻炼着自己的身体，努力学习教官们传授的各种杀人知识，只是，

## 第十四章　训练有素

他从来没有想过，自己真的会杀人。

"虽然你们可能不会相信，可是我的确是个仁慈的教官。但是，我们既然收了钱，就要对雇主负责任。现在，你们只需要从这地上的二十三个人里选一个杀掉，你们就算真正毕业了。明天，你们就可以从训练营里走出去，回到你们来的地方，和我们再无关系。"

"当然。"马卡洛夫顿了一下，接着说道，"为了消除你们的顾虑，教官我也是煞费苦心。这些人可都是罪行累累的坏人啊。有恶心的强奸犯，有横行无忌的黑手党，有杀人无数的杀手，甚至还有中东的恐怖分子。教官我为了把他们抓回来给你们练手，可是花了大价钱。"

马卡洛夫慢慢朝林宣他们走了过去，说道："现在，选吧，今晚就大口吃肉，放肆喝酒，好好庆祝你们毕业。"

跪着的人一个个倒下，坐在火堆边的人越来越多。林宣不自觉地跟着他们来到跪着的人边，赵云海紧随其后。

当场上只剩下他们两人没有动手的时候，马卡洛夫看向他们的眼神渐冷，生硬地说道："你们是需要我帮忙吗？"

赵云海有点害怕了。

马卡洛夫没有管他，看着林宣。

林宣想到了还在等他回去的妹妹，不再迟疑。

"最后，我的学生们，"马卡洛夫大声笑道，"恭喜你们，毕业了！"

所有人拿着酒瓶欢呼咆哮，三年的时间终于熬过去了，赵云海打开酒瓶开始猛灌，而林宣只是小口抿着。

他的不安还没有消失，甚至越来越强烈。

只是现场欢快的气氛掩盖了一切。

到了最后，所有人互相搀扶着打算回房休息。赵云海早就被陈教官送回了房间，林宣即使喝得克制，也已经有了醉意，他一个人跌跌撞撞地也准备回去休息。

一个人扶住了他，那熟悉的气息让他知道这个人是谁——叶莲娜。

叶莲娜没说话，扶着林宣来到了自己的房间，将他按坐在床上，随即开始脱起了衣服。

林宣赶紧低下头，低声问道："教官，这是做什么？"

"林宣，看着我。"叶莲娜的声音低沉而不容置疑。

林宣慢慢抬起头，叶莲娜的身材高挑匀称，布满各种各样的伤痕。

叶莲娜认真地看着林宣，一字一顿地说道："林宣，你想要我吗？"

等到林宣睁开眼睛，天光已经大亮。当他发现自己的处境时，整颗心跌入了谷底。二十三个人，被牢牢地绑缚着，犹如昨晚被他们杀掉的那二十三个人一样，跪在雪地里。所有人都赤裸着身体，仅仅披着一张毛毯。

五名教官安静地坐在那里，安静地看着他们，等着寒冷让他们逐一醒来。

不安在二十三个人之间弥漫，没有人开口说话。

"孩子们，"马卡洛夫的声音响起，"很遗憾，昨天晚上忘了告诉你们，今天还有最后一场考试。"

马卡洛夫竖起两根手指，说道："每两个人，只能活下来一个。"

林宣瞪大了眼睛。

林宣已经不抱任何希望，哪怕这三年来他尽量和赵云海保持距离，可是他不相信教官不知道他们之间的关系。

随着一组一组的人分出了胜负，马卡洛夫终于点到了他们的名字。

"林宣、赵云海。"

被马卡洛夫同样拖到了操场中间，同样的一人给了一柄匕首。

林宣没有先动，只是看着赵云海。

赵云海拼命地挣扎了起来，拿匕首解开了自己的束缚。

林宣看着他慢慢地走向自己，心里越来越冰冷。其实也对，在生命面前，三年的感情算得了什么。其实他早就解开了绑在自己手上的绳子，这是陈教的。他有把握在赵云海动手前的一瞬间就拿走他的性命。

赵云海慢慢靠近林宣，走到了他的背后，没有做出任何攻击性动作，林宣也没有动,看他到底想做什么。

赵云海蹲下身子,慢慢切割着林宣手上的绳子,他压根就没有发现林宣早就解开了。

"哥。"赵云海的声音里带着哭腔,激得林宣心里一颤。

"哥,我知道我不是你的对手,不过我也好好练了三年,你别让着我,让我们好好来一场吧。"

林宣回过头,看到赵云海双眼通红,眼泪早已经溢出眼眶。

三年了,你,怎么还是当年那个爱哭鬼啊。

两个人站了起来,拉开一定距离。赵云海正手,林宣反手,分别摆出了自己惯用的攻击姿势。

"哥,来吧。"赵云海脸上扯出笑。

林宣也笑了笑,脑海里却在天人交战。妹妹还在等我,可是云海,也真的是我的弟弟啊。

两人逐渐靠近,不停地试探着对方,却都避开了对方的要害。

马卡洛夫打了个哈欠,说道:"还剩两分钟。"

林宣打了个激灵,对面的赵云海回了一个眼神,两人的出招逐渐凌厉,却都点到即止,林宣一直避开赵云海的要害,伤害他,林宣过不了自己这一关。赵云海的匕首却慢慢开始变得凶狠,不停地在林宣身上增加着伤口。

"哥。"赵云海低声说道,"我想活下去。"话音刚落,手里的匕首直刺向林宣的额头。

林宣不闪不避,手一动,反手变正手,直捅赵云海的心窝。他想,他肯定会躲开的。

噗,是匕首入肉的声音。

赵云海没有躲开,直挺挺地往林宣的匕首上撞去,而自己的手却往旁边偏了几分,只是在林宣的脸上开了一条血口,随即匕首跌落。

赵云海浑身一软,林宣赶紧把他扶住,慢慢地放平在地上。

"哥。"赵云海咧开了嘴,强笑了一下,"原来死,也没有想象中那么难受啊。"

林宣的眼泪再也止不住了,只是狠狠咬住牙关,不让自己哭出声来。

"哥,照顾好……我们的……妹……"

赵云海的手无力地垂落。林宣合上了他的眼睛,站了起来。

安娜和之前一样,走过来,把林宣的衣服扔到了他的身上。

林宣没有接,径直朝马卡洛夫走了过去。他以前只知道什么是贫苦,什么是饥饿,什么是担心,今天,他终于尝到了另外一种滋味,叫仇恨。

马卡洛夫嗤笑了一声,现在的林宣,对他来说没有任何威胁。

这时,有个林宣没有想到的人站了出来,是叶莲娜。

叶莲娜挡在马卡洛夫的身前,怀里抱着她的白猫,脸上的表情一如既往的冰冷,和昨晚判若两人,但是林宣却看出来了不同的东西。

马卡洛夫在叶莲娜的背后低下了头,说道:"队长,还是让我来吧。"

其他几名教官也纷纷站了出来,站在了叶莲娜的身后。

林宣觉得自己有点乱,他一直以为叶莲娜是教官团体里资历最浅、最不受重视的一个,可现在发生的一切,超出了他的想象。

叶莲娜朝身后挥了挥手,对着林宣说道:"林宣,所有的事情都是我策划的。"

林宣呆住了,看着叶莲娜朝自己走近,没有任何反应。

"从最开始到现在,训练营里所有的训练,都是我的主意。马卡洛夫的每一句话,也都是我教的。"

"那……那最后我和云海的决斗。"林宣呆呆地问道。

叶莲娜说道:"没错,今天的每一场决斗,都是我安排的。"

"为什么?"林宣的眼泪再一次流下来,问道,"为什么啊?那你昨晚还为什么那样对我。"

出乎他的意料,叶莲娜的脸上露出了林宣从未见过的、俏皮的微笑:"因为我喜欢你啊。"

轻松愉快的语气瞬间转沉,说道:"可是,作为这个世界上最厉害的杀手,不能有感情的啊。我知道你也喜欢我,从你看我的第一眼我就知道了。但是因为我不想你死得那么早,你明白吗?"

林宣说道:"我不明白。"

"你比我小差不多十五岁呢,当然不明白。"叶莲娜笑道,"我要你恨我,恨到想杀了我。我等着你啊林宣,我要让你日日夜夜时时刻刻都想着我,想着要杀了我。等你变得强大,等你来取走我的命,到那个时候,我的称号也是你的。"

叶莲娜回过身,慢慢走着,说道:"叶莲娜不是我的名字,记住我的名字,我是K。"

## 第十五章　　山雨欲来

"江队，这边办公楼都已经下班了，所有的监控都已经调好，就看今晚那个凶手会不会来这边。"

杨川的声音从耳机里清晰地传来，江旭看着自己面前一地的烟头，说道："收到，打起精神，千万不要遗漏了任何线索。"

"收到。"杨川的稳重江旭是放心的。

"方平，你那边情况如何？"

"报告江队，还没有任何可疑人物出现。现在进出的人少了，我这边有任何可疑情况都会随时汇报。"

"好的，收到。"

江旭稳了稳自己的心神，烟抽完了，这种不知道结果的等待让他有点束手无策。现在其他几个地方的同事也都刚通过气，没有什么异常情况。

王焕就在江旭的旁边发呆，时不时把头伸出去看一看3217室的情况，注意着外边的动静。

现在已经是晚上九点，如果凶手今天一直不动手，那么天亮的时候，江旭只能让人把所有监视目标全部带回警局，等省厅的同事过来接手调查。到时候，再想抓住凶手就更是难上加难了。

两个人在楼道里憋着不是办法，江旭甩甩脑袋，打算换换脑子。

"王焕，问你个事儿。"江旭问道。

王焕回过头看看江旭，说道："师父，你问呗。"

江旭问道："你不是有个女朋友吗？叫什么余平来着，最近怎么都

## 第十五章　　山雨欲来

没听你提起过？"

"不是，师父，咱们现在聊这个合适吗？"王焕没好气地说着，却突然愣了一下，猛地拍了一下脑门，说道，"完蛋了完蛋了，我这几天光顾着案子了，根本就没跟她联系过。"

江旭扯扯嘴角，说道："这……工作是很重要，不过感情上的事也要重视啊。不然工作做好了，女朋友找不到，这多尴尬啊。"

王焕差点气笑了，说道："师父，有没有搞错，你都是我们队里的知名老光棍了，先解决自己的问题再关心徒弟好不好。"

师徒两人一边瞎聊着天，一边留心关注着周边的动静。

时间逐渐流逝，所有人的耐心也都在慢慢流逝。

江旭每隔一段时间就和在局里留守的白术联系，汇总其他几个地方的情报。虽然什么事情都还没有发生，但是却隐约有种山雨欲来的紧张感。

这边又到了和杨川他们联系的时间，这时对讲机响了起来："报告江队，没有异常。"

江旭说了声好，等着邢方平的电话，突然觉得有什么不对劲。

这时靠墙站在门边的王焕猛地一个回头："师父，不对劲，杨哥的声音语调和十分钟前一模一样！"

江旭猛地反应过来，大吼一声："踹门！"

王焕冲向3217室，迅猛地对着门把手附近的位置连踹出两脚，大门开了，一个肥头大耳的中年男人抱着一个年轻女子站在床边目瞪口呆地看过来。

王焕大吼一声："趴下！"

中年男人吓得一哆嗦，急忙按着女人趴在了地上，王焕压低身子跑过去，快速拉上窗帘，子弹射透玻璃的声音传来，打穿了中年男人的小腿。

男人的呼痛声和女人的尖叫声在狭小的房间里响成一片。

"不想死就闭嘴！"

王焕低喝一声，一男一女赶紧捂住嘴巴，王焕拉着两个人离开床边，踹翻茶几，把沙发打横竖起来，让两个人躲在后面。

等他做完这一切，耳机里邢方平已经接到江旭的命令赶往写字楼进行封堵。江旭在门口赞赏地点点头，朝他做了一个"走"的手势。

王焕叮嘱道："你们不想死的话就在这儿不要动，躲好。一会儿有救护车来接你们。"

两人傻愣愣地看着他没什么反应。

王焕大急，再喝道："听明白了吗？！"

那两人赶紧点头，王焕便匆匆离开去追江旭，顺手将防盗门关上。

王焕和江旭进了电梯。江旭正在安排其他地方的同事赶紧过来支援，王焕则呼叫了救护车和白术过来把这里的伤员带走。

做完这一切的两人面面相觑，希望杨川不要有事。

此时夜渐深，路上已经没有多少行人了。

两人飞奔出了公寓，看到邢方平正守在写字楼的大门口。

江旭大声吼道："方平，进去守住电梯间。"

说完带着王焕拐了个方向，直奔写字楼的停车场出入口。

两个人迅速掏出手枪，子弹上膛，检查了身上的防弹衣。

这时对讲机里邢方平的声音传来："江队，所有的电梯都停在停车场负二楼，凶手应该已经下去了。你们千万小心。"

江旭回道："方平，找到杨川。"

"明白。"邢方平那边的声音传来，听着是匆匆忙忙去了。

"王焕，你守在这里，我下去看看情况。"江旭说完就要往停车场走。

这时，车库里传来一阵引擎声，没多久一辆车直接朝着出口冲了出来，丝毫没有刹车的意思。

"停下。"江旭持枪指着车头，被车头灯晃花了眼睛。

王焕一急，上前拉着江旭的衣服往后一带，堪堪避开。抬头一看，车窗没关，里面是个留着寸头的男人，已经举着枪指向了他们。

电光火石间江旭站稳身子，然后挡在了王焕前面，王焕则右手穿过

## 第十五章　山雨欲来

江旭的腋下，对着车窗里开了一枪。

砰砰砰，三声枪响，车辆扬长而去。

王焕抱着江旭倒在了地上，赶紧把江旭放在一边观察。

仓促间凶手开的两枪全中，一枪打中了江旭的右肩，只不过正好被防弹衣挡住。另外一枪打中了江旭的右手臂，此时血流如注。

王焕立刻呼叫救护车，同时跟白术联系。

"白哥，江队手臂中枪了。对，已经联系了救护车。"

此时江旭还清醒，连忙说道："赶紧通知所有小队，把所有目标带回局里。"

王焕也马上按照江旭的意思跟白术传达了。

江旭脸色有些苍白，用没受伤的左手把自己撑起来，背靠着墙，也不知道想表达些什么。

这次行动本来就冒着极大的风险，他们没有想到凶手如此果决狠厉。行动失败了，江旭也做好了为这次失败承担后果的准备。幸好刚才邢方平传来了话，杨川只是被打晕，没有生命危险，更没有受伤。

没多久，救护车来了，一边接下那个腿部中枪的男人，这边也将江旭抬上了担架。

王焕心里突然有了一个念头，只是不知道该不该这么做。想了一下，跑到江旭的身边，低声说道："师父，我可能有办法找到他。"

江旭看着王焕，眼里满是疑惑，想了想，最后问道："能不能找到？"

王焕琢磨了一下，说道："试试？"

江旭点点头，说："后果我担了。"

王焕见江旭同意，转身离开，找了个没人的角落，拨通了一个电话。

没多久，电话接通。

"哟，王大警官，这么久不联系我，还是不是朋友啊。"王琳的声音一如既往的清脆，只不过那股调笑的劲儿始终如一。

"王琳，不开玩笑，帮我查一辆车，最重要的是，我要知道车上的人最后去了哪儿。"王焕说道。

王琳顿了顿，突然有些气急败坏地骂道："王焕，有没有搞错，这么久不联系，一联系就让我做事，我欠你的啊？"

王焕有些哭笑不得，压低声音央求道："王琳大美女，我的姐姐，救命如救火啊，我这是真的急。"

王琳嗤笑了声，说道："车型、车牌号、最后在哪里出现的，赶紧说。"

王焕赶紧报上王琳要的信息，并说道："车上就一个人，我要的就是他，寸头，偏瘦。"

王琳回应道："行了，给我点时间。"

说罢，王琳就挂断了电话，那边救护车已经拉着江旭走了。

这个时候王焕站在路边，突然有点迷茫。

毕业离开学校，来到东山市刑警队，本来一个小小的保健品诈骗案突然变成连环杀人案，事情的发展也已经远远超出控制，变得越来越复杂。放松心态自觉还是个菜鸟刑警的王焕，这段时间一直跟着江旭学习，吸收经验，就希望自己有一天能够独当一面，成为一名合格的警察。

这下，关照他的韩队牺牲了，一直带着他的江旭也光荣负伤进了医院，现在只剩他一个。

他忽然想起了余平。从开始调查保健品诈骗案起，他就无暇分心再去和余平保持联系，余平这段时间也没有联系过他。王焕突然觉得，自己是不是并没有那么喜欢她？

纷乱的思绪让王焕有点乱，他拍拍自己的脸，冷静下来。今天晚上，可能事情还没有完呢。

这时电话再次响起，是王琳。

"喂，找到了吗？"

"没有那么快，不过有点眉目。给个地址你先过去，应该就在附近，我再接着追踪。"

王焕记下了王琳说的地址，开上江旭留在这里的车，朝目的地驶去。想了想，还是给江旭拨通了电话，没多久便接通了。

"喂，王焕，有眉目了吗？"

## 第十五章　山雨欲来

王焕说道:"师父,还在查,不过先拿到了个地址,让先过去,应该就在那附近。"

对面的江旭有点吃惊,沉默了一阵。吃惊是因为王焕这么快就能有线索,另一方面,也是在担心王焕的经验不足。

想了想,江旭说道:"你联系一下老白,让他带个人去支援你。凶手毕竟危险,我有点担心。"

王焕心里有点感动,江旭平时那么不拘小节且傲娇的一个人,难得地将关心这么直白地表达出来。

"好的,师父。"

挂断电话,王焕联系上白术。白术没有二话,立刻带上刑警队唯一的警花刘燕燕过来给王焕打下手。

王焕哪里不知道白术的意思,白术擅长追踪和信息处理,而刘燕燕不仅在队里出了名的能打,而且还兼有女孩子的心细。

约好了碰头地点,没多久三个人便聚在一起。

白术看了看王焕,问道:"现在是个什么情况?"

王焕看着两人,说道:"等消息。"

白术似懂非懂地看着王焕,仿佛明白了什么,没有再说话。刘燕燕看了看他们的神色,忍住好奇也没有作声。

不多时,电话再响。

"王焕,找着了,你要找的人进了锦鸿小区4栋,我看了一下,他进去以后,4楼有个房间的灯亮了,根据我查到的小区建筑结构图,应该是4栋403。"

王焕欣喜若狂,连声道谢。

王琳无所谓地说道:"谢就不用了,有空回来请我吃饭。另外,注意安全。"

王焕挂断电话,对白术和刘燕燕说道:"白哥、燕姐,锦鸿小区4栋403。"

三人开了一辆车,立马朝锦鸿小区而去,白术和刘燕燕开始检查自己身上的装备。

等到了锦鸿小区4栋楼下,刘燕燕突然说道:"看地上,有血。"

王焕想了想,说道:"当时我朝车里开了一枪,凶手应该也中弹了,只是不知道是打中了哪个位置。"

三人交换了眼神,八九不离十肯定就是这儿了,王琳的信息没错。

三人手枪上膛,来到403门外。白术做了几个手势,王焕和刘燕燕分别站在门的两边。

白术接连敲了两次门,没有回应。

王焕有些焦急,让白术站到一旁,自己两脚踹开了大门。

三个人举枪,前后鱼贯而入。

这只是一个小小的一室一厅,房间里没人。

刘燕燕站在客厅,喊道:"你们来看。"

王焕和白术走了过来,看到地板上躺着一只死猫。

王焕伸出手探了探,说道:"猫身上还有温度,应该刚死没多久。啧,脖子是被活生生掐断的,这是他自己养的猫啊!这都下得了手?"

白术说道:"你们还没看到阳台上呢,种得好好的多肉全被铲断了。"

刘燕燕有些无语,说道:"这是又跑了?"

王焕想了想说道:"跑不了。"

王焕摸出电话,正要拨通,电话却响了起来,还是王琳。

"小焕,这次你不请我吃一顿大的你就没良心。你要找的人在你们到之前就翻窗走了,现在偷了一辆车正跑着呢,我监控上了,你要不要追?"

王焕赶紧说道:"别挂电话,我们现在追上去。"

三个人急急忙忙下楼坐回车上,在王琳的远程指挥下朝着凶手的位置追上去。

白术在后座跟江旭沟通着情况,江旭做好伤口处理,正在医院等着他们的消息。

按照王琳的指挥,王焕看着越来越熟悉的街景,脑子里猛然冒出一

## 第十五章　山雨欲来

个念头。电话那头听着白术实时汇报的江旭也几乎和王焕同时出声。

"他要去天成药业大厦？！"

这时，王琳的声音传来："王焕，你说得没错，你要找的那个人，已经进了天成药业大厦。"

王焕挂断了王琳的电话，江旭的声音依旧不小："通知所有兄弟，把天成药业大厦围了！"

不一会儿，王焕三人便到达了那里。这个时候已经是深夜，但是整栋大厦灯火通明，却又静悄悄的、毫无人气。

刘燕燕拿出手枪，问道："我们现在进去吗？"

白术摇摇头，说道："等。等支援过来把整栋大厦围住。虽然这么说很长敌人的威风，但敌人太厉害了，我们需要更多的人手，不然我怕我们不仅可能会有损伤，还留不住他。"

没过多久，整个东山市刑警队倾巢出动，还有各个派出所过来支援的干警。这时一辆车急停在路边，下来的人却是江旭。

右手打着绷带，江旭大步走过来，对着王焕几人问道："现在是什么情况？"

白术先说道："根据王焕得到的情报和现场的观察，凶手应该是进入了天成药业大厦。"

江旭皱着眉头，想了想说道："组织人手，我们需要小队进入大厦逐层搜查，今天一定要把他拿下。"

白术点点头，开始点人头，队里枪法好、能打的，全部提溜出来，所有人检查装备，随时准备进入。

就在这时，江旭和王焕耳机里同时传来一个声音。沙哑，又像一块金属锭狠狠刮在石头上。

"警官们不用忙碌了，我在楼顶。"

同样赶到这边现场的邢方平说道："江队，应该是老杨的对讲机，当时我没注意，现在看起来应该是凶手拿走了。"

江旭听了，对着对讲机说道："你想要什么？"

凶手平静地说道:"先送你们一个礼物。"

话音刚落,大厦六楼嘭的一声爆出一阵火光,楼道的玻璃纷纷震碎掉落。

地面上的人还没有从惊慌中恢复过来,对讲机中传来沉闷的笑声,得意、阴毒。

"喜欢吗,各位警官?"

江旭抿抿嘴,换了个语气,说道:"杀手先生,说说你的要求吧,我可不相信你把我们都聚在这里是为了好玩。"

杀手的声音再次响起:"听声音,是江警官吧。刚才的礼物我还准备了三份,不过不同的是,剩下的礼物旁边还有十个人。

"我们先来谈谈第一个要求吧,把你们刚才带回去的人,现在马上带回来。

"当然,为了让我们今天的相识更加有戏剧性,你们的人可以进来。如果找到我的礼物,那我的条件自然就作废了。

"不过好心提醒一下你们,现在还剩二十三分钟哦。"

江旭说道:"你的要求可是有点过分呢,让我很难办啊。"

凶手说道:"那可真是很抱歉了,江警官。其实那几个人来不来的,我倒不是很在意,反正还剩二十三分钟,那些人不来,这楼里剩下的三十个人就要死。"

江旭咬牙切齿地叫白术过来,低声说道:"回去把那几个王八蛋都给带过来,顺便联系拆弹部队和武警部队。"

白术点点头,说道:"我马上去,你小心点应对,今天这事儿估计要闹大了。"

白术说完立刻就走了,江旭说着就要带队往楼里去,却被刑警队里的其他人拦住了。邢方平说道:"江队,你现在身上有伤,还必须要在这里稳住凶手,还是我们去吧。"众人纷纷劝说,都是这个意思。

江旭还没来得及说话,张为民到了,说道:"你去吧,我来跟杀手聊。"说完又小声对江旭说道:"这事情已经闹大了,你扛不住,还是我来吧。"

## 第十五章　山雨欲来

江旭点点头，带上所有人就往大厦里面走去，背后张为民拿到的对讲机已经调对了频道，开口说道："杀手先生，我是东山市公安局局长张为民，下面我来跟你聊聊天可以吧。"

"没关系啊，张局长，希望你比江警官幽默一些。"

江旭带着众人走进大厅，说道："天成药业大厦一共四十二层，邢方平，你带五个人负责一到十楼。"

江旭做着安排，王焕被他安排跟着刘燕燕负责找楼顶的几层，王焕却突然说道："师父，那你呢？"

江旭沉默了一会儿，说道："我去楼顶，和那个杀手碰一碰。"

王焕说道："师父，还是我去吧。你现在受了伤……"

江旭打断了王焕的话，说道："别逞能，你才进队里多久，不管怎么说今天这种事也不可能让你上去。"

王焕有点来气，第一次在所有人面前发了脾气，有点大声地说道："怎么？现在当警察做事也要看年龄、看资历了吗？"

旁边的人纷纷安抚王焕，邢方平拉着他说道："小王，现在别闹，我们的时间不多了，听江队的。"

众人说话间，杀手的声音又从对讲机里面传来。

"第二个要求，我很欣赏今天对我开了一枪的那位警官，我没记错的话应该是王焕王警官吧。王警官，我可是很久都没有受过伤了，要不你到楼顶来，我们聊聊？"

张为民在外面听到，心里咯噔一下，正要说话，杀手再次说道："这不是请求。"

楼里的所有人都有点傻眼，江旭看着王焕，说不出是什么心情，把左手放到王焕的肩头，用力拍了拍，点点头。

王焕笑了笑，打开对讲机，说道："我这就来。"

说完上了电梯。

江旭看着王焕的背影，对剩下的人说道："别愣着了，赶紧找到炸弹。"

没多久，王焕就来到了楼顶。四十二层在东山市已经属于极高的楼层了,风把王焕的衣服鼓起。

正对面坐着一个人,脸上带着笑,安静地看着王焕。

只一眼,王焕就认出他了。

前天下午,在傅青死亡的现场,他在人群中看到过他,那个留着寸头、抱着猫粮的年轻人,和王焕差不多的年纪。

杀手冲着王焕笑了笑,说道:"王警官,又见面了。自我介绍一下,我叫K。"

## 第十六章　厮混一起

这是南非某国的一家小酒馆，虽然这个国家上一任政权已经消亡，但国内依然冲突不断。这样的混乱环境是雇佣兵和杀手最喜欢的工作场所，毕竟有死亡，才有生意。

林宣点了一杯朗姆酒，大口大口地喝着。早就服下自制解酒药的他，大脑短时间内不会受到酒精影响，能使他保持作为一名杀手的冷静。

距离离开训练营已经四年了，林宣仍然习惯性地保留着当初在训练营里的寸头。在外国人的眼里，他只是一个瘦瘦小小长相普通的亚洲人，没人知道他的身体里有着怎样爆炸的力量。赵云海在他脸上留下的刀疤已经愈合成一条浅浅的痕迹。每一年林宣都会抽几天时间，回到东西伯利亚的那座山上，坐在赵云海的坟前静静待上几天，这是他活在世上的为数不多的安慰之一。

另外一个，就是还躺在病床上的妹妹。林宣现在的收入已经完全能够负担照顾一个植物人的费用，不过让他还能继续以杀手的身份存在于世界上的理由则是让妹妹醒过来的希望。那个中年人给林宣的希望，一种还在开发中的药物，据说能修复病人的脑细胞，唤醒植物人。只要林宣继续为他做事，他的妹妹就将成为那个药物的第一批使用者。

生存在血腥杀戮中的人可以没有感情，没有同情心，但是必须要有希望，不然这个灰暗的世界能在瞬间将他们吞噬。

最后一个，则是林宣的目标。他要找到那个第一次让他知道男女之情的女人，那个让他亲手杀掉自己唯一的朋友的女人。这四年来林宣除了完成中年人给的任务,就是厮混于地下杀手网络。

那个名为"K"的女人,是杀手的王。

而林宣执行任务的成功率已经让他成为那个王座最有力的竞争者之一。

夜晚来临,酒馆老板说着拗口的阿拉伯语,让林宣赶紧回借住的旅馆。这个地方是执行宵禁的,每天晚上都有大把的武装士兵巡逻。

林宣扔下几张美金,装作喝醉的样子,晃晃悠悠地走出酒馆,走在回旅馆的路上。他装成过来谈生意的小商人,在这个地方晃荡三天了。在当地人眼里,他每天睡到中午,下午又在酒馆里喝到烂醉,然后又回旅馆睡觉,等着他口中的不知道什么时候来的生意伙伴。

路上走来三个小混混,两天了,他们一直想对林宣动手。

这个时候街上已经没有了行人,宵禁的时间快到了。林宣没有反抗地被拖进了路边的小巷子,然后三两下就捏断了三个小混混的喉咙。

他整了整自己的衣服,今天晚上是行动的时间,完成任务之后他会立刻离开,这个不知名巷子里的三具尸体不会跟他扯上任何关系。

林宣继续装作醉汉回到自己的房间,迅速换上一身黑色紧身衣。今天暗杀的目标在武装分子的重重保护之下,想像以往那样随便变个装就潜进去可能不太现实。

林宣躺回床上,等待着自己预定的行动时间的到来。

这里的夜和中国的不太一样,因为供电的不足,街道上一片漆黑,目标所在的住所倒是灯火通明。

四年的杀手生涯加上训练营里教官的指导,这些对于林宣来说都构不成什么阻碍。阴影是他最好的保护色,行动路线上的每一个士兵都不知道自己的身边刚刚潜伏进去一个人。

短短几分钟,早就摸清楚这里巡逻模式和换岗时间的林宣就已经来到目标的窗外。现在是凌晨,一个人一天中最疲劳的时候。

目标是这里一个武装派别的头目,他的竞争对手给了林宣一个非常有诱惑力的价格来取他的性命。黑暗中林宣慢慢打开窗户,安静地走到

## 第十六章　厮混一起

了目标的床边。

这个头目看起来很年轻，怀里紧紧搂着一个女人。

林宣无声地笑了笑，摸出装好了消音器的手枪。

沉闷的两下枪声响起，买一送一，任务完成。

只是背后的一个声音传来，让林宣惊出了一身冷汗。直觉告诉他，不能动，动了，就会死。

"林宣，如果我没有记错的话，我记得当时汤普森有教过你们观察周围环境的课。"

这声音让林宣脑海里又浮现出当年那个让他暗地里着迷，又逼他杀死自己最好朋友的人的身影。

"离开训练营的这几年，你已经没有之前敏感了。"

死亡威胁消除，林宣回过身。

月光从窗外投射下来，叶莲娜就这样站在那里，静静地看着他。四年过去了，时间却好像没有在她身上留下任何痕迹。

只是林宣敢保证，叶莲娜手里的枪刚才就指着他的脑袋。

"叶莲娜。"林宣轻轻地呼喊道，"或者，K，你怎么在这里？"

"你喜欢叫我以前的假名啊？"她的声音好似在嘲讽，又像情人间的些微抱怨，"我一直等你来找我，可是你一直没来。"

她绕着林宣漫不经心地慢慢转着圈，说道："林，这几年，你睡过别的女人吗？"

林宣脸上开始有些不自然，这个问题他不知道该怎么回答。

叶莲娜慢慢从后面抱住林宣的腰，整个人伏在他的背上，头靠在了林宣的肩膀上，小声问道："还是，你只是想杀了我，给你的朋友报仇？"

林宣觉得自己的身体有些僵硬。

叶莲娜继续说道："最近几年，有一个杀手突然崛起，接任务的频率和成功率高到别人不敢相信。可是当我看到他出现的时间，我就知道，肯定是你。"

"我是 K 啊，杀手的王，你觉得你这样就能悄无声息地靠近我，然后拿走我的一切吗？"叶莲娜说道，"至少，你应该先来跟我打个招呼啊。让我知道，你想要。"

林宣只觉得眼前一黑，便不省人事了。

等到他醒过来的时候，发现自己正躺在一辆越野车的后排座位上，此时已经天光大亮。

叶莲娜正在开车，看到林宣醒过来，并没有说话。

林宣坐起身子，晃了晃头来缓解因为昏睡带来的不适。他察觉到叶莲娜没有杀他的意思，于是开口说道："你要带我去哪儿？"

叶莲娜没有回头，说道："陪我去杀人。"

林宣笑了笑，说道："你就不怕我在背后杀了你？"

这句话让正在开车的女人笑出了声，道："如果你办得到，可以试试。"

林宣问道："杀谁？"

叶莲娜沉默了一会儿，说道："你都认识。"

林宣再问："那我们第一站去哪儿？"

"美国。"

拉斯维加斯的夜晚只有一个主色调：纸醉金迷。

汤普森摇摇晃晃地从百乐宫走出来，今天手气不好，又输了一大笔钱。今天在百乐宫太晦气了，他准备换个地方，找个女人，转转运。

汤普森得意地笑了笑，朝以往最喜欢的地方走去，他是那里的常客。

这时他看到一个高挑的金发女郎，前凸后翘，汤普森的眼神就像饿狼一样盯在女人的身上，嘴里吹出电影里标准的口哨声。

那女人转头看着他笑了笑，脸上的妆有些浓，不知道卸了妆会是什么样，不过汤普森不介意，身材好就够了。

汤普森借着酒意，上前去打招呼。女人的声音轻柔，郎有情妾有意，没多久汤普森就招了辆车，两人朝他住的酒店而去。

等进了房间的门，女人先走了进去。汤普森锁好门，迫不及待地就要上去抱住亲吻，这时一把枪顶在了汤普森的脑门上。

## 第十六章　厮混一起

叶莲娜从房间拐角转了出来，笑着说道："老鹰，好久不见啊。"

汤普森定住了身子，瞬间清醒的他看到叶莲娜就知道自己今天肯定不会有活路了。

前面的女人转回身子，打了个招呼："汤普森教官，很久不见了。"

汤普森重新变得阴冷的目光，在对方身上扫了扫，说道："我不记得我认识你。"

女人摘下头上的假发，随即用纸巾蘸着水擦掉了脸上的妆，露出林宣本来的脸，说道："我希望你现在依然想不起我是谁，按照你们的教导，一个让人记不清楚的杀手才是成功的。"

汤普森无奈地笑了笑，说道："很遗憾，林，你在那三年里是我最出色的学生。不过我现在应该提醒自己，你也不光是我一个人最出色的学生。"

林宣上前用手捏着汤普森的手肘，稍稍用力，就让汤普森因为脱臼失去了所有抵抗力，然后对他的腿部也如法炮制。接着就把面筋一般软的汤普森放到了沙发上。

汤普森直直地看着叶莲娜，问道："K，为什么你不直接杀了我？"

叶莲娜坐到汤普森的面前，说道："想想你们当初怎么对我和陈的，我实在没有理由让你痛快地离开。"

此时林宣已经快速换了一身衣服，在一旁抱着双手靠在墙上，冷冷看着这一切。这一路，叶莲娜没有跟他说任何来龙去脉，只是给了他一个作为杀手无法拒绝的高额回报。

汤普森说道："你要知道，我当时可什么都没做，都是马卡洛夫和安娜动的手，我什么都没做。"

叶莲娜摇摇头，说道："不作为不代表你无辜。"叶莲娜看着这个豪华酒店套房的布置，说道，"而且，从你最近的生活来看，你应该也从那件事情上拿到了不低的报酬。"

汤普森低声说道："K，我快五十了，当时我就想着我们不能再继续当杀手，我要退休养老！"

141

叶莲娜驳斥道:"我们的基金里留着足够所有人养老的钱,只要你们说,难道我不会让你们离开?"

汤普森神经质地笑了起来:"足够?只能让我在美国小镇上买一栋普通的房子,每天无所事事地在酒吧里喝酒,等着死亡哪天找上我?K,我想要的是现在这样的生活,我不想做一个普通人每天安静地等死。"

叶莲娜回头看了看林宣,问道:"林,你想过什么样的生活?"

林宣耸耸肩,说道:"恕我直言,刚才汤普森教官说的普通生活,我想要。普通,并不容易。我是中国人,只想简单点。"

汤普森转过头,叶莲娜继续说道:"不管怎么样,你们当时让我逃走,就是你们犯下的最大的错。陈被你们折磨死了,在你这里,我觉得我要帮他讨回来。"

汤普森狠狠地说道:"我没有动手,我知道自己今天活不了,但是你不能折磨我。"

沉闷的枪声响起,叶莲娜面无表情地说道:"你说了不算。"

汤普森的腿上出现了一个血眼,他紧咬着牙关不让自己叫出声来。这个酒店他住了几天非常清楚,除非爆炸,不然房间里面发生了什么事外面都听不到。

叶莲娜说道:"这只是第一枪,你还记得当时你们朝陈的身上开了多少枪吗?"

汤普森嘶声说道:"我没有开枪。"

"对,你没有对陈开枪。"叶莲娜漫不经心地回答道,"可是你杀了我的猫。"

砰、砰、砰、砰……

枪声接连在房间里响起,每一枪都避开了汤普森身上的要害,但是剧烈的疼痛让汤普森只想速死。

叶莲娜慢慢地换着弹夹,缓慢的动作能给对方带来更大的压力。小孩子打针,最恐惧的不是针扎进去的瞬间,而是扎针前的等待。

汤普森嘶声说道:"杀了我,K,求求你赶紧杀了我。"

## 第十六章　厮混一起

叶莲娜冷冷地说道:"老鹰,你得明白,这还不算什么酷刑。"

话音刚落,又是一声枪响,汤普森整个人再无动静。

叶莲娜回过头看着还举着枪的林宣,不满地说道:"我没有叫你动手。"

林宣收回枪,说道:"我只是不喜欢折磨,什么样的都不喜欢。"

叶莲娜站起来,朝着林宣走过去,说道:"那你可能有个大麻烦,你看,老鹰的血溅了我一身,我不能这样出去。所以,我得洗个澡,换身衣服。林,你是故意的。"

她的声音充满了诱惑,林宣不由自主地又想起"毕业"前夕的那个夜晚。但是赵云海死亡的画面同样挥之不去。

叶莲娜看着林宣沉默的模样,笑道:"给我十分钟。"

等到两个人重新坐回车里的时候,气氛平和得好像什么都没有发生过。

不等林宣问起,叶莲娜便开口说道:"下一站,俄罗斯。"

下诺夫哥罗德,马卡洛夫和安娜坐在郊区的一座别墅里,看着眼前被绑住的林宣。马卡洛夫剃光了自己的络腮胡子,梳起了背头,穿起了西装。如果不是他那双闪烁着凶光的眼睛,任谁也只会说是一个和气生财的精英商人。或许,只是身材魁梧了些。

安娜看起来比当年瘦了一圈,比起当年那个身材高大,面色冷酷的女教官,现在的安娜开始学会化妆,蓄长发,整个人看起来多了一些柔软。

马卡洛夫走上前,大手抓住林宣的头,有些得意地笑道:"我还记得你,林。当年那个瘦弱的小猴子,现在长大了。"

林宣的脸青肿,衣服上也全是血迹。他被叶莲娜卖了,刚到下诺夫哥罗德,他就被马卡洛夫的人抓住了,而本应该在他旁边的叶莲娜已不知去向。林宣清楚,他现在就是叶莲娜的饵,马卡洛夫和安娜已经上钩,可叶莲娜这个渔人却不知道什么时候会提竿。他没有天真到认为自己对于叶莲娜来说很重要。

马卡洛夫的声音还是一如既往地闷如奔雷,他大声地说道:"她就让你睡了一晚，就能让你这么多年过去了还能给她卖命？你们还没踏上俄罗斯的土地，汤普森死了的消息就已经传过来了。林，告诉我，K在哪儿？"

林宣笑了笑，说道："我不知道。"

马卡洛夫脸色一变，一巴掌拍到林宣的脸上，差点把林宣扇晕过去。林宣"呸"的一声，吐出一口带血的唾沫。

马卡洛夫脱下上身的西装外套，从后腰摸出一把长匕首。这把匕首林宣以前见过，马卡洛夫从来都不离身，只是在训练营的三年，从来没有见他用过。

马卡洛夫说道："林，你还记得陈吗？那个跟你一样的中国人。"

马卡洛夫一边说着一边比画着动作，接着说道："可是陈是个硬汉，一直没有说出来我想知道的事情。我希望你也是个硬汉，毕竟，你们都是中国人，你也是他当时最喜欢的学生。"

疼是真的疼，林宣感觉自己从来没有这么疼过，这种感觉让他以为已经麻木的自己居然还能找到活着的感觉，真正清醒的感觉。

原来活着是这样的感觉吗？他忍不住想起了自己还躺在病床上的妹妹，是不是这么多年来，她也一直在痛苦里？她会不会每天都在梦里找我？那样活着，是不是比死了更痛苦？

林宣笑着、哭着、惨叫着，眼泪和血水混在一起，因为疼痛而扭曲的脸狰狞，随着时间过去，就连声音也开始慢慢嘶哑。

马卡洛夫皱着眉，想直接给林宣一个痛快，手却被按住，是安娜站在了旁边，对着他摇摇头，说道："我们需要留着他，K会来的。"

马卡洛夫气道："我们抓住他两天了，K就没有露过面，那个女人根本就没有把他放在心上。"

安娜说道："马卡洛夫，你根本就不了解女人！"

马卡洛夫吼道："谁说我不了解，我了解你，了解K，我了解所有的女人，全世界的女人都一样！只要你有钱，只要你够强，全世界的女人都可以是你的！"

## 第十六章　厮混一起

"不，我不是。"

随着两声枪响，马卡洛夫和安娜随即瘫倒在地上，叶莲娜从他们背后现出身形，不慌不忙地走过来，仿佛无所谓一般地在两人的四肢上补了几枪，就像对汤普森做的那样。

林宣抬头看着眼前的女人，看着她的眼睛，想从那里看出来她的心思。

叶莲娜只是蹲下身子，蹲在林宣的面前，她看到了林宣审视的目光，没有在意。捧起林宣的头，没有在乎他脸上嘴里流下的血水，吻了上去，疯狂而动情。

良久，两人分开，叶莲娜没有在意自己脸上沾染的血迹，而是得意地笑了笑，将一个东西放进了林宣的裤兜，慢慢从他身前退开。

叶莲娜看了看倒在地上的马卡洛夫和安娜，如果没有人来，他们两个注定会因为流血过多死在这里。

林宣看着叶莲娜，觉得有些不妙，努力开口问道："叶莲娜，你要做什么？"他的声带已经撕裂了，声音低沉沙哑。

叶莲娜坐到沙发上，看着林宣，说道："林，你知道吗？我喜欢你，这几年你做得有多出色，我一直都知道。"

叶莲娜摩挲着自己的枪，接着说道："杀手的爱情，注定了和一般人不一样。杀手有了爱情，也就离死不远了。"

林宣瞪大双眼，看到叶莲娜将枪口指向自己的太阳穴，大声地喊道："叶莲娜你疯了吗？你已经报仇了，你要做什么？"

叶莲娜笑了笑，看着林宣，说道："林，恨我吧。"

枪响，叶莲娜偏着头躺在沙发上，好像睡着了。

地上的马卡洛夫努力挪动着身体，忍着痛将已经不知道是死了还是晕过去的安娜抱在怀里，哈哈大笑着说："K死了，她终于死了。"

可是他没有看到林宣缓缓站起了身子，浑身是血的他好像从地狱里爬出来的恶鬼，脸上的肌肉仿佛痉挛一般地颤动着，嘴角向上，好像在笑。

"开心吗教官？我来帮你更开心一点吧。"

林宣回到东海，已经是半个月之后，身体还没有痊愈，留下了浑身的伤疤。他看着躺在病床上的妹妹，她好像在睡觉一样，或者说好像已经死了。

作为植物人在床上躺了七年，她的肌肉已经全面退化，只能靠营养液维生的身体骨瘦如柴。

林宣嗫嚅着嘴唇，轻轻问道："告诉哥哥，这样活着痛苦吗？"声音像金属在岩石上面刮擦。

他看着妹妹的眼睛，好像动了一下，林宣觉得自己懂了。

等到那个把林宣送去训练营的中年男人来到病房的时候，整个病房里一片安静，所有的仪器都已经关掉，林宣坐在病床前，看着他妹妹的身体，像块石头一样，一动不动。

男人皱着眉头，问道："你消失的时间里，俄罗斯出了大案，别告诉我是你做的。"

林宣回过头，脸上的肌肉仿佛痉挛一般拉扯出一个瘆人的笑容，问道："第一个作品，喜欢吗？"

男人捂额说道："林宣，你是杀手，不是什么变态屠夫。我不希望你以后做事的时候留下这样的场面。"

林宣直愣愣地看着他，说道："从现在开始，你给钱，我办事，我们互不相欠。最后，纠正一下，从现在开始，叫我 K。"

## 第十七章　　恪尽职守

　　王焕打量着眼前这个平静的男人，真的是那种一放在人群里就找不着的普通长相，留着一个简单的寸头，脖子上缠着绷带，渗满血迹。

　　K同样也认真地打量着王焕，按照他掌握的资料，这就是一个刚刚从警校毕业的菜鸟刑警。之前就是他那电光石火间的一枪从K的脖子边飞过，带走了一大块皮肉，他久违地尝到了受伤的味道。虽然，只是轻伤。

　　"王警官，可惜，你之前的一枪打偏了。"K吃着薯片，说话之间带着咔嚓咔嚓的杂音，"不然，你今天就立大功了。"

　　王焕在枪口下没有乱动，K接着说道："王警官，我觉得为了表达你的诚意，希望你转个圈让我看看你身上有没有带枪。"

　　王焕举着手，转了一圈，K满意地点点头："王警官是个守信的人，非常恪尽职守。"

　　"那你呢？"王焕看着K说道："公平起见，你是不是也把枪放下？"

　　K的脸上露出一个古怪的笑容，随着右手飞快的动作，一把手枪被拆成了零件。他说道："其实，这把枪没有子弹。"

　　王焕松了口气，放下手，慢慢朝K走过去，问道："K先生，你把我叫上来，有什么话就直说吧，难不成真的只是陪你聊聊天吗？"

　　K说道："不可以吗？电影里面的暴力团伙都可以和你们警察做朋友，我一个杀手也没有什么太大的问题吧？"

　　王焕一头黑线，那是电影啊！！

　　K好玩地看着王焕脸上的表情，说道："不用紧张，现在还有十八分

147

钟，我把炸弹的位置放得很显眼，他们说不定现在都已经找到了。"

王焕下意识地拍了拍裤兜里通话中的手机，微型蓝牙耳机里传来江旭的声音："找到了。"

江旭看着眼前被绑得粽子似的十个人，看样子都是天成药业的员工，每个人的身上都连着一根线到他们正中间的包裹上，不出意料的话，里面装着的，就是炸弹。

对讲机里传来其他两个组的声音，都是一模一样的配置。

随行的拆弹人员看着江旭，有点头疼地说道："江队，这个不好办啊。"

楼上的王焕看着K，耳朵里听着江旭形容炸弹的声音，嘴里问道："你的礼物，很别致啊。"

K有些欣喜地点点头，说道："是啊，费了我不少力气，材料是一方面，更重要的是想法。再加上跟炸弹绑在一起的三十个人质，真的累死我了。"说完还装模作样地扭了扭肩膀。

K看着王焕的模样，好笑地说道："江警官现在应该能听到我说话，不过没关系，我友情提示一下。那些连着人质的线，千万不能碰哦，只要一根断掉，炸弹就会马上引爆，只能走到里面，把炸弹内部拆解才行。"

说完还对王焕耸了耸肩，说道："你看，我够意思吧。"

王焕看着眼前的K，觉得他就是一个疯子。耳机里江旭的声音传来，王焕朝K问道："你这个礼物发作起来有多厉害？"

K眯着眼，说道："按照我的计算，挺壮观的。至于有多壮观，反正这栋楼里的人，都活不了，包括我。"

王焕心头一寒，问道："你不怕死吗？"

K挑着眉头，反问道："你觉得我怕死吗？"

另一头的江旭听到K的回答，如堕冰窟，立刻跟在楼下统筹指挥的张为民做了汇报。

张为民倒吸着凉气，今天搞不好，所有人都要交代在这里了。看了看周边，张为民立刻指挥之前调来的武警疏散周边围观的人群，并联系

## 第十七章　恪尽职守

各个派出所发动警力，尽可能地将天成药业大厦附近的楼层全部清空。

江旭看看表，对张为民说道："张局，还有十五分钟，现在是什么意见？"

张为民想了想说道："我不在现场，现在大厦里你全权指挥，有什么后果，我一人承担。"

接着，还补充了一句："老江，尽量把弟兄们都活着带出来。"

江旭接了令，立刻对所有人说道："现场一共三个炸弹，每一组留一个人陪着拆弹专家，其他人，在十分钟内检查所在楼层还有没有其他群众，十分钟后所有人撤出楼外。"

对讲机里，邢方平和刘燕燕的声音依次传来，他们留下，其他人走。

江旭看到他这里被绑住的十个人质，所有人都看着他，有几个人眼睛流着泪，堵着的嘴里发出呜咽声。

白术对江旭说道："江队，我留下，你带着他们走。"

江旭骂道："我还没死呢。你们所有人都走，赶紧滚。这是命令！"

白术看着江旭的神色，不容人反驳。向江旭敬了个礼，带着剩下的人离开了。

身边的拆弹人员叫了声江旭，说道："江队，赶紧过来帮我脱衣服，这防爆服太厚了，穿着它我进不去。"

江旭赶紧过去帮忙，问道："兄弟，有没有把握。要是不行的话，你也先走吧。"

拆弹人员一边脱一边骂骂咧咧地说道："要不是现在不方便，老子现在就揍你。瞧不起我们是吧？比你有把握！告诉你，要真炸了，我们死也要死你前面！"

脱下衣服，拆弹人员露出了脸，只是一个二十七八岁的年轻人，看着炸弹有点发愁，自己用方言小声嘀咕道："妈哟，训练几百年碰不到个炸弹拆，一碰就碰到个要命的。"

说完，便小心翼翼地朝里面走去，凶手说连着人质的线不能断，他也就不敢碰了。

江旭看着被绑起来的人质，怕给他们松开嘴上的东西会导致局面混乱，心里也不愿意跟他们说实话，说道："大家不要担心，这是最出色的拆弹专家，他一定可以把大家救出去的。"

　　本来哭着的人都渐渐安静了，所有人都看着拆弹专家，大气都不敢喘，生怕影响了他。江旭轻轻说道："王焕，想点办法，靠你了。"

　　楼顶上的王焕看着淡定的K，问道："你到底想要什么？"

　　K摇了摇已经吃光的薯片桶，说道："不是已经说了吗？我要你们抓走的那几个人。"

　　王焕回答道："他们已经在被送过来的路上，但是他们来了以后呢？"

　　K有些奇怪地看着王焕，理所当然地说道："当然是他们进来，被我干掉，然后我停了炸弹，大家好聚好散啊。"

　　王焕都要气笑了，说道："你就这么肯定你走得了？"

　　K扔掉了薯片桶，笑道："那也要你们留得住我啊。"

　　说完，K站起来活动活动身体，对王焕说道："那要不这样，我们玩个游戏，只要你赢了，我就投降好不好？"

　　王焕问道："你要玩什么？"

　　K站起来扭了扭腰，说道："你还真的问住我了。"

　　说完，K看起来有些苦恼地揉揉头，说道："俄罗斯轮盘好不好？"

　　王焕脸都白了，问道："你还有枪吗？"

　　K摇摇头，说道："没了，那要不我们简单点打一架吧？"

　　王焕跃跃欲试地脱了上衣，说道："那就来吧。"

　　K笑出了声，说道："对自己的身手这么有自信吗？"

　　王焕做了个起手势，说道："没输过。"

　　"太中二了。"K跟着做了个手势，说道，"好巧，我也没输过。"

　　江旭听着王焕和K的对话，炸弹还没炸，他感觉自己的头快炸了。

　　他看到拆弹专家的手一顿，着急地问道："专家，现在是什么情况？"

　　小心翼翼地站在人群里的那个年轻人回过头，严肃地说道："那什么，能不能别叫我专家？江队，我姓刘，叫我小刘吧。"

江旭气得快跳起来，只要你说炸弹已经拆了，你让我叫你祖宗都行。今天这么危急的时候怎么一个二个都脱线了。

"小刘，现在什么情况？"

小刘苦着脸，说道："炸弹呢，我倒是拆开了，不过这是自制炸药，线布置得没有规律，我刚才看了一下，话说，江队你看过电影没有？"

江旭眉毛都竖起来了，不肯搭腔。

小刘有点无奈地咂咂嘴，接着说道："犯人很怀旧啊，炸弹里有三种颜色的线，红黄蓝，理论上来说，选一条剪掉，要么马上炸，要么炸弹解除。"说完回过头看着江旭，问道，"江队，你运气怎么样？要不你选一条？"

人质们的目光在小刘和江旭身上来回移动，江旭没急着回话，拿起对讲机问道："二队三队，你们那边的炸弹现在是什么情况？"

对讲机里传来了声音，情况和江旭这里差不多，都是拆开炸弹三条线，红黄蓝。

小刘看着江旭脸上复杂的神情，问道："江队，怎么说？幸福三选一？"

江旭看了小刘一眼没有说话，对着耳机说道："王焕，听得到吗？"

此时的王焕左手护住头，硬挨了一记K的鞭腿，被踢得倒退了好几步。随手擦掉了脸上的鼻血，对K大喊道："暂停！"

K停住了前冲的脚步，对王焕摊了摊手。

王焕问道："怎么了师父？"

江旭说道："炸弹拆开了，里面红黄蓝三条线，不知道剪哪条。"江旭顿了顿，接着说道："还有八分钟，尽可能问出来剪哪条线。"

王焕甩了甩两条被踢得已经有些红肿的手臂，说道："我尽力。"

K对着王焕问道："还打吗？"

王焕活动了一下身子，说道："打啊。赢了告诉我剪哪条线。"

K点点头，说道："可以。"

王焕冲上前，一拳直奔K的面门。

楼里的小刘手里已经换上了小剪子，看着江旭问道："江队，现在咋整？"

江旭无奈地说道："等。"

接着对着对讲机说道："所有人，等我的通知。"

楼顶的王焕就这几句话的时间，已经又挨了K好几拳，最后的一拳打中了他的腹部，王焕半跪在地上，胃里翻江倒海，想把所有的东西都吐出来。

K离了两步远，半蹲在地上，看着王焕说道："你不是我的对手，还来吗？"

王焕挥拳捶了两下腹部，说道："再来！"

站在楼底下的张为民接收着来自各方的信息，离炸弹爆炸的时间越来越近，他面上强作镇定，内心里已经慌作一团。

下午被带进派出所的天成药业高层已经悉数来到了现场，张为民对着对讲机沉声说道："你要的人已经都来了，马上解除炸弹！"

K顺势一个炮锤将王焕打翻在地，捡起放在一边的对讲机，说道："张局，现在我不需要了。"他看着挣扎着继续要站起来的王焕，我现在找到更好玩的玩具了。

## 第十八章　　遭受重击

张为民对着对讲机大声吼道:"你到底要什么?"

K一脚将对讲机踏碎,看着王焕,说道:"王警官,还来吗?"

王焕稳住自己摇摇晃晃的身体,连续遭受重击,他已经快要失去意识,只是内心里那股韧劲让他不能倒下。

K的强大让他绝望,王焕自问在警校他可以和最能打的教官过手,可是仿佛所有的搏击技巧在K的面前都不值一提。

K看着他,认真地说道:"王焕,你不知道我是怎么样挣扎着活过来的吗?你不是我的对手。"

王焕苦笑着问道:"K,好好活着不好吗?"

K做了个深呼吸,脸上有些憧憬,又有些不屑,说道:"这对你们来说是正常的生活,对我来说是奢望。"

王焕强撑着身体,咬牙说道:"再来!"

江旭焦急地看着手表,楼顶发生的一切他都听到了,他想上去帮忙,但是他知道他不能离开,他突然的离开,只会让情况变得更让人绝望。

还有五分钟,他打开了对讲机,本来他想让邢方平和刘燕燕离开,但是这句话他无论如何也说不出口,只能说道:"张局,下面的群众都疏散了吗?"

张为民心里咯噔一下,问道:"没有机会了吗?"

江旭蠕动了一下嘴唇,说道:"我们还在努力。"

江旭看到小刘还站在炸弹旁边,举着手里的剪刀在待命。他小心翼翼地穿过人质走了过去，对小刘说道："小刘，剪子给我，你先走吧。"

小刘浓眉一竖，说道："江队你啥意思？还是瞧不起人是不？哪有炸弹要炸了拆弹的先走的道理？"

江旭拍拍小刘的肩膀，看着周围的人质，再次对着对讲机说道："小邢、燕燕，告诉所有拆弹人员，如果倒计时五秒钟，还没有得到答案，剪红线。"

对面的邢方平简单地说了声是，刘燕燕却耍了个俏皮，说道："江队，下辈子要是再见面，你得给我介绍个男朋友。"

江旭觉得眼睛都要红了，压抑住情绪说道："没问题，只要你下辈子别这么能打，老江我给你介绍个好的。"

刘燕燕笑了几声，对讲机里重归静默。

江旭看了看周围的人质，挨个儿给他们取下嘴里的封堵。人质们的神情有的绝望，有的冷静，有的小声地啜泣着，没有人吵闹。

其中一个年纪大一点的看着江旭，问道："江队长，你不走吗？"

江旭笑了笑，说道："你们都没走呢，我是警察，我得走在最后面。"

站在炸弹旁边的小刘挥了挥手，说道："瞎扯，我是拆弹的，我走在最最后面。"

江旭看了看手表，还有三分钟，他对着人质们说道："以防万一，咱们抓紧点，有什么话，我们用对讲机跟外面传达一下。"

人质们安静地看着他，点了点头。

王焕倒在地上，嗓子一腥，吐出口血水，刚才K对着他胸口的一拳用了真力，他感觉到自己的肋骨可能断了。真正让他绝望的是，他意识到，K还没有对他动真格的。

K蹲下身子，摆弄着王焕的头，说道："王警官，还能站起来吗？"

王焕挥手挡开了K的手，再次用力地从地上摇摇晃晃站起来，浑身上下的剧痛让他越来越清醒，只是身体的无力让他不知道自己还能坚持多久。

K突然笑了起来，嘶哑的嗓音让王焕觉得这就是个恶魔。K脱下了自己的上衣，王焕目瞪口呆地看到K的身上，伤痕累累，没有一块好肉，是怎样的折磨才会留下这样的痕迹。

K说道："疼痛让人清醒，王警官，你所经受的，远远不够。"

王焕猛地咆哮一声，朝K扑了过去，时间啊，走得慢一些吧。

K轻松挡住王焕的猛扑，想回手给王焕来一下狠的，却发现手腕一紧，仔细一看，王焕已经用手铐把他铐住，另一端铐在了王焕的手上。

K狰狞地一笑，说道："王警官，你知道这样你会死得更快吗？"

王焕也笑了笑，说道："那就一起死吧。"

却是一拳狠狠砸在了K的头上。

这是王焕仅剩的最后的力气，他知道这一拳对于K来说不痛不痒。果不其然，K只是晃了晃头，仿佛只是头顶有风吹过。

K正要说话，却突然抱着额头嘶声叫了出来，额头上瞬间冒出了冷汗。王焕本就难以支撑，被K一带，两人滚作一团，到了边缘，才堪堪停下。

王焕看着挣扎的K，问道："你怎么了？"

K消停了下来，伸手指了指自己的头，说道："瘤子，晚期。"

王焕心头闪过一丝怜悯，却又一下怒火中烧，喝问道："那你就要这么多人给你陪葬吗？"

K嗤笑道："王焕，你是警察，你选了你的路。我是杀手，可是我当初没得选。"

他半蹲起身子，拖着王焕朝楼外走去，王焕大惊失色："你要干什么？！"

K笑道："请王警官陪我一死。"

说完，K纵身一跃，跳了出去。王焕被他带着向外滑去，他趴在地上，死死抓住边缘的凸起，顶住了下滑的力量。清脆的骨节声音响起，王焕知道，自己的手，脱臼了。

这时K被手铐带着挂在了边缘，他还在笑着，笑着问王焕道："王警官，舍不得我死吗？"

疼痛让王焕大口喘着气，说道："你现在还不能死！"

K问道:"不就是剪哪条线嘛。剪黄色,你信吗?"

另一边死死盯着王焕这头动静的江旭就快要让小刘动手,听到K的后半句话差点没咬住舌头。还剩五十几秒。

王焕大声吼道:"王八蛋,你快说啊!"

K冷冷地问道:"王焕,为了这些人,你值得吗?"

王焕没有犹豫,说道:"我是警察!"

K有点愣住了,说:"可是,我是杀手。"

江旭听着他们的对话,看着手表,三十秒!

王焕对着K说道:"我不管你是谁,我不知道你该不该死,我是警察,我只负责抓你。你该不该死,由法律来决定!可是楼里的人是无辜的,他们不该死!至少不该这么死!"

二十秒!

K有些动容,说道:"可是,老天让我死,我要死在他给我的时间前面。"他看着王焕的脸,问道:"王焕,你愿不愿意用你的命换他们的?"

十秒!

王焕没有丝毫犹豫,吼道:"你把剪哪条线说出来,我马上陪你跳!我陪你死!"说完作势就要松开抓住边缘的手。

五秒!

K哈哈大笑,说道:"剪黄线!"

四秒!

王焕几乎是用最后的力气声嘶力竭地吼出来:"黄线!"

三秒!

江旭在王焕吼出来的同时,拿着对讲机吼道:"剪黄线!剪黄线!"

两秒!

包括小刘在内的三名拆弹专家用力剪断了黄线。

一秒!

时间稳稳地停在了这个瞬间。

## 第十八章　遭受重击

王焕、江旭、邢方平……楼下的张为民，所有的警察都愣在了原地。

片刻过后，所有人心底那股劫后余生的狂喜喷涌而出，放肆的大叫声直冲云霄。江旭迅速冲出来，留下小刘和人质们高兴地滚成了一片。他要去找王焕，去找救了所有人的王焕。

王焕听到楼下、楼里传出的狂喜呼叫，松了一口气，他看到K依然在那里，静静地看着他。

王焕笑了笑，就要松开手。

K突然说道："等等。"

王焕诧异地看着他。

K笑了笑，左手捏住被铐住的右手手腕，不见什么动作，王焕就听到了骨节脱臼的声音，他茫然地看着K。

K依然带着那样诡异的笑容，说道："王焕，你要活着。下面还有人等我，就不用你陪了！"

他的手从手铐中滑出，两条腿用力朝后跃去，哈哈大笑："王焕，我要你这辈子都记住我。"

K看着天空，嘴里喃喃道："楠楠、叶莲娜……"说完从裤兜里摸出来一个像汽车钥匙一样的小匣子，轻轻一按。

本来狂喜中的所有人听到一声爆炸，瞬间都呆住了，直到半晌过后才发现自己平安无事。站在地面上的人群看着空中那一团火光，也纷纷呆住，不知道发生了什么。

张为民最先反应过来，对着所有人吼道："进去，全都进去，把人质安全带出来！"

说完拉住要往前冲的白术，说道："把他们全都给我带出来！"

张为民的声音已经岔了音，白术点点头，他知道张为民说的是谁。

江旭气喘吁吁地上了顶楼，终于看到了王焕，他躺在楼顶边缘，一动不动。江旭大急，跑了过去，发现王焕只是呆呆地看着外面，刚才在楼里的江旭不知道发生了什么，看到王焕平安无事，瞬间松了一口气。

王焕察觉到身旁的动静，回头看到是江旭，忍痛咧嘴笑了笑，问道：

"师父，都没事吧？"

江旭心头一振，他从来没有想到，王焕作为一个刚毕业的菜鸟能做到这一步，眨了眨酸涩的眼睛，说道："都没事。"

王焕呼出一口气，整个人都放松了，突然又看着江旭说道："师父，这下我能转正了吧？"

江旭哭笑不得，说道："能，这下你立了大功，在局里只要不把天捅破，张局都要宠着你。"

王焕嘿嘿笑了笑，作势要翻个身，却呼道："啊！疼疼疼疼疼！师父赶紧帮帮我！"

江旭连忙搭了把手，王焕又喊道："停！"

江旭不解地看着他，王焕往回躺平，伸出手在裤兜里掏了掏，摸出一张纸条，打开一看，上面就写了两个字：盛天。

王焕回忆了一下，应该是他和K滚作一团的时候，K趁他不注意放在他口袋里的。那，之后发生的一切，都是K的有意为之？

江旭接过王焕手里的纸条，扫了一眼，对王焕说道："不要声张，我找合适的机会跟张局说。"

王焕点了点头。

这时白术带着人跑了上来，看到平安无事的江旭和王焕，也松了口气。再看到王焕鼻青脸肿、血流满面的惨状，立马对着对讲机吼道："救护车，马上派担架上来，这里有伤员，立刻！马上！"

王焕躺在病床上，看到余平发来的消息，长长的一段话，总结起来就只有三个字：分手吧。

他把手机丢在一边，默默地叹了口气，这一切既意外，又在意料之中。

他住院以后，终于闲下来了，余平来看了他一次，没说几句话就哭着走了。她不想王焕再当警察了，只是王焕不想，也不能答应她。

王琳打来电话问过王焕，知道他没事，只丢下一句："出院了记得请老娘吃饭。"

## 第十八章　遭受重击

其他隔三岔五来的都是局里的同事，张局还带着省厅专门下来慰问的领导来了一趟，说话间那种藏不住的骄傲语气仿佛王焕是他的心头肉、东山市警局的金疙瘩，羞得王焕差点抬不起头。省厅的领导满脸的欣慰，这次东山市警队太给警察队伍长脸了，敢打敢拼，生死面前也不放弃，特别是王焕最后吼出来的话简直深得人心，连夸王焕是个优秀的警察，马上转正，以后在队伍里好好干，保持住这种拼劲，前途无量！

这时江旭提着饭盒走了过来，看到王焕沮丧的模样，问道："怎么了？都转正了还垂头丧气的？现在你的名字在省厅里都挂上了号，感谢信堆满了一箱子，难道还想再涨点工资？"

王焕看着江旭，说道："师父，这下局里欠我一个女朋友，得涨多少工资才合适啊？"

江旭瞅了王焕一眼，想了想，说道："这么说起来，局里也欠我一个女朋友，刘燕燕也天天吵着国家不给她这样的一线警务人员分配男朋友，哎哟我去，这么一想，队里的单身汉、单身女好多啊！不行，回去我就跟张局说组织个相亲会。"

王焕扑哧一下笑出声，说道："师父你能不能正经点，你都转成正队长了，还这个吊儿郎当的样子。"江旭无所谓地把王焕扶起来，摆好病床上带的小桌子，有条不紊地把饭盒打开给王焕摆好，说道："案子要破，生活要过。吃饭！现在不用我喂你了吧！"

王焕不好意思地笑了笑，前几天手脱臼了，都是江旭给喂的。

他一边吃着一边问江旭："那师父，案子现在怎么说？"

江旭坐在病床边，皱了皱眉，说道："之前天成药业的高层全都审过了一遍，没什么结果，他们都只知道有外部资金注入公司做新药的研发，但是不知道对方是谁，我们从资金流动记录上查了查，资金是从国外流入的，尝试着追踪了一下，根本查找不到来源。"

王焕听完，想了想，再问道："那，那个纸条的事情呢？"

江旭回答道："已经在查了，张局和上面的领导很重视。不过就短短两个字，现在只能锁定一个目标。"

王焕听着饭也不吃了,问道:"谁啊?师父你别卖关子啊!"

江旭作势要拍王焕的头,终究没舍得下手,看着病房里也没有其他人,压低声音对王焕说道:"盛天药业。"

王焕懵懂地看着江旭,下意识喃喃道:"又是个药企?"

江旭看着王焕,说道:"东海市的,行业巨头。这次,难度大了。"

王焕笑了笑,说道:"干了。"

## 第十九章　　决绝赴死

打开窗户，一股凉风慢慢吹进了房间里。东山已经入秋了，再也不复之前的酷热。

在医院里待了一个多月的王焕站在床前做了几次深呼吸，贪婪地闻着外面的味道。因为之前和 K 的战斗，他的臂骨、肋骨都有不同程度的脱臼和骨折。

不仅是医生的要求，就连江旭和张局都把他死死地摁在医院的病床上。虽然隔三岔五地就有同事来看他，但是王焕才 23 岁啊，这么长时间住在医院里，感觉人都要生锈了。

不仅如此，白术时不时地告诉他，现在这个案子已经陷入了僵局，蒋天成迟迟没有被逮捕归案，后续的工作也就不能展开，现在省厅已经给了局里不小的压力，王焕很想回去帮忙。

他坐回病床上，又想起了那个决绝赴死的男人。

K，你到底是怎么样一个人？

杀人手段残忍，但是又对花草动物充满爱心。又在暴露的时候，能狠下心把之前心爱的一切都毁灭。

最后他明明可以让天成药业大厦里的所有人都给他陪葬，可他却选择把真正的炸弹藏在自己身上。

这样一个复杂矛盾的人，总是一副冷静或癫狂的模样。最关键的是，王焕在最后的决战当中，也能清清楚楚地看到他眼中的悲伤和迟疑。

根据事后的调查资料，王焕才知道国外还有暗网的存在，而 K 就是暗网杀手排行榜上排名第一的名人。

就像古龙的小说里常写的那样：没有人见过他，因为见过他的人都已经死了。

王焕见过他，而且还活了下来。但是他知道，那是因为K不想杀他。

他为什么不想杀我？明明连一个小女孩都可以下手的冷血变态杀手，为什么要放过我？

这是王焕的疑惑，而这个疑惑让他越来越想了解K的过往，去了解这个人。

但是想要得到这个答案，蒋天成是一个关键。

他又想到K在他不经意间塞进他兜里的纸条：盛天。

盛天是指盛天集团吗？

可是他们现在连蒋天成都没有抓到，更不要说有证据来启动对盛天的调查。

王焕努力晃了晃脑袋，让自己冷静下来。现在要抓到蒋天成，他必须要回局里。他看了看自己还不太用得上力的手，脑子里却转出来另外一个念头。

凭什么师父中了枪，休息了没多久都能去上班？我只是脱臼骨折啊？

这个想法一旦产生，他就再也控制不住自己，浑然忘了还有伤筋动骨一百天的说法。最后王焕打定主意：出院吧！

王焕找到主治医生，死皮赖脸地磨到医生同意，又被反复叮嘱只是可以回去休息，还不能马上开始工作。

医生心里也发毛呢，虽然恢复得差不多了，可是这位警官的手还使不上力气。要是又去工作，又和犯人打一架，那就不知道是谁打谁了。

当然，他也不知道，王焕没受伤的时候和那个犯人打架，也是只有被吊锤的份。

王焕在护士的帮助下换下了病号服，收拾好了自己的东西，决定先回家把东西放了，然后再打了个车去东山市警局。

不能再待在医院里，他要回去帮忙。

## 第十九章　决绝赴死

不仅仅只是为了找到自己想要的答案，也要让师父他们多一个帮手。

不多时，王焕就站在了警局的门口。深吸了一口气，自己稍稍扭动了一下刚解除束缚没多久的手臂，虽然还有一些不利索，不过已经不影响正常的行动了。

本来按照张局和江旭的想法，还是让王焕再多休息一段时间，不过王焕心里的疑问在这段时间里不仅没能得到解答，反而不断地扩大。

他需要一个答案。王焕如是想到。

刑警队的院子里，一如既往地人来人往，东山市虽然不是什么一线城市，也不是省会，不过一整个城市的各种刑事案件汇总在这里，每个人手上多多少少都有不少的活计。白术抱着一堆资料从屋里走出来，一眼看到王焕，连忙笑着迎上来，腾出一只手就要给他擂上一下，不过却突然想起王焕身上还有伤，硬生生把手停下，改作拍了拍他的肩。

白术笑着说道："你小子，张局和江队批给你的假还有好几天呢，这是闲不住啊跑来看我们？"

王焕脸上堆着笑，说道："白哥，看你说的，我今天是准备回来上班的，可不能算我迟到哈。必须得全勤。"

白术乐了，说道："行行行，全勤就全勤，只要江队同意，你天天不来都算你全勤。"

王焕笑了笑，问道："白哥，我师父呢？"

白术指了指，说道："在张局办公室呢，这几天每天两个人都开会。"

王焕皱皱眉，试探地问道："还是那个案子？"

白术叹了口气，说道："毕竟之前是你经手的，让你知道也没关系。按照之前调查的结果，蒋天成逃到了东海，我们已经申请了异地调查，但是不知道为什么一直批不下来。让东海那边的同事申请协助，也是不了了之。说是人手不够，实在抽不出警力。"

王焕想了想，说道："那白哥你先去忙，我回来上班，也要跟张局和江队打个招呼。"

白术看了他一眼，说道："去吧，是要和张局他们汇报一下。"

说完和王焕示意了下，抱着资料，先走了。

王焕一路走到张为民的办公室门口，先听了一下，没听见里面有什么动静。张为民经典的拍桌子声和江旭时而正经时而不着调的声音都没有听到。

王焕整理了一下自己的衣服，敲了敲门。

里面仿佛顿了一下，接着张为民的声音响起："请进。"

王焕推门进去，只见张为民和江旭隔着茶几相对而坐，一人手里拿着支烟，茶几上的烟灰缸里堆满了烟头，整个办公室即使开着窗也是烟雾缭绕，把王焕呛得差点咳嗽。

江旭看到王焕，原本发愁的脸上扯出一丝笑意，笑骂道："臭小子，不是让你多休息几天吗？怎么今天跑过来了？"

王焕朝张为民和江旭立正敬了个礼，说道："报告张局、江队，警员王焕申请归队！"

张为民哭笑不得，把手里的烟头丢了，说道："行了。把门关上，过来坐。"说罢还朝王焕招了招手。

王焕赶紧把办公室门关上，坐到江旭旁边。

张为民笑了笑，说道："都是自己人，没外人在的时候少搞这些虚头巴脑的东西。回来了也好，现在我跟你们江队天天烦得不行。"

王焕没急着发问，看了江旭一眼。江旭听懂了张为民的意思，给王焕解释道："现在，我们关于蒋天成的调查陷入僵局了。东海方面不太配合，我们又没有拿到异地调查的权限。"

王焕沉默了一下，说道："就没有其他办法了吗？"

张为民又从江旭的烟盒里摸出了一支烟点上，吐出一个烟圈，揉了揉自己的太阳穴，说道："前几天我们做了另外的努力，现在就等消息了。"

王焕一头雾水，看了看张为民，又看了看江旭，突然发现江旭看着自己的笑容有些不怀好意，心中一跳，感到一股来自师父的恶意。

江旭笑了笑，说道："你在怕什么？我们只是换了个思路，具体还

## 第十九章　决绝赴死

没有定下来，不一定和你有关系。"

王焕心中了然，不一定和我有关系，那就是肯定和我有关系了！不过他心中并不抗拒，只要能够尽快破案，也能找到自己心中的答案，他愿意为之努力。

这时，张为民办公桌上的电话响了起来，他立马站了起来走过去，稳了稳心神，接听道："喂？你好，刘厅。"

王焕和江旭两人就听着张为民一直嗯嗯啊啊地作答，时不时掺杂着"明白""没问题""请放心"的词汇，最后以"谢谢刘厅，马上安排"做了个结尾。

张为民挂断电话，右手握成拳小幅度地挥了挥，江旭则放松下来伸了个懒腰，骨节发出一阵咔嚓的声响，整个人向后倒在了沙发上。

王焕看到张为民笑眯眯地看着自己，笑呵呵地说道："小王啊，你能接受出差的是吧？"

王焕下意识地站起来，晃了晃神，小心翼翼地问道："张局，我去哪里出差啊？"

张为民笑得犹如弥勒佛转世，回到自己的办公位上，而江旭坐起身子，对王焕说道："张局和我因为申请异地调查和东海协助调查都不太顺利，所以想了别的法子。"

王焕歪着头看着江旭，没有说话。

江旭吐出一口烟，接着向王焕说明。

东海市是国内沿海首屈一指的大城市，因为人口密集、人员复杂、占地面积广阔，每天发生的各种案件层出不穷，让当地的警务系统疲于奔命。即使东海市的警员数量远远多于其他城市，也时常有人手不足的情况发生。

鉴于这种情况，上层就想到了异地警员借调的方法。每年都有一定的名额让其他城市的警员通过异地借调的方式去东海市警队帮忙、工作。一方面缓解东海市的工作压力，另一方面也可以让其他地方的警员学习到更多的经验。

因为之前的种种不顺，江旭和张为民动了动脑筋，通过省厅的领导，拿到了两个前去东海的借调名额。

王焕想了想，问道："那，其中一个肯定是我吧？"

江旭扑哧一声笑出来，说道："这不废话吗？我要是不让你去，你能缠死我。"

坐在办公桌后面的张为民也说道："小王，你是肯定要去的。首先，这个案子之前一直都是你和江旭经手。现在江旭作为刑警队的队长，这边离不了他。所以，你是必须要去。当然，你去还有一个优势。"

王焕看着张为民问道："张局，我去还有什么优势啊？"

张为民笑道："因为你脸生啊。你是今年刚毕业的新警员，你之前立的功目前也只是省厅内部表扬，还没全国通报。你过去，别人都只会把你当成过去镀金的小菜鸟。"

江旭接着说道："张局和我觉得，这次我们的异地调查申请出现种种意外，是有人从中作梗。你作为新人过去，别人就不会太防备你，也不会太在意你。这样你就能有充足的时间去调查蒋天成的所在，运气好的话，甚至还能得到其他的线索。"

王焕问道："有人从中作梗，这件事能确定吗？"

张为民说道："现在不好说，不过我和老江分析过，本来申请异地调查和异地协助虽然不是很简单，但是也不会出现现在这样的情况。已经一个多月了，我们的行动处处受阻，如果不是有人作梗，那就真的奇怪了。但是别人藏在暗处，我们现在也很为难，所以这次让你过去，也是寄期望于那样的大人物不会把太多精力放在你这样的菜鸟身上。"

江旭接着说道："所以，这次任务不是一点危险都没有。虽然你的首要任务是找到蒋天成，并对他实施抓捕。但是蒋天成目前是处在什么样的状态下，是被监视软禁，还是刻意躲着；这个过程里，会不会有人对你有敌意。以上这些情况，我们都一无所知。所以王焕，"江旭看着王焕的眼睛，说道，"你可以拒绝这次任务。"

王焕笑了笑，说道："师父你了解我的。"

## 第十九章　决绝赴死

江旭点点头，冲张为民递了个眼神，仿佛在说：我说的吧，肯定是这样。

王焕想了想，问道："那另外一个名额，不会就是为了给我找一个吸引注意力的靶子吧？"

张为民和江旭都笑了，张为民说道："老江你调教了个好徒弟。"说罢又对王焕说道："没错，的确给你找了一个吸引炮火的靶子，和你打配合，让你在东海变成一个小透明。不过你能猜到是谁吗？"

王焕在脑子里把刑警队里所有的同事都过了一遍，想了半天，也没有想到一个合适的人选。白术肯定是不行的，江旭也不能离开。刘燕燕、邢方平等等，都不是合适的人选。

这时办公室响起了敲门声，一个带着点口音的声音响起："报告！"

江旭朝王焕使了个眼色，那边张为民说道："进来！"

门应声而开，进来一个高大的身影，浓眉大眼，一脸憨厚。来人朝张为民敬了个礼，说道："张局、江队，找我有事？"

王焕噌地一下站了起来，手指着来人目瞪口呆，半天才说道："刘……刘专家？"

来人正是天成药业炸弹事件中拆弹专家中的一名——小刘。

小刘下意识地用手摸着后脑勺，憨憨地笑道："原来是王警官，好久不见啊。也别叫我刘专家了，我现在已经调到刑警队了，以后大家都是同事。"

江旭站起来走到小刘的旁边，对王焕介绍道："王焕，你们应该之前就见过了。现在重新介绍一下，刘山山，原拆弹部门的拆弹专家，当然，现在已经调到我们刑警队，以后你们就是同事了。"

王焕回过神来，连忙走上前去，伸出手说道："山哥，原来是你调过来了，以后多多关照啊。"

刘山山赶忙握住王焕的手，回应道："别别，你是前辈，我是新人，以后还要你多关照。"

两人的手握了握，张为民看着满意地点点头，不过还是对刘山山说道:"小刘,之前已经跟你介绍过这次任务了,其中的危险性我相信你应该也已经清楚。我现在再问你一遍,你是否确定自愿参加这次任务?"

刘山山下意识地站军姿敬了个礼,说道:"我愿意!"

江旭哭笑不得地拉下刘山山敬礼的手,说道:"小刘你放轻松,回答就行了,别这么绷着。"

刘山山还是憨厚地笑着,说道:"以前在部队习惯了。不过我炸弹都敢拆,这次没有拆炸弹危险吧?"接着朝张为民说道:"张局,你就下命令吧,我准备好了。"

张为民笑道:"小刘,你只有一个任务,就是让所有人把注意力都放在你身上,让王焕变成小透明。"

刘山山有点为难,说道:"这个……张局、江队,你们觉得我能行吗?"

江旭拍了拍刘山山的肩膀,意味深长地说道:"小刘,不要妄自菲薄,相信自己,你一定可以的。"

听江旭说过刘山山事迹的王焕不由自主地点点头,刘山山有种能不自觉带偏现场气氛和转移注意力的天赋,而这种天赋,也许正是这一次任务所需要的。

刘山山又摸了摸后脑勺,不知道该说些啥,这边王焕向张为民和江旭问道:"那张局、队长,我们什么时候出发?"

张为民说道:"本来没料到你这么快会归队,不过既然你回来了,那就趁早出发。我和厅里说明一下,你们今明两天收拾一下东西,如果有什么事情要和家里、朋友交代的,赶紧抓紧时间办了,后天就出发。"

张为民顿了顿,接着说道:"按照管理制度,警员异地借调,至少都是半年,你们做好心理准备吧。"

王焕和刘山山向张为民敬礼说道:"明白!"

江旭带着王焕和刘山山走出张为民的办公室,刘山山想趁现在回家跟父母说一声,就先走了。江旭则带着王焕走到警局的门口,对他说道:"我知道这次出差对你来说有些突然,不过我也知道你肯定想去。"

王焕笑着点点头,说道:"果然是师父了解我。如果不把这个案子彻底完结，我睡觉都睡不好。"

江旭摆摆手，说道："也不要给自己太大压力，案子要破，不过自己的安全更重要。这次去东海，什么情况你都是两眼一抹黑，做事要循序渐进，不要太急躁。"

王焕应道："知道了，师父。"

江旭看王焕知事，便说道："那你先回去休息吧，把东西都收拾收拾，有什么事情赶紧办了，这次去东海，可不是十天半月就能回来的。"

说罢，王焕就和江旭道了别，回到自己的住处。

在医院住了一个多月，家里的家具都蒙上了一层薄薄的浮灰。因为又要离开，王焕也没有心情做太多的打扫，随意收拾了一下，就瘫倒在了沙发上。

即将前往东海市这件事让他一阵激动，但是也让他产生了更多的遐想。一方面是对于案子，一方面则是对杀手K。

王焕从来没有想过自己会碰到这样一个人，神经质，对生命很漠然，有着敏捷而致命的身手，还有发笑的时候悲凉的眼神。

谜一般的K，让王焕迫不及待地想探究一番。到底是什么样的经历，造就了这样的一个人。

纷繁的思绪在王焕的脑海里交缠，这时手机却突然响起。

王焕拿起手机看了看，来电显示是腹黑女，赶紧接通。

王琳爽朗的声音从手机里传来，不过却是骂声："王焕你大爷的，我好不容易来东山看你，你出院了怎么不说一声？你知道我在医院里想给你惊喜但是病床上的人不是你这种事情让我有多尴尬吗？"

王焕赶紧止住了王琳机关枪般的吐槽，连忙说道："琳哥我错了，我真的错了。我出院该告诉你的。今晚我请你吃大餐，好好犒劳一下你。"

听到有大餐可以吃，王琳停住了，顿了顿问道："你现在在哪儿呢？"

王焕回道："我刚从局里回家，琳哥你还在医院吧？我马上去接你，今晚我安排。"

王琳哼哼唧唧地说道："算你识相！快点过来啊！"说完就挂断了

电话。

王焕坐直身子，苦笑着揉了揉眉头，王琳来的真是时候，去东海这件事也是要和她通个气的。

起来换了身衣服，王焕就赶紧到医院接走了王琳。深知王琳腹黑吃货属性的他，直接把她带到了东山市一家知名海鲜饭馆里。

东山市靠海，中国人的传统就是靠山吃山靠海吃海。这里蔬菜和肉类的价格不便宜，但是海鲜类的食物却是便宜实惠。

再加上中国人的天生吃货属性，这家在东山本地知名的海鲜馆这个时候已经坐满了食客。

王焕大气地点了一桌的菜，他自己就是个大肚罗汉，虽然体格不是电视上的爆炸肌肉男，但是每天都会坚持锻炼，再加上刑警工作的特点，每天的体力消耗都不会少。

终于蹭到王焕大餐的王琳一手大虾一手扇贝，嘴里塞满了食物，对着王焕含糊不清地笑道："果然小焕焕深知朕心啊。"

王焕同样不甘示弱地在跟面前的生蚝较劲，说道："我说你慢点吃，看着像没吃饱过一样。没人跟你抢，今天管够。"

王琳鄙视地看着和自己一样狼吞虎咽的王焕，挥舞着手里刚拿上的蟹钳，说道："你知道你自从来东山以后，我想敲你一顿饭有多难吗？叫我帮忙的时候就知道吼快快快，等你请吃饭的时候你就没动静了。"

王焕哭笑不得，说道："我倒是想赶快请你吃饭呢，那不是我受伤住院了吗？"

王琳一口干掉一个生蚝，说道："你还知道你受伤了啊？我说小焕焕，你是警察没错，可是你不是超人吧？以后没把握的时候别这么拼行不行？"

王琳拿纸巾抹了抹嘴，接着说道："老娘朋友不多，你别死太早。"

王焕听出了王琳的担心和关心，心头一热，说道："知道了琳哥，你放心吧。"

王琳笑了笑，抬手对柜台喊道："老板，再来一打生蚝！"

## 第十九章　决绝赴死

这边王焕想了想，对王琳说道："琳哥，我后天要出个长差，要去东海了。"

刚回过神来的王琳一愣，说道："你们局里真把你当牲口用啊？刚出院就派出去？你要去多久？"

王焕说道："至少半年吧，这次是警员异地借调，过去得在那边工作一段时间，短时间回来不了。"他思考之后，还是决定不把过去是私下查案的事情告诉王琳，免得她担心。

王琳挑挑眉，看着王焕说道："可以嘛小焕焕，国际化大都市啊，那边漂亮妹子很多，说不定到时候你回来还能带着对象。"

王焕说道："行啊琳哥，到时候我带着弟妹来见你，你给她包红包。"

王琳气笑了，说道："我又不是你妈，我给她包什么红包？王焕你别想占我便宜啊，我告诉你，要红包没有要命一条！"

王焕笑了笑说道："那我给你包红包行了吧？"

王琳笑出声，说道："你用什么给我包红包？狗粮吗？我不要！"

两个人嘻嘻哈哈地吃完了这顿饭，王琳心满意足、毫无形象地拿着牙签剔着牙走出饭馆，王焕拎着王琳的包跟在后面。

已经快要入秋了，东山的气温逐日下降。

这会儿凉爽的晚风拂过，吹得吃饱喝足的两人十分惬意。

王琳眯着眼，慢悠悠地走着，仿佛在享受这个时刻。王焕在一旁陪着，两个人有一搭没一搭聊着以前认识时的事情，也说了些之前案子里无关痛痒的小事，逗得王琳时不时笑一下。

就这样走了一会儿，王琳偏过头看着王焕，说道："喏，小焕焕，这次你去东海我不知道到底是为了什么事，不过你知道的，有事找琳哥。"说着捶了捶自己的胸口，但是仿佛不太过瘾一般，就伸出手又拍了拍王焕的肩膀，接着说道："有事，琳哥罩你。"

王焕笑了笑，说道："好啊，抱琳哥大腿。"

两人笑闹一阵，王焕就把王琳送到了酒店。王琳第二天就回西水了，王焕也决定回老家看看爸妈。

第二天天一亮，王焕就起床往老家赶，虽说老家离东山不远，不过还是想有多点时间陪陪老爸老妈。

等他到家的时候，王爸王妈高兴得不行，离家多时的儿子好不容易回来一趟，王妈妈急着就要出去买菜，王爸也干脆跟单位请了一天假，就想今天在家和儿子好好喝一杯。

到了中午的时候，王焕告诉父母，自己即将去东海市出差学习半年。因为保密原因，并不知道儿子之前受伤的王爸王妈两人非常高兴。刚出学校参加工作，就能得到领导的看重，被派去大城市学习交流，那回来升职加薪什么的也就不是什么难事了。

除了王妈有点难过，觉得可能有半年时间看不到王焕。

王焕和父亲在中午就喝得酩酊大醉，在家里舒舒服服地睡了一下午。晚上吃过饭，王焕就和王爸王妈道别，乘车回东山了。

次日清晨的机票，可不敢在家再住一晚。

带着母亲的嘱托和父亲的期待，王焕回到东山。

刚下车，就接到江旭的电话。

不是工作时间，江旭的声音一如既往地痞里痞气，说道："和家里都说了吗？"

王焕笑着回答道："都说了，没问题。"

江旭沉默了一阵，说道："行。"然后就挂断了电话。

一夜无事，等到王焕起床的时候，江旭已经开着车在楼下等他，刘山山坐在后排呵呵傻笑。

王焕上了车，三人有一搭没一搭地扯着闲话。刘山山虽然和两人还不太熟悉，不过大家也算是同生共死过，感情自然不一般，加上话痨天性，也在车上贡献了不少的笑点。

等到了机场，把两人送进大厅的江旭突然上前一把抱住王焕，狠狠拍了拍他的肩膀，似乎想说些什么，最后什么也没说。

江旭松开手，朝着两人点点头，说道："走了，你们保重。"

说罢转身挥挥手，头也不回地走了。

## 第十九章　决绝赴死

刘山山咂咂嘴，说道："之前就看出来了，江队性情中人啊，就是不善表达。"

王焕笑出声，对刘山山说道："那可能你认识的江队和我认识的不一样。"

刘山山毕竟比王焕晚入队，不了解江旭之前的样子。王焕刚来的时候，江旭爱喝酒、爱抽烟，喜欢耍赖皮，嘴上还老爱损人。但是他在工作的时候，从来不喝酒，只是那烟瘾是真的不小。

江旭对王焕是真的照顾，把自己知道的都对王焕倾囊相授，在王焕迷茫的时候还能主动为王焕指引方向。如果嘴没那么损，王焕会觉得这个师父更棒。

后来因为韩源的牺牲，江旭升职成为队长之后才逐渐收起了一些原来的样子。不仅完全不喝酒了，平时也尽力收起那副吊儿郎当、嬉皮笑脸的样子。不过这些也就对刘山山这样的新丁有迷惑作用，对于王焕这样的"老人"来说，江旭还是那个样，只是成熟了很多，让刑警队里的同事能够放心依赖他。

不过张局倒是对江旭越来越无奈，毕竟这可是个没烟的时候，敢翻进张局办公室偷烟抽的人啊。

想到江旭的改变，王焕也为自己打气，不管怎么说，他也要尽快成长起来，能独当一面才行。

## 第二十章　惺惺相惜

东海市是一个国际化大都市，经济体量在全国一直都排在前三。不过因为经济发达、人口密集，这里的消费水平也不低。

刘山山和王焕两人跟着人群走下了飞机，拿了行李，走到出站口。刘山山发现没有人来接他们，摸摸后脑勺，说道："东海就是东海啊，虽然和咱东山名字上就差了一个字，但是光是这机场，就已经比我们东山的气派多了。虽然之前这边的同事就说了抽不出人手来接我们，但是看到真的没人来接，还真是……不知该怎么说啊。"

王焕的白眼要翻到天上去了，他已经完完全全相信江旭的判断了，刘山山肯定是他这次任务的好搭档没错了。那停不下来的话痨属性，还有天马行空的脑回路，再加上那碰到谁都自来熟的性格，硬生生逼得王焕一路上没睡着，全陪刘山山唠嗑了，现在他只想赶紧到地方然后好好睡一觉。

想想当时刘山山在拆弹，江旭在旁边陪他唠嗑，周围还有一圈人质的场面，王焕都觉得不寒而栗，师父就是师父，威武霸气！

王焕对着刘山山赶忙说道："我们都是成年人了，再加上咱这工作性质，没人来接难道我们还能有安全问题？再说你也知道干这行的都忙，我们还是自己赶紧过去吧。"

王焕拉着刘山山在机场外面打了一辆车，按照这边给的地址，直接朝着东海市刑警队而去。

出租车上王焕反倒清静了。或许是职业共性，东海和东山虽然地处

## 第二十章　惺惺相惜

一南一北，但出租车司机们都是能从家长里短聊到指点江山的个中高手，这也正中刘山山的下怀。两个大话篓子在车上天南地北的一顿胡吹，内容没有营养到王焕根本不需要动脑子去想，脑袋一歪就在后排座位上睡着了。

等到王焕醒过来，出租车已经到了目的地。刘山山一边掏车费一边还和司机继续唠着，大有惺惺相惜之感，就差留下联系方式日后找时间续上一场了。

两人提着行李走进刑警队的门，来来往往的同事们看着陌生的两人，脸上都带着琢磨的神情，这时一人走了过来。

这是一个看着斯斯文文的年轻人，戴着一副细框眼镜，身上几乎看不出这个职业的人带着的那种气息。年轻人笑着问道："是东山市过来的刘山山和王焕两位同事吗？"

刘山山也笑着迎上去，伸出手笑道："就是就是，我是刘山山，这位是王焕，你是？"

那人握住刘山山的手，高兴地说道："你们好，我是刘晨，之前就是我和你们联系的，应该还记得我的声音吧？"

刘山山高兴地说道："记得记得，这声音忘不了，刘晨同志辛苦你了。"刘山山拉着刘晨的两只手不停地晃，那神情语气仿佛见到了失散多年的亲兄弟。

刘晨也不遑多让，连声说道："知道是刘山山同志过来支援，可把我们高兴坏了。之前你在东山爆炸案里沉着镇静拆弹的事迹全国都知道了，后来知道你调去了刑警队，我们还在想东山会不会把你调过来支援，没想到真的是你来了。"

刘山山连忙谦虚地说道："哪里哪里，都是本职工作，太过奖了。这次过来也是抱着学习的心态来的，刘晨兄弟你看我们还都是刘家人，五百年前是一家啊，以后工作上多多提点照顾。"

这时候刘晨才发现好像哪里不对，看到王焕站在旁边，才知道冷落了另外一个人。赶忙松开手朝王焕伸过去，说道："不好意思，冷落小王警官了。听说小王警官今年夏天刚出学校实习，现在就已经转正了？真是年少有为啊。"

王焕丝毫不在意地和刘晨握了握手，说道："客气客气。"这才刚来，刘山山就已经开始吸引火力了，王焕乐得被无视，正好装他的菜鸟小透明。

刘晨和两人客套完，说道："这样，我先带你们去休息室坐一下，长途跋涉的肯定累了。刚好陆队带人出任务了，要一会儿才回来，你们也稍稍等一下，陆队会给你们安排。"

说完便在前头领路，刘山山和王焕跟在后面，刘山山的嘴里没有消停，问道："那位陆队我来之前还专门打听过，听说是个能人，破案率高，还总是身先士卒，就是不知道好相处不？"

刘晨笑着回道："你别看我们陆队平时话不多，总是冷着张脸。他是部队出来的，比较直接，面冷心热的，每次遇到危险的事情都是冲在最前面，我们都很服他。要是一会儿陆队回来不怎么说话你们千万别见怪，他不是瞧不起人，只是性格就是这样，不太喜欢说话。"

刘晨不大不小地开着自家队长的玩笑，刘山山也能接得上："这样也挺好。我们东山江队人也很好，就是平时老没个正经，虽然大家都挺服他，就是笑着盯着人看的时候让人心里瘆得慌。"

刘晨倒是说道："你们江队现在也是名人啊，你当时拆弹的时候，江队就在旁边吧，你们两个人在那种情况下都一直陪着人质不愿意撤离，都是好样的。事后我们还专门了解过江队的事迹，年纪倒是和我们陆队差不多，但是破的案子还一点都不少。说实话，除了我们陆队，我现在就服你们江队，是个人物。"

王焕跟在最后面，听到刘山山和刘晨的话就忍不住想笑。江旭的性格王焕再清楚不过了，看着不着调，心里比谁都精。盯着刘山山看，估计也是因为他话多给烦的。至于陆明，王焕也看过他的资料，精明强干，破案率和江旭不相上下，就是不知道这样两个性格迥异但是又都有能力的强人凑在一起会是怎样的场面。

等两人到了休息室，刘晨笑着说手头还有工作就先走了，王焕和刘

## 第二十章　惺惺相惜

山山坐在沙发上，调整到舒服的姿势。毕竟长途飞行之后，多多少少还是有一些疲惫。

这时刘山山朝王焕眨了眨眼，压低了声音说道："咋样？我演技还行吧？保证让他们只会注意到我。就冲我这性格，他们绝对会把注意力放在我身上。"

王焕竖起一个大拇指，表示赞同，不过还是说道："你最好时不时透露出我有背景，是个关系户这样的信息。咱们干刑警的，就是瞧不起没能力光靠着关系往上爬的。"

两个人在休息室里坐着，随意聊着天，过了两个小时左右，休息室的大门突然被推开，走进来一个身高大概一米八五的大汉，体态昂扬威武。那如鹰隼般的眼睛扫了一圈室内，就直接朝刘山山走去："你肯定就是刘山山了，你好，我是东海市刑警队队长陆明。"

刘山山毕竟也是从部队出来的人，体格已经算是很壮实了，可是和陆明一比，完全就不是一个量级。再加上陆明的身高，粗犷的长相，什么样的犯人在他面前估计都得尿，连刘山山和王焕两人都已经感受到陆明给他们的压力了。

刘山山同样站起身子，还是比陆明矮了小半个头，和陆明握了握手。陆明的眼睛上下扫了扫，那种当过兵的气质哪里还能藏得住。

陆明说道："刘山山同志不用说一定也是从部队出来的，现在大家都在刑侦口，以后要多多交流啊。"

刘山山招牌式地憨笑着道："陆队过奖了，我才刚刚调到刑警队，经验上还有很多不足，这次来东海一定多学多看，多积累经验，不枉过来一趟。"

陆明豪迈地挥挥手，说道："太谦虚了，你在东山市拆弹的经历我们东海都知道了。办案经验不足可以积累，可是这种胆量不是谁都能有的。"

陆明话一说完，看到一旁同样站了起来的王焕。

王焕的身高在普通人里已经不算矮了，常年的锻炼却没有给他带来

177

让人视觉爆炸的肌肉，穿上衣服这个体格，在陆明面前只是一个小鸡崽，甚至感觉上还有些文弱。

王焕在心里吐槽：他在下面和我师父拆弹，我在上面和凶手拼命。要不是厅里保密了，看你对刘山山这个态度，要是知道我干了什么不得把我供起来？

吐槽归吐槽，王焕还是先对陆明伸出了手，笑着说道："陆队您好，我是王焕，也是东山过来的。"

陆明没有多说什么，和王焕握了握手，说道："小王你好啊。这次过来也多学多看，虽然刚毕业，不过年轻人学东西快，也长长经验。"

陆明的话夹枪带棒，不过王焕知道自己这次来东海的任务，陆明看不上他也正合他的心意，连忙满脸堆笑地说道："陆队说的是，一定好好学习。"

陆明没有再和王焕多说什么，只是顾着和刘山山交流，趁着王焕注意力没在这边的时候，他的眼神一直若有所思地审视着王焕。

还没等陆明和刘山山多说，这时又一个人推门进来。他穿着灰黑色的夹克，看起来四十来岁的样子，脸上有一道疤，但是一直笑眯眯的，笑得连眼睛都看不见了。

只听那人说道："陆队，方局找你。"

陆明点点头，对刘山山和王焕说道："先给你们介绍一下，这位是严闯，是我们东海市刑警队的副队长，是队里的老资历了。这边我还有点事，让老严给你们安排一下办公位。"

说罢陆明也不多停留，径自出了休息室，只留下严闯站在那里。

有刘山山在，是不会冷场的。再加上刘山山看到严闯笑眯眯的脸，总觉得是个和善的人，当即上去热情地和严闯打起了招呼。

严闯脸上的表情就像从来没变过，笑呵呵地和刘山山打着招呼，便带着两人到了刑警队的办公室。

现在办公室里没几个人，刘晨就在其中，他抱着文件忙碌着，看到刘山山和王焕两人，点点头笑了笑，又开始做自己的事情。

## 第二十章　惺惺相惜

严闯把他们带到办公室的一角，刚好角落里有两张桌子。刘山山和王焕对视一眼：这位置，正合心意啊！

藏在这角落里，王焕在干什么，别人根本就看不见，再加上刘山山出去吸引火力，不会有人注意到他。

王焕自觉地走进了最靠里的桌子，刘山山笑着看向严闯，反倒让严闯有点不好意思。

严闯笑着说道："你们也知道我们东海刑警队事情多、人也多，办公室空间确实不大，不过我们大部分时候都在外面，所以其实也没什么太大影响。"

刘山山笑道："客气了，我们是过来学习的，位子在哪儿真的不重要。"

王焕也笑着点点头，两个人懂事的样子让严闯非常满意，毕竟东海市刑警队的办公室确实紧张，这可不是什么假话，要是刘山山两人不懂事，说他们不怎么善待异地借调的同事，这也算是给队里抹了黑。

严闯说道："今天都没什么事，你们稍微坐一会儿休息一下，你们之后的工作还是要陆队来给你们安排。话说你们之前在东山都是做什么工作的？"

刘山山回答道："严哥你也知道，我是刚从拆弹组调到刑警队的，查案办案什么的两眼一抹黑，都不是太熟。你们这边有什么活儿我都可以干，能学到东西就行。"

严闯点点头，刘山山给他的印象就是个老实人，不过资料里可是说了，这是个在炸弹快要爆炸的时候还能和人质谈笑风生的猛人，严闯没办法对他等闲视之。

严闯又看着王焕，想知道知道这位小年轻的斤两。听说是个刚毕业的菜鸟，不过应该是家里有关系，不然也不可能这么快就转正，还能给弄到东海来镀金。这是让他们来帮忙，还是让东海的同事当儿童保姆？

王焕故作有点不好意思地说道："严队，我在东山一般都处理点文案工作。"

严闯脸上的笑容不变，心里却直呼：果然不出所料，是个有关系的少爷,这个来怎么安排?严闯在心里给王焕降低了几个档次,反正借调过来,就放在办公室让他镀镀金就行,放出去参加一线行动反倒让人束手束脚,要是受了什么伤,东山那边要是来找个说法,反倒是个麻烦事。

严闯笑眯眯地点了点头,就回到自己的座位上。王焕老老实实地在自己的座位上收拾着东西,却不停地观察着办公室里的人。

刘山山倒是自来熟地把刘晨从位子上拉起来,拖着他到处和人打招呼,刘晨也不介意,看得出来可能是受陆明的影响,东海刑警队的,都比较喜欢有军人作风的人,刚好刘山山表现出来的性格憨厚、做事果断干脆都很容易赢得这里人的好感。

等到陆明回来,刘山山已经混了个脸熟,整个东海市刑警队的人都认识得差不多了。而严闯拉着陆明小声说了两句,陆明的眼光在王焕和刘山山身上转了转,露出些仿佛有点明了的神色。

陆明拍了拍手,吸引住办公室里的目光,说道:"今天有东山市的两位同事暂时借调到咱们东海协助工作,大家刚才应该都认识了。"

王焕和刘山山自觉地站了起来,向所有人点头示意。

陆明接着说道:"本来按规矩我们作为东道主,是要为两位同事接风洗尘的,不过警队的纪律大家也都清楚,改天再说。现在先说一下两位同事的安排。"

这时严闯站了出来,对王焕和刘山山说道:"经过队里的考虑,刘山山同志先跟着我,刚好最近有个新案子,可以熟悉一下办案流程。王焕同志先暂时留在队里,平时处理一下文案工作。"

刘山山和王焕两人当然没什么意见,这也符合他们的主要目的。只是王焕还是故意装作脸色难看的样子,稍稍憋红了脸。

办公室里的其他人目光都在两人身上打转,看到刘山山一脸憨厚的笑,再看到王焕的样子,也都是一副了然的神色。

接下来,刘山山就跟着严闯出门去了,剩下王焕一个人留在角落里,其他人也没有上来打招呼,仿佛这次就来了刘山山一个。

刘晨仿佛不太喜欢这样的气氛,过来对王焕说道:"你不要太在意,

## 第二十章　惺惺相惜

老严就是这样，说话比较直接。不过你也看出来了，我们陆队不太善于交际，所以队里的事务安排一般都是老严代劳。"

王焕点点头，对刘晨笑着说道："刘哥你别多心，我也知道我自己有几斤几两，其实陆队和严哥的安排对我也好，我也能多学习。"

刘晨挺喜欢王焕这个态度，说道："没在意就好，你先这么干着，有机会我给陆队和老严说说话，哪有当刑警天天坐办公室的道理。你以前在警校，成绩怎么样？"

王焕憋着一口气，说道："文化成绩还过得去，就是运动和搏击的成绩不太好看。"

但是心里却想道：我怎么能说我是最能打的？这番话说得太违心了。要不是我现在伤还没好完，我感觉我能打你两个。

刘晨说道："那行，你先干着，我这有事儿就先走了。"

王焕目送刘晨离开，松了一口气。

现在，人已经到了东海刑警队，其他的事情排在后面，重要的是先找到蒋天成再说！

王焕把桌子收拾干净，闭上眼睛，揉着太阳穴。

来到东海市，也如愿达成了之前的设定，现在就努力做好东海市刑警队里的菜鸟小透明，然后搜查蒋天成的所在吧。

关于蒋天成的消息很少，当时的他在用替身出国以后就金蝉脱壳潜伏了起来。只是王钰的口供提到，蒋天成有个女儿在东海市，而蒋天成则很有可能就潜伏在东海。

在来之前，江旭也提到，在王焕住院期间，他们专门询问过王钰。

王钰说到，蒋天成的女儿叫蒋珊珊，已经是个脑损伤的植物人，但是，她已经是蒋天成存活于世的唯一的亲人了。

虽然蒋天成平时没有表现出来，但是王钰说能够感受得到，蒋天成对这个女儿非常在意。如果说蒋天成没有外逃，那他肯定是会守在女儿身边的。

然而蒋珊珊的所在，却是个谜。照常理，蒋珊珊是一个植物人，那么从医院开始查起应该是最稳妥的。

接下来的几天，刘山山每天都跟着严闯东奔西跑，回来的时候，也都和办公室其他人打成一片。

而王焕则一方面老老实实地待在办公室，处理一些零零碎碎的文件，另外一方面通过江旭给他预留的系统通道，在东海市的医院系统里，查询着蒋珊珊的信息。可是，却没有一点点的收获。

王焕揉着自己的头，百思不得其解。

整个东海市的医院都没有蒋珊珊的住院资料，即使发现了几个同名同姓的人，也是货不对板。要么是年龄对不上，要么就是并非植物人。

王焕走到走廊上没人的地方，给江旭打了个电话。

等到电话接通，江旭的声音先传了过来，问道："蒋天成有线索了吗？"

王焕回答道："师父，我已经查了东海市所有医院的住院记录，没有叫蒋珊珊的植物人病人。我现在有两个怀疑。"

江旭沉默了一阵，问道："你说说看。"

王焕说道："第一个怀疑，有没有可能，在东海这边，蒋珊珊从一开始就没有用真正的名字入院，蒋天成出于什么目的，隐瞒了蒋珊珊在东海的记录。"

江旭继续问道："那第二个怀疑呢？"

王焕道："第二个，就是蒋珊珊没有在东海任何一家医院住院，而是在一些私人疗养院或者是蒋天成安排的个人住宅。以蒋天成的财力，他可以轻松做到这一点。"

江旭想了想，说道："这两个可能都不能排除，只是给我们的排查增加了难度。你现在有没有什么思路？"

王焕说道："我想拜托东山的同事查一下东山的记录，根据王钰的口供，蒋珊珊是在东山出的意外，那么东山市应该是有蒋珊珊的入院记录的。之后蒋珊珊才被送往东海，那之前肯定会办理转院或者出院手续。看能不能从这里找到突破。"

## 第二十章　惺惺相惜

江旭笑道："思路上没有问题，我现在让人马上进行调查，等我的消息。"

挂断了电话，王焕呼出一口气，虽然现在还是迷雾遮眼，但是他相信一定能从这迷阵里走出去。

东山的动作很快，等到下午，白术的电话就打了过来。

蒋珊珊出事的时间是在七年前，当时她才九岁。事发时就被送往了东山市人民医院进行抢救，可惜还是因为脑损伤严重，变成了植物人。虽然保住了命，可是如无意外的话，只能一辈子躺在床上。

蒋珊珊在东山市人民医院大概住院三个月，蒋天成就给她办理了转院手续，转到东海市第三人民医院，因为那里有全国最顶尖的脑科医生。

然而王焕再次查找了东海市第三人民医院七年前的入院记录，根本没有蒋珊珊的任何信息。不仅没有住院记录，连当时接收蒋珊珊相关的转院记录都没有。

这说明，当年所谓的转院只是个幌子，蒋天成对他的女儿做了另外的安排。但是令人疑惑的是，当年的蒋天成到底在谋划些什么，要提前把自己的女儿给藏起来？这未雨绸缪的做法，莫非是蒋天成当时就知道，他要做的事会让他自身不保？

王焕想了想，便站起身子向今天刚好在办公室的严闯请了一个假。

严闯对于王焕在这里的作用一直都是可有可无的态度，平时只是带着刘山山东奔西跑，对王焕没有怎么关注，现在则大大方方地给王焕批了假条。王焕冲严闯旁边的刘山山使了个眼色，便出了刑警队的大门，直奔东海市第三人民医院。

王焕只能使用笨办法，看能不能询问一下现在医院里的工作人员，对七年前的这件事是否有印象。

可是等到王焕到了医院门口，他才猛然想到一件事情，他没有任何支持他调查这个案子的书面文件，这样直接到医院里找人询问，院方也不会看在他是警察的分上大大方方地给他开绿灯。而且要是医院打个电话去队里查证他的身份，他马上就原地暴露了。

还是电视剧看多了啊,哪有这么轻松的事情,现在这社会,是人都抱着三分怀疑,再加上这还是医院,他要查的还是敏感信息。

王焕掏出手机,一脸苦笑。这个时候就要出动秘密武器了吗?可是这个秘密武器的冷嘲热讽有时候真的是生命不能承受之重啊。

等到电话拨通,王琳懒洋洋的声音就传了过来:"小焕焕,到东海几天了也不找我,现在突然一个电话,无事不登三宝殿吧。"

王焕苦笑着说道:"琳哥威武霸气,我还没开口就知道了。这不就是来找琳哥帮忙的嘛。"

话筒里王琳嗤笑一声,说道:"你啊,有事的时候就叫琳哥,没事的时候就连人都找不到。呵,男人。"

王焕捂着额头,好话一句接着一句地把王琳给哄好了,还许下了三顿大餐的承诺,王琳才开开心心地问王焕是什么事。

王焕把目前遇到的问题给王琳一说,王琳也有些挠头,毕竟是七年前的事情了,那时候的网络情况和现在肯定是不同的,单纯从住院转院记录来调查,她也不一定能查出来什么。

王琳想了想,说道:"也不是完全没有办法,蒋天成在东海市安置女儿,而植物人每天的医疗费用就不是一个小数目,更何况听你说起来,蒋珊珊更是蒋天成的心头肉,蒋天成作为父亲,在有条件的情况下,肯定会给女儿最好的照顾。我查一下蒋天成的名下财产,还有他个人账户的资金流动,应该能有一些线索。"

王焕一听,豁然开朗,这确实不失为一个好办法。只要能够掌握蒋天成名下的财产和资金走向,着重排查和东海这边的资金流动,不出意外,一定能找到线索。

两人商量完,就挂断了电话,王焕倒也没有把希望完全放在王琳身上,而是赶紧通知了江旭和白术,让东山市的同事也立刻帮忙调查。

江旭和白术也是拍了拍脑袋,他们之前也没有想到,蒋天成名下的所有账号和财产记录他们都有,但是有时候人在局中,下意识地就把这个方向给忽略了,当即表示马上开始查找记录,这才挂断了电话。

王焕呼出一口气,现在就等东山队里和王琳那边的结果了,只要能够找到线索,离找到蒋天成也就不远了。

而找到蒋天成,也就离事件的真相越来越近。而盛天,又在这件事情里扮演了怎样的角色?

## 第二十一章　　手段残忍

王焕没有再去其他地方，而是在附近找了个饮品店等待，一边等着王琳和白术的调查结果，一边再次在脑海里回想整个案件。

从保健品诈骗案开始，整个事件就不受控制地陷入了漩涡。

王焕想到一开始看到保健品诈骗案的受害者时那种痛心，再到开始抓捕赵鹏的点点滴滴，又从赵鹏牵出了赵鲲、傅青等人，最后又牵扯出天成药业，以及更大的盛天药业集团，这背后就好像有一只看不见的手在推着他们前进。

然而王焕自问作为一名警察，他的职责不允许他懈怠，整个过程里他虽然疲惫不堪，甚至还时时冒着生命危险，但是只要想到牺牲的韩队，想到现在带着他们战斗的江旭，在局里任劳任怨的白术，还有默默支持着他的刘燕燕等人，再加上作为一名普通人、在他的请求下也为他忙碌的王琳，他也不能让自己放松下来。

随着脑海中对整个案件的复盘，王焕更是坚定了决心，一定要一个一个把隐藏在这个案件背后的黑手们全部找出来。

但是王焕却又再次想到一个人，一个在这个案子里给他留下了深刻印象，以及无比伤痛的人。

K的资料在王焕入院以后，还是摆在了他的面前。这个在地下世界里排名第一的杀手，王焕却完全摸不清楚他的动机。

如果只是收钱办事，K完全可以一直隐藏在暗处，只要按照他背后的雇主的要求，挨个儿做掉这个案件的相关人，他完全可以全身而退。

## 第二十一章　手段残忍

但是K一直以来的做法，却让他根本摸不着头脑。在杀害赵鲲时，手段残忍。在杀害傅青时，那精准的枪法也不知道是在炫技，还是在给自己寻找乐趣。

再到最后天成药业大楼顶上的一战，K仿佛只是在为自己的生命做一个绚烂的收场。

经过对在刑警队时候的案情进行复盘，大致可以推断出，K应该不是蒋天成雇佣来的，而根据最后K放在王焕身上的纸条推断，他极有可能和盛天集团有关，然而这方面也没有找到任何相关的证据。

K的行为动机成谜，这也是留给王焕的执念，他还忘不了K最后纵身一跃的瞬间，爆炸前的瞬间，K脸上的释然和放松。

王焕捏了捏手，蒋天成啊，你到底在哪里。只有找到你，才能找到破解这一切的钥匙。

时间一点点过去，在天色即将暗下来的时候，王焕的手机终于响了起来。

王焕掏出来一看，是白术。

白术说道："我们已经把蒋天成个人名下的账户资金流动和财产信息都过了一遍，发现了些问题。当时给蒋珊珊办理了转院之后，东海市第三人民医院确实没有接收到这个病人。而在之后的半年间，蒋天成的个人账户陆陆续续有大笔资金流向海外。"

王焕不解地问道："流向海外？蒋天成总不可能在蒋珊珊那种情况下，把她安置在国外吧，蒋天成本人也没有表现出要移民的意愿，这样也不符合蒋天成现在的行为啊，他也只是做出了出国的假象，本人则是潜伏在国内。"

白术解释道："没错，我们之后分了两步，一方面追踪这些资金在国外的走向，虽然可能不会有什么结果，但是也不能放弃。另一方面，我们也查了最近几年东海市的外资流入。"

王焕说道："东海市是个国际大都市，每天和国际上的资金流动都是不小的数字，这样排查怕是大海捞针。"

白术呵呵笑道："所以用了笨办法。我们分析了一下蒋天成的需求，首先排除了国际金融市场的资金流动，接着继续使用排除法，排除掉贸易往来，以及国际公司的正常资金流转。最后剩下来房地产和医疗相关的流水。"

王焕听到白术的语气，松了一口气，问道："白哥，那这是有好消息了？"

白术笑出了声，说道："好消息倒也算好消息吧，我们也算锁定了三个目标，但是现在还不能确定具体是哪个，需要你实地去调查。"

王焕说道："应该的，既然我到东海来，这些事情自然是我来做。现在是有哪三个目标？"

白术说道："一个是与国际组织合作的私人疗养中心，全部都是会员制，所有的客户信息都是保密的，也不和东海市医疗系统联网，如果是这里的话，之前你查不到蒋珊珊的信息，那也是正常。第二个是一家国际医疗基金，每年都会有一定额度的海外资金流入，他们主要帮助的就是脑损伤的患者，所以他们也有一定的嫌疑，而且他们每年都有资金流向刚才提到的私人疗养中心。"

王焕想了想，说道："那这两个可能都脱不了干系，互相之间都有牵扯联系，那这两个地方和蒋天成有什么关系没有？"

白术说道："嘿，王焕，你听我说完啊。第三个你更想不到，那是一套外资买下的独栋别墅，在东海市郊外，不过最近在挂牌出售，那价格咱们干警察一辈子的工资都买不起。"

王焕打断道："白哥你就别卖关子了，赶紧说吧，这套房子到底有什么蹊跷？"

白术呵呵笑道："这套房子是一个华侨所属，名字叫李薇，你知道这是谁吗？"

王焕无语，直接保持沉默。

白术也不逗趣了，直接说道："我们查了一下蒋天成的亲人关系，结果有了意外发现。蒋天成死去的妻子，也就是蒋珊珊的母亲，她的名

## 第二十一章　手段残忍

字就叫李薇。"

王焕一身鸡皮疙瘩，吓了一跳，说道："可是根据之前的调查，蒋珊珊的母亲在她出事以后没多久就去世了啊。这又是什么情况？诈尸了？"

白术说道："我们都吓了一跳，还专门去查询了李薇当年的死亡记录，甚至还询问过当年开具死亡证明的医生，都证明了蒋天成的妻子，蒋珊珊的母亲——李薇，是确确实实已经过世了，而且是患白血病去世的，但是现在具体的情况就没人知道了。根据我们的推测，应该是蒋天成伪造了一个假冒的华侨身份，用他亡妻的名义买下了那套别墅，以及成立了那个国际医疗慈善基金。一方面是对亡妻的纪念，另外一方面也是隐藏自己的身份。而慈善基金持续对那个私人疗养中心进行资金输入，这说明，那个疗养中心也和蒋天成有关。"

线索的发现并没有让王焕完全放松，反而增加了新的疑惑。这三条信息连在一起，组成了一张网，然而在这张网的背后，又是什么？

王焕定了定心神，说道："我知道了。这几天我就会开始对刚才提到的这三点进行调查。"

白术郑重地说道："一定要注意自身的安全。如果有需要，立刻通知我们，我们会尽快过去支援。王焕，记住，你不是一个人。"

王焕心头一暖，答应了下来，挂掉了电话。这时信息提示音响起，是王琳发过来的。

打开一看，信息里只有三个关键信息。

德天私人疗养中心、成薇国际医疗慈善基金，以及一串地址，正是刚才白术提到的三条线索所在。

王焕给王琳回复了谢谢两个字，而王琳几乎是秒回，写道：记住你答应的大餐。

王焕哭笑不得，打开手机地图，开始搜索这三个地方。根据地图显示，成薇国际医疗慈善基金的办公地点在东海市一处商圈的写字楼，离他最近，不过这时已经临近夜晚，估计那里已经下班，这会儿去也得不到什么信息。

除了这里，离他最近的就是德天私人疗养中心，不过也是在城市边缘了。王焕开始遗憾，如果不是为了保密，局里应该会在东海给他申请配置一辆车的。

等到王焕打车到了德天私人疗养中心附近，天色已经漆黑，王焕心疼地付掉车费，收起了发票。要不是局里给这次行动发放了些行动资金，按照王焕现在的收入，这么打车简直就是奢侈。

东海大，居不易。

这里的富人不少，而求生存的普通人则更多。

而眼前的这个德天私人疗养中心，更是明显像是为富人们准备的场所。

王焕并没有走进去，而是在外围一处无人注意的角落进行观察。

这个疗养中心地处城市边缘，正是为了取静，除了明显是接待中心的地方灯火通明之外，更深处只隐约露出点点灯光。

门口的保安门岗看守严密，看保安的样子，应该也不是一般住宅小区的普通人。看到这个阵势，王焕自忖没有自信可以轻松地走进去。

王焕思考了一下，现在并不是去这个疗养中心调查的好时候，便决定离去。明天要去那套别墅看看，住宅区的话，防守总不会比这里更严密吧。

当王焕回到东海市警局为他和刘山山安排的宿舍时，已经是深夜。然而刘山山并没有睡，只是一边玩着手机一边等着王焕回来。

王焕没有藏着掖着，把今天得到的情报告诉了刘山山。

刘山山还是那副憨厚的样子，只是现在那冷静思索的眼神，让王焕觉得，刘山山的性格里，应该也有着精细的一面，而不光是他和东海市刑警队众人平时看到的那个大喇叭。

王焕问道："老刘，你有没有什么想法？"

刘山山眉头一拧，整张脸瞬间垮了下来，说道："这个案子一直都是你在跟进，我能有什么想法？而且虽然我年纪比你大，但是我干刑警的时间还没你长,现在只能先调查着看了。"

王焕哭笑不得,说道:"我也知道得继续调查啊,接下来几天还得继续请假,这些可不是坐在办公室就能调查的事情。"

刘山山说道:"可是明天一早我就要和严闯出去调查他现在接手的案子了,只有陆队会留在队里,你觉得你能从他手上拿到假条吗?"

王焕两手一摊,无奈道:"我能怎么办?我也很绝望啊,实在不行我就编呗。"

刘山山看着王焕的样子,问道:"你咋编嘛。虽然说陆队不太喜欢说话,可是你觉得陆队是个傻子吗?你随便编个理由反倒坏事。"

王焕哭丧着脸,指着刘山山说道:"打击我信心你就行,那你倒是给我出个主意啊。"

说完,两个人凑在一起,小声商量起对策。

第二天王焕和刘山山一早来到警局,严闯就带着刘山山出去了。刘山山走之前给了王焕一个你自己保重的眼色,王焕没有办法,只有忐忑地去敲响了陆明的办公室门。

陆明的声音响起:"进来。"和他的形象一样,粗犷冷冽。

王焕紧张地推门进去,看到陆明用一种他看不懂的表情看着他,仿佛没有带着任何情绪。

王焕敬了个礼,硬着头皮说道:"陆队,我想请几天假。"

陆明皱了皱眉头,看得王焕心头一跳。昨天请假的事情看来陆明是知道的,想想严闯肯定也会在事后告诉陆明。

陆明开了口,说道:"如果我没有记错的话,昨天你也请了假。然后今天你告诉我,你还要请几天假。给我一个理由。"

王焕昨晚其实和刘山山拟定了好几个理由,但是看到陆明的样子,他觉得那几个理由真不一定能够说服陆明。

陆明一直看着王焕,眼神锐利如刀。王焕心里暗暗叫苦,同样都是刑警队队长,怎么陆队和师父的气场就这么不一样。

"理由。"陆明看着王焕,语气依然平静,但是话语里的压力是显而易见的。

隔了一会儿，王焕几乎是大脑一片空白，愣是硬着头皮说道："那个……陆队，我女朋友过来找我了，我得陪她几天。"

话一说完，王焕看到陆明的脸色莫名变幻，心里想着，这怕是要坏菜了。最后陆明明显做了一下深呼吸，然后说道："这个假我可以批给你，不过我也希望你这几天能想明白，你这次来东海到底是来干什么的。另外，你们在这里的所有表现，我们都会用书面的形式告知你们东山市局以及省厅，希望你知道。"

王焕条件反射般地再次敬了个礼，说道："谢谢陆队，我明白的。"

陆明几乎是有些厌恶地挥挥手，说道："出去。"

王焕立马转身就走，单独和陆明待在一起压力太大了。

等到王焕出去关上门，陆明沉默了会儿，摸着自己下巴上的胡楂，骂了一句，小声嘀咕道："江旭的笨蛋徒弟，编个理由都不会编，我都还没女朋友呢。"

王焕出了警局大门，先去一家服装店租了一套得体的西装，然后前去租车行租了一辆宝马，最后才开着车向目的地驶去。

昨天晚上王焕已经查过了这个别墅小区的相关资料和地图。

这个小区叫观海，然而实际上并不在海边，反倒是在郊区一大片矮山中间。观海小区建于2009年，距今已经十年了，当时也是东海市排名前十的豪宅之一，环境优美不说，还因为独特的地理环境，给业主相当私密的空间。

本来王焕是打算偷偷潜入的，只是在跟刘山山说的时候，却遭到了刘山山的无情打击。白术都已经说了，那套房子现在已经在挂牌出售，王焕完全可以说是去看看房子的，光明正大地进小区。

王焕也拍拍脑袋，是自己太心急了，忽略了这一点。这也是他今天租衣服租车的原因，不仅要租，还得看着好衣服好车租，不然他打个出租车去说看房，也要别人信啊。在跟江旭申请租车经费的时候，江旭磨了半天的牙，直叹王焕是个败家子，崽卖爷田不心疼，一直唠叨着局里的经费本来也不宽裕，不过最后还是同意了王焕的方案。

等到王焕开着车来到观海小区的门口，保安礼貌地询问王焕的来意，王焕则靠着好衣服好车带来的底气大大方方地说自己是打算来看看那套待售的房子的。

保安愣了一下，笑着说道："您运气不错，这段时间业主都在。"

王焕心里一跳，是蒋天成吗？

不过他还是故作镇定地问道："这个房子之前有人来看过吗？"

保安笑了笑，客气说道："说起来，您还是第一个来看房的，这个小区时间比较久了，但是价格又比较高。买得起的人嫌房子太旧，不嫌弃的八成也买不起。"说完却拍了拍自己的嘴，道歉道，"先生对不起，是我多嘴了。"

王焕失笑，摇摇头，说道："没关系，其实我喜欢老房子。"

保安对着对讲机说了两句，这时跑来一个胖子，虽然东海的秋天已然是十分凉爽了，可他还是一头的汗。

胖子擦着汗对着车里的王焕笑着说道："先生你好，我姓王，是这里的物业经理，按照我们公司的规定，需要由我带您进去，您看方便我上车吗？"

王焕笑着说道："没关系，上来吧，说起来我们还是本家，今天你一定要好好给我介绍一下。"

王胖子满脸堆笑地说着一定一定，又小跑着上了车。

在王胖子的指引下，王焕开着车又在小区里转了十来分钟，不得不说，这个别墅区的环境不仅十分幽静，每一栋房子间也隔着相当远的距离。

王胖子在车上介绍道："我们小区非常注重业主的私密性，不仅房与房之间隔着相当远的距离，在建筑材料上也是非常用心，保证隔音。也因为如此，即使我们小区面积不小，加起来也只有不到六十套，业主都是像王先生您这样的成功人士。"

王焕听着王胖子吹捧，做出一副受用的表情，说道："是吗？"

王胖子开心地说道："那当然，我们小区的业主，基本上都是各个行业的成功企业家，不仅有事业，也有相当的品位。我们整个小区的风格都是仿古建筑，绿化都是做的苏式园林，古色古香。"

王焕回应道："我就是冲着你们这儿的小区风格来的，我们家是北方的，但是家里老爷子特别喜欢苏式园林建筑，刚好我们公司在东海有不少的业务，就干脆在这边看一套合适的房子，给老爷子过来养老。"

王胖子这下更是笑得脸上开了花，眼睛都眯成了缝，说道："那正好啊，我们这里肯定符合您家老爷子的要求，待会儿您也能见到业主，今天就能好好聊聊。"

一个刻意奉承，一个放肆吹牛，两人说话间就来到了一栋两层别墅前。

王焕停好车下来，王胖子已经小跑着按响了别墅的门铃。

王焕死死看着别墅的大门，他多希望出来的是蒋天成，可是等门一打开，走出来的却是一个穿着简约大方、皮肤保养得很好的中年女人。

王胖子指着王焕的方向，小声地说着话。那个女人听着王胖子的介绍，时不时地点点头，然后朝着王焕慢慢走过来。

王焕努力控制着自己的表情，不能让别人看出来他现在内心的失望，不然就会惹人怀疑。他也观察着这个女人，不仅衣着得体，看材质也知道不是普通的品牌，整个人的气质也是温婉大方。

女人来到王焕面前，说道："王先生你好，我是这栋别墅的主人，我叫李薇。"

王焕笑着回应道："李女士你好，我是王焕，在网上看到贵府要出售，出于一些个人原因，没有通过中介公司来访，冒昧了。"

李薇摇摇头，说道："没有关系的，既然王先生来了，不妨先进来看看。"

说着，李薇便带着王焕朝屋里走去。

王焕看着房子的装饰，和外观一样古色古香，显出这个房子的主人不同于其他人的品位。

来到客厅坐下之后，李薇开始泡茶，然后慢慢说道："王先生，先喝点茶，我跟您说一下这里大概的情况。"

## 第二十一章　手段残忍

王焕安静地坐着，不动声色地打量着周围，点了点头，等着李薇开口。

李薇说道："这间房子呢，我们已经住了有六年多了。平时大部分的时间，只有我和我女儿在，外子在外地经商，很少回来。现在外子年纪也大了，就打算把生意结束了。我们商量了一下，因为我是美国国籍，就打算一家人都移民去国外生活。我们也没有什么其他亲人，这个房子放在这里，也没有人帮忙打理，就干脆打算出售了。"

王焕点头说道："理解的。不过李太太，相信刚才王经理已经告诉过你，我是想买套房子给家里老爷子养老用。这栋别墅我个人非常喜欢，不过毕竟也要老人家点头。你介意一会儿我拍点照片给他过过目吗？"

李薇温柔地笑了笑，但还是问道："我倒是不介意，不过中介公司网上应该放的有家里的照片，那些照片不行吗？"

王焕笑道："说起来倒是有些不好意思。家里老爷子头些年被中介公司坑过，虽然事后我们也没什么损失，不过之后他就对任何中介公司都不太信任，这也是今天我没有通过中介公司先过来拜访的原因，让李太太见笑了。"

李薇点点头说道："没有关系的，这也不是什么大事，我也能理解。"

说话间，李薇给王焕和王胖子都上了茶，接着说道："先喝了这杯茶，然后我带王先生参观一下。"

王焕本身不太喜欢喝茶，可是家里父亲不多的爱好之一就是品茶，刚才他就看出来，这个李薇对于茶道有一些造诣，所以这里他也没有露怯，按照王爸爸教的品茶顺序，品起茶来。

李薇看到王焕品茶的样子，笑着问道："王先生，这茶可还能入口。"

王焕轻轻抿了一口，回道："家里父亲喜欢喝茶，我从小也被教着学过一些。能喝出来是好茶，却又说不出来哪里好。"

李薇略微失笑，对于王焕的坦诚和大方也没有丝毫见怪，说道："倒是我疏忽了，王先生是年轻人，可能还不太喜欢。那我先带你看一下房子吧。"

王焕表示同意，旁边的王胖子则表示他留在客厅等候。

跟在李薇的身后，王焕听着她对房子还有家里的陈设做着仔细的介绍。听得出来，李薇对这个房子里的一切了如指掌，对这里也很有感情。

王焕一边听一边拿出手机拍照，时不时对李薇的介绍提出问题，做出一副实在买家的样子，李薇对于王焕的问题也一一回答，可以说是宾主尽欢。

上到别墅二楼，李薇也带王焕参观了一个卧室和书房，只是对于一个房间，李薇带着歉意对王焕说道："不好意思王先生，这是我女儿的房间，因为她身体不好，一直在养病，不能见客，还请王先生见谅。"

王焕心里一动，脸上却带笑说道："没有关系，不知道您女儿多大了？"

李薇回答道："已经十六岁了，只是身体一直不好，我和外子也一直很担心，这也是我们想移民国外的原因，希望国外的医疗条件能好一点。"

十六岁，身体一直不好不能见客，莫非这里面就是蒋珊珊？

王焕心里转着想法，跟着李薇回到客厅，重新坐下开口问道："李太太，来了这么久，却还不知道您丈夫怎么称呼，想来之后应该是会见面的吧。"

李薇回答道："应该是会的，也是我忘了，外子姓商，叫商信，我们女儿叫商婷婷。"

不姓蒋？难道是假名？可是看李薇的样子，也不像是说谎。

王焕说道："今天打扰李太太了，我会把刚才拍的照片给老爷子看看，如果老爷子觉得没有问题，我就再和李太太联系。"

李薇点点头，说道："应该的，既然是给老人家养老，自然也要他喜欢才行。那我送王先生出去。"

没有再多话，因为王焕已经趁李薇没注意的时候，在别墅里好几个位置都装上了窃听器。虽然之前李薇一直应对得当，不过并没有打消王焕的怀疑。

和李薇交换了电话号码，王焕就出门上了车，将王胖子送回门口，自己则出了小区大门。开出一段距离以后，王焕把车停在路边拨通了白术的电话。

接通了以后，还没等白术说话，王焕就说了今天在观海小区的情况，然后对白术说道："白哥，有没有蒋天成亡妻的照片？"

白术一句："等着。"就挂断了电话。

没过多久，信息来了，王焕看着信息里的照片，瞪大了眼睛。

照片上蒋天成的亡妻，和今天王焕见到的李薇，虽然发型、妆容什么的都不一样，可至少也有七八分的相似。

这时，江旭的电话打了过来，问道："现在怎么样？"

王焕回答道："真的像是两姐妹。"

江旭说道："那应该接近了。你这几天就在那里注意观海小区的情况，我让白术马上调查这个李薇的来历。我就不信了，一个已经死了的人，还能从坟里爬出来。"

挂断电话，王焕给刘山山发了个信息说自己在外面不回去，过了好一会儿刘山山才回了个"OK"，估计正跟着严闯在忙。

王焕也回市里还了今天租借的衣服和车，换了个租车行租了一辆不起眼的小车，重新回到观海小区的附近，开始调试收音设备。

蹲点，是每个一线刑警的必修课，运气不好的话，在一个地方蹲上好几天也是常事。只是一般来说，都是两三个人一起，互相也能有个照应，王焕这次的情况特殊，只能全靠自己。

设备调试完毕，显示波段和频率都正常，耳机里也时不时能听到有人走动的声音。王焕调低了靠背，换了一个舒服的姿势。现在他要做的就是守在这里，然后等东山方面的电话。

副驾驶位上堆满了之前准备的方便食品和水，但是王焕不敢吃太多，如果有如厕的需要，他害怕会错过关键的信息。

江旭没有让王焕等太久，天黑之前，关于这个李薇的资料就查到了。

## 第二十二章　　一把好手

东山市有白术这样的能人在，查资料从来都是神速。

说起来，在刑警队里，能看到白术这样斯斯文文的人也是个意外。白术外号"老白"，以前在韩源时代，就充当着上下之间的润滑剂的角色，也承担着上传下达的任务。

更关键的是，只要白术查阅过的档案，短时间内他都能记得八九不离十，就算时间长了也都能记得个大概，一目十行的翻阅速度也是查阅资料的一把好手。

而且白术作为刑警，可不是只会这些文案工作，他在各方面都是能手。王焕还记得江旭跟他说过，白术在大学也是领军一个时代的人物。后来在大学毕业以后，也是以第一名的成绩选择来到东山刑警队工作。

韩源是白术就职期间跟过的第二任队长，刚上任的时候啥都摸不清，还是白术各方面都帮着忙，才慢慢适应刑警队队长的工作。

其实在韩源牺牲之后，张为民也不是没有考虑过提拔白术，不过白术主动推辞，说是自己的性格只能当副队，不然根本服不了众。所以面对江旭这样的"三代目"，白术也是心甘情愿地给他打起了辅助。

这个在东山市刑警队里最没有威胁的人，却是在实际工作中对所有人帮助最大的存在。就算是刘燕燕这样的人形女暴龙，在面对白术的时候也是服服帖帖的。经江旭之流的有关人士透露，刘燕燕刚到队里的时候是个刺头，后来白术被刘燕燕挑衅得受不了，约了个时间，公开把刘燕燕彻底打服了。

## 第二十二章 一把好手

所以刘燕燕只能自称是东山刑警队最能打的女警官,毕竟有白术镇压着,再加上王焕这个全校自由搏击第一名的猛人的加入,刘燕燕更是翻身无望。

不过王焕也不是没有找白术挑战过,但是白术总是推托。这个看着平常的存在,也是王焕在刑警队里仅次于江旭的最信任的人。

这次任务,白术作为后援,王焕很是放心。

这不,江旭的电话就打了过来。

王焕接通了电话,问道:"师父,这个李薇的资料查到了吗?"

电话那头的江旭拍了拍手里的资料,说道:"你听听吧。李薇,美籍华人,祖籍中国淮安。"

王焕皱了皱眉,问道:"难道还真是个华侨?"

江旭说道:"你听我念完啊。李薇的国籍变更时间是在七年前,就在蒋珊珊出事故之后没多久。"

王焕愣了一下,江旭没有管他,继续说道:"当年李薇是出国以后,和一个美国人结婚才改换的国籍,不过结婚之后三个月都没到就离婚了,带着分到的财产回国,买了现在的房子。要是真的,那美国佬也太倒霉了。明显就是借着跟他结婚拿国籍,最后还把财产都分走了,幸好我还单身。"

王焕心里"呸"了一声,师父这个不要脸的,你那只是单身吗?明明就是母胎 solo !但是他还是连忙问道:"那李薇现在的婚姻资料呢,有没有查到?"

江旭笑骂道:"你师父这点常识都没有吗?查过了,未婚!她现在根本就没有结婚,所以也没有她所谓的丈夫的资料。如果她不是别人的三儿,那她就是骗你的。或者只是蒋天成留在那里的幌子!"

没有结婚?那她挂在嘴上的丈夫和女儿又是谁?

江旭接着说道:"而且,更有意思的是,你知道她出国前,在国内的职业是什么吗?"

王焕急了,说道:"哎哟我的师父,我的江大队长,现在这个时候就不要再卖关子了。"

江旭似乎心情不错的样子，嗤了一声说道："王焕你小子现在越来越没有意思了，还是刚毕业那会儿比较有趣。李薇在出国前的职业是演员，一个小小的、毫不知名的话剧演员。而且她原名根本就不叫李薇，而是叫李幼芬，是在出国前改的名。这下我可没卖关子，王警官满意了吗？"

王焕说道："那就是说，这个李薇的问题很大？"

江旭道："问题大了！王焕你的运气真的不错，如果不出意外的话，虽然不知道这个李薇和蒋天成是什么关系，但是她之前整整七年的经历，应该都是蒋天成给他安排的。而她嘴里的丈夫和女儿，应该就是掩藏了身份的蒋天成和蒋珊珊。"

王焕问道："那师父，我现在怎么做？"

江旭答道："继续隐蔽监视，我会派你白哥和燕燕姐马上过去协助你，他们会乘今天最早的飞机过去。一旦蒋天成现身，立刻实施抓捕。"

江旭说完就挂断了电话，王焕则兴奋地挥了挥手。蒋天成，总算是抓到你的尾巴了。

蒋天成不愧是一只老狐狸，先是用替身出国这招金蝉脱壳，然后现在又发现早早地就在东海这里构筑了巢穴，还安排了人在这里生活。如果不是多方的调查，谁也不会知道他在这里。

夜色逐渐深沉，王焕却没有了睡意，安安静静地守在这里听着设备里传来的动静。听起来，李薇不是在厨房忙活，就是坐在客厅看书、看电视，一直都没有人说话，也没有听到她口中的女儿的声音。

等到月上中天，耳机里终于响起了有人说话的声音，是李薇。

"你总算回来了，今天怎么去了那么久？"

回答李薇的是一个男声，声音低沉有磁性，却又显得苍老。

男人说道："今天看完了他们的最后一个实验，没想到还是失败了。小薇，我们短期内应该是等不到实验成功了。最近东山那边没有什么风声，我们要趁现在马上去国外。"

李薇的声音有点着急，没有了白天和王焕见面时的温婉，说道："那女儿怎么办？她现在这个样子根本上不了飞机。"

## 第二十二章　一把好手

男人的回答好像带了点情绪，说道："那是我的女儿！我已经安排好了，那人给我们包了一架公务机，女儿上去不成问题，还有随行的医护人员，他们至少会跟到我们在美国安顿下来为止。赶快收拾东西，我们天亮就出发。"

李薇这时小声问了一句："那这个房子还卖吗？"

男人回答道："卖，怎么不卖？现在我大部分的钱都已经被冻结了，虽然在国外也还留了不少财产，但是我们以后应该不太可能会回国了，把房子卖了，也能让手里再宽裕一点。我们就直接全权委托中介公司办理就行了。"

李薇说道："今天白天来了个年轻人，说是想把这里买下来给家里老人养老，看起来很有诚意的样子。不过他说要先给老人看看照片，如果老人觉得喜欢，就会跟我们联系谈价格。我们突然这么走了，可惜了这么个买家。你也知道现在的经济状况，我们这房子，买得起的人嫌弃太老，不嫌弃的人也拿不出这么多钱。"

男人叹了口气，说道："没办法，时间不等人，我们不能再继续留在国内了。虽然现在关于我的风声稍微消停了点，但是你也不能确定是不是警察故意的。我们先出去，到国外了再说吧。只要我出去了，安全了，后面的事情也都好安排了。"

房间里的两人沉默了下来，这沉默让王焕有些心急了，你们聊了半天了，还没让我知道这男的是谁啊，虽然八成是个犯人没错了，可是到底是不是蒋天成，倒是给个话啊。

这时耳机里的声音再次响起，还是李薇在说话，只是说的内容让王焕觉得自己吃了个大瓜。

李薇说道："那之前我跟你说的那事儿，你怎么说？这次去国外，你会娶我吗？"

那男人却大声说道："李薇你是不是脑子有问题？现在是讨论这件事的时候吗？再说了我为什么要娶你？"

王焕瞪大眼睛，钢铁直男？

却听到李薇大到变了调的声音传来，说道："这么多年了，你以为我还只是为了你的钱吗？你不在的时候，我把你的女儿当成我亲生的一样照顾，你说什么就是什么，难道我对你的心意你就从来看不到？"

男人也有些生气了，吼道："难道不是为了钱吗？李幼芬，请你记清楚你的身份，你只是我花钱请来的演员！如果不是我，你当年饭都吃不上了！你看看你现在住的房子，你穿的衣服，没有我，你一辈子都穿不上！"

男人吼完，李薇的声音已经带上了哭腔："蒋天成，你就是个老浑蛋！"

蒋天成！

王焕激动得差点吼出来，蒋天成，居然真的是你，整个事情居然这么顺利？

他没有再管耳机里蒋天成和李薇的争吵，而是掏出手机准备给白术打电话，按照他们出发的时间，现在应该已经到了。

电话还没拨出去，就有人敲响了车窗。

王焕抬头一看，不正是白术和刘燕燕两人？

摇下车窗还没来得及说话，刘燕燕就抢先说道："我说焕啊，你这找的什么位置，我和老白找了半天才找到你。"

王焕哪儿还有心情和刘燕燕说这些，赶忙说道："赶紧上车，抓人了！蒋天成出现了！"

白术和刘燕燕面面相觑，这叫什么？来得早不如来得巧？

两人也没有磨蹭，飞速上了车，王焕一脚油门踩下，车子就窜了出去，吓得刘燕燕赶紧抓住车窗上的扶手。不过他们没有多说什么，王焕对于这个案子的执念，基本上东山市刑警队尽人皆知。与其说王焕是被江旭和张为民坑着来东海的，倒不如说是王焕自己执意要过来。他现在就想抓到蒋天成。

没多久车子就来到观海小区门外，被保安拦了下来。

保安有点不客气地问道："哪里来的车？来这儿干吗？找谁？"

## 第二十二章　一把好手

王焕看着他，顿时有点怒了，还是白天那个保安，认车不认人的吗？怎么？开好车的就是好人，开的车不好就是坏人了？什么玩意儿？

他掏出自己的警官证对着保安出示了一下，不客气地说道："警察，办案，抬杆！"

王焕的口气吓得保安打了个哆嗦，他才认真看了看王焕的脸，却发现这不是下午那个要买房子的大富翁吗？

保安支支吾吾地说道："王先生，怎么是你？"

王焕拍了拍车门，吼道："别废话，抬杆！"

保安没有再阻拦，升起了栏杆，王焕凭着记忆朝着那套两层别墅开去，等到看到别墅的一楼亮着灯时，他才松了一口气，真不是做梦啊？蒋天成就这样送上门了！

王焕三人下了车，甚至还能透过窗户看见房里争吵的两人夸张的肢体动作，只是别墅的隔音材料用得太好，不知道他们在吵些什么。

王焕当先站到门口，按响了门铃。白术和刘燕燕则分开站在门的两边，把手放在腰间的枪套上，以防蒋天成心慌之下反扑。

等了几秒还没人来开门，王焕又按了一下。这时李薇开门了，看到王焕站在那里，一时间就愣住了，问道："王先生，你怎么又来了？"

王焕没有理她，而是直接走进屋里，看到了那个正坐在客厅沙发上的男人。

瘦高的身材，梳着一丝不苟的背头，只是头发已经有些花白，戴着一副黑色玳瑁眼镜。看了蒋天成照片不知道多少次的王焕哪里还能认不出来，这就是蒋天成！

蒋天成看到王焕的时候，有些吃惊，等看到随后进来的白术，以及带着李薇走进来的刘燕燕，当即绷不住了，站起来大声说道："你们是谁？你们这是擅闯民宅知道吗！赶紧出去，不然我报警了！"

王焕听到这话差点仰天大笑起来，但担心一笑之下就控制不住自己。蒋天成，终于抓到你了！不过你是来搞笑的吗？这个时候还要虚张声势说要叫警察，我们就是警察！

这时还是冷静的白术站了出来，掏出一份文件，出示给蒋天成看，冷笑道："蒋天成，这是正式批发的逮捕令。蒋先生，不用费心报警了，我们就是警察，您现在被捕了。"

王焕这时走上前来，对着蒋天成一字一顿说道："蒋天成，你让我们找得好苦啊。"

蒋天成愣住了，呆立当场，而门口的李薇则是脚下一软滑坐在地上。

刘燕燕将开始低声抽泣的李薇扶到客厅和蒋天成相对而坐，这边王焕走到一边拨打江旭的手机开始汇报情况。

电话刚拨出，江旭就接通了，可见是压根就没睡觉。

江旭问道："好消息？"

心情正好的王焕这时选择皮了一下，说道："师父你猜？"

江旭愣了一下，不过王焕的语气让他放下心来，笑骂道："你个小兔崽子现在给我来这一手，报复心很强啊。信不信我把你永远流放东海，让你一直和陆明那个死人脸做伴？赶紧说正事！"

王焕笑了笑，说道："抓到了。"

江旭呼出一口气，想了想说道："我已经查过了，要等到早上九点半才有从东海飞回东山的航班，我天亮就会跟张局汇报，和东海联系安排白术他们把蒋天成带回东山。"

王焕愣道："师父，那我和刘山山呢？能不能一起回去？"

江旭笑道："还得让你们在东海多待一段时间，毕竟是通过正规程序把你们借调过去的，至少要待满三个月，谁知道这次行动这么顺利呢。"

王焕看了看白术和刘燕燕离得挺远，就调整了一下语气压低声音对江旭说道："师父，别这样吧，这里东海市刑警队的同事都看我不顺眼，我怎么待啊？再说了，我从一开始就跟这个案子，我留在东海不就跟不上了？要不就把我调回去，让刘山山在这儿应付吧？"

在案子面前，王焕果断选择卖队友。

江旭哭笑不得，说道："你以为我不知道吗？放心吧，只要蒋天成回了东山，你就不用装菜鸟关系户了，也让东海的同事都了解了解，我们东山刑警就没有水货。另外，你别忘了，这个案子背后可能还站着盛天集团，盛天就在东海，你留在那边也正好。"

王焕看江旭口气这么硬，八成是没有希望了，只能先放弃，过段时间再说，而且江旭说的也不是没有道理。

江旭继续说："我知道你在想什么，你们现在可以先试着审问一下蒋天成，不过规矩你们都懂的，白术也在那儿，不要太过分了。"

王焕笑道："明白。"

江旭回道："那先挂了，你们注意别让煮熟的鸭子飞了，我先睡会儿。辛苦了。"

挂断电话，王焕没有急着回到客厅向蒋天成问话，而是打算先花时间让自己兴奋的情绪冷静下来。

现在蒋天成已经抓到了，那么就必须想办法让蒋天成把他知道的事情说出来。这样这个案子后续的疑点才能解开。但是看蒋天成的模样，这应该不是一个会轻易吐露事实的人。江旭也曾经跟他说过，像蒋天成这样白手起家的商人，心志之坚定，普通人难以望其项背。像之前他接触到的天成药业孙池之流，可以说给蒋天成提鞋都不配。

想到这里，王焕有点头疼，如果蒋天成咬紧牙关不松口怎么办？

突然，王焕想到了一个人，蒋珊珊。蒋天成是个爱护女儿的人，在这种关头，蒋天成也没有选择自己一个人离开，而是来到东海守在女儿身边。如果说蒋天成是一块硬骨头，那蒋珊珊就是那口能把蒋天成炖得骨酥肉烂的高压锅。

只是蒋珊珊已经是个植物人了，还用她来压迫蒋天成，王焕心下也觉得这样有些残忍。可没有其他办法，就把这个当成最后的手段吧。

想清楚了策略，王焕便回到客厅，偷偷朝白术和刘燕燕使了个眼色，那两人心领神会地点点头。王焕则搬了张椅子走到蒋天成面前坐下，说道："蒋天成，我们现在可以好好聊聊了吧？"

蒋天成双手环抱坐在沙发上，冷冷地看着王焕说道："这位警官，我想我跟你没有什么好说的，顺便提醒你们一句，你们确定我在这种环境下说的话可以作为证据？"

白术站在一边笑出声，说道："没想到蒋先生还是个懂法的。"

蒋天成露出一丝冷笑，说道："多谢夸奖，我一直相信知法、懂法、守法是每个公民应尽的义务。"

王焕三人内心同时一声：我呸，老狐狸。

王焕转了转眼珠，说道："既然你也知道你在这里不管说什么，我们都不能作为证据处理，那为什么我们不能说两句？你说是吧？"

蒋天成毫不掩饰他嫌弃的目光，说道："在这里我没有义务回答你们的问题，有什么话，等到了警局以后我的律师在场的情况下再说吧。"

王焕和白术对视一眼，白术问道："蒋先生，冒昧问一句，你觉得你会到哪个警局？"

蒋天成没有说话，只是眼神里闪过一丝疑惑，说道："难道你们不是东海市刑警队的人？就算不是，我想我不管在哪里，都有要求律师在场的权利吧？"

王焕接着说道："蒋先生你当然有这个权利。不过也可能是刚才太匆忙，还没有来得及介绍，蒋先生，我们是东山市刑警队的警察，尤其要隆重介绍一下我旁边这位，他是我们东山市刑警队的副队长。蒋先生，你难道以为你会在东海接受调查吗？"

蒋天成脸色有点不好，没有说话。

白术冷冷说道："蒋先生，我不妨直说。保健品诈骗，违规进行药物试验，以及买凶杀人，其中一名死者甚至是东山市刑警队前队长。以上累累罪行，一旦摆在法庭上，你觉得你会有逃脱死刑的可能性吗？"

蒋天成铁青着脸说道："无稽之谈，你们有证据吗？两位警官，你们能查到我的，最多就是挪用公司资金，你觉得我会因为这个罪名坐多久的牢？"

王焕咬咬牙，狠下心说道："你现在不说也可以，剩下的，我们可以在回东山以后慢慢聊。但是你有没有想过你的女儿？蒋珊珊已经是个植物人了,你就这样被我们带走,你有没有想过她要怎么办?"

这时本来还埋着头抽泣的李薇却突然好像被刺激了一下,抬起头来说道:"我会好好照顾珊珊的。"

李薇的这句话提醒了白术,白术对着李薇说道:"这位女士,你是不是误会了什么?难道你还以为你能留在这里?"

李薇的脸一下变得煞白,问道:"你们什么意思?我又没有犯罪,你们不能带走我。"

王焕扫了蒋天成一眼,很诚恳地对李薇说道:"李太太,我提醒你一下,我们对蒋天成发出过通缉令的,而你,在明明知道蒋天成被通缉的情况下,还收留他在这里,这是犯了包庇罪。可能是不得不跟着我们走一趟东山了。"

李薇惊叫出声,说道:"你们不能这样,珊珊不能没有人照顾。我们都被你们带去了东山,她怎么办?"

白术摊了摊手说道:"我相信东海这边会有医院接收她的,毕竟蒋珊珊是无辜的,我们没有权利和义务带她去东山。"

蒋天成按捺不住,说道:"我的女儿要跟我一起走。"

白术回头说道:"蒋先生,这可由不得你。我们只需要把嫌疑人带回去,至于其他人,不是我们的责任。"

蒋天成吼道:"你们还是警察吗?难道你们要我女儿死在这里?"

王焕本来正想说,在医院里,有医生照顾,死不了的。

没想到白术这时却红了眼睛,说道:"你的女儿不能死,我们当警察的就能随便去死吗?你知不知道,就是因为你这些狗屁倒灶的事情,我们韩队死了!我今天就告诉你,如果你不认真交代自己的问题,我不敢保证你的女儿会发生什么。"

蒋天成怒吼道:"哪有你们这样的警察,你们这是在威胁我!"

白术冷冷说道:"证据呢?你有证据证明我们在威胁你吗?就像你说的,你在这里说的话不能被采纳作为证据,但是同样的,我们做了什么,你有证据吗?"

蒋天成一下无话可说，就算这个时候王焕他们直接把他和李薇带走，也根本不会有其他人知道。

王焕看到蒋天成这个样子，突然站起来说道："说起来，一直只是在资料上看到你女儿的名字，还没见过她本人。"

蒋天成一下激动地问道："你要做什么？你想对她做什么？"

王焕说道："我没想做什么，也做不了什么。如果你女儿真的和资料上说的一样是个植物人，那她就只是个无辜的普通人，比你，强得多。"

说完王焕没有再理他，而是拉着白术直接上了二楼，蒋天成已经没有了刚开始那副强硬的模样，反而有些失魂落魄地跟在他们身后。

王焕来到白天那个房间门外，推开门走了进去。

进来之后才发现，这个房间和整个别墅的风格都不太一样。

这个观海小区的别墅都是古建筑风格，而李薇这一栋，更是连内部装饰都做的中国风。采用了大量的木质材料，整体构造呈现出一股浓浓的书香气。

而这个房间，几乎没有什么装饰，除了一张床和一些医疗仪器，就再也没有其他的东西，空气中还有一股淡淡的消毒水味道。

王焕慢慢走到床边，看着躺在床上的那个小女孩。

资料上提到，蒋珊珊今年应该已经十六岁了，只是看到床上的病人，身高最多也只是和十二岁的孩子相仿，露出来的手臂枯瘦，凹下去的脸颊上看不到丝毫血色，皮肤也只是病态的苍白。

王焕即使到现在，也只不过刚刚离开学校半年的时间，虽然作为刑警，或多或少见过不少残忍的画面，但比起纸面上冰冷的文字描述和照片，这么近距离地接触到真人的感受，是完全不同的。

十六岁正值青春年少，是一个女孩子最美好的年纪，可是这么一个十六岁的女孩儿，从七年前开始就已经躺在病床上，一动也不能动，空耗着时间。更可怕的是，可能她什么都不知道，什么也感受不到。虽然还有生命体征，可是和死了又有什么差别？

也亏得蒋天成是个事业有成的人，在金钱上不缺，要是普通人家，

## 第二十二章 一把好手

蒋珊珊这样的症状，可能家里早就没有余力来给她维持生命了。

王焕有些难受，他也只是一个不到二十三岁的年轻人。白术在一旁拍了拍他的肩膀，微不可察地叹了一口气。

白术已经三十出头了，当警察的这些年，也已经见识过了太多的人间惨剧，王焕在难受什么，白术非常清楚，毕竟他也是这么走过来的。只是相对于王焕来说，他已经可以很好地控制自己的情绪了。

白术低声在王焕耳边说道："坚强点，现在不是多愁善感的时候。"

王焕看了白术一眼，叹了口气，说道："我知道了，白哥。"

如果之前的蒋天成是一个阴冷强硬的怪老头的话，现在的他就只是一个疼惜女儿的普通男人。资料上提到，蒋天成中年得女，今年也已经快要五十好几了。

蒋天成的脸上再也看不到之前的狠厉，只有那种面对心爱子女的温柔。他站在床边埋下身子，轻轻地给蒋珊珊理着头发。

这会儿刘燕燕也带着李薇走了进来，李薇安静地看着蒋天成，眼睛里挂着泪。这么多年来，她知道蒋天成只有在面对蒋珊珊的时候，才会流露出温柔的一面。而刘燕燕把头偏向了一边，她是个女孩子，这种场面对她的冲击更大。

整个房间都陷入了安静，再也没有人说话。只是在场的所有人都看着蒋天成在轻轻抚摸着蒋珊珊的脸颊，还把她露在被子外面的手放回被子里。

过了一会儿，蒋天成站了起来，看了看王焕，神色复杂。

他轻声说道："王警官，我现在想谈一谈，可以吗？"

王焕和白术交换了一个眼色，说道："你说吧。"

蒋天成说道："我可以交代我的问题，但是我希望你们能带着我的女儿和我一起去东山，我不能把她一个人留在这里。"

白术挑了挑眉，说道："蒋先生，我想你也明白，我希望你交代的不仅仅是你自己的问题。"

蒋天成沉默了一下，说道："可以。"

王焕闻声，再次拨通了江旭的电话。

江旭的声音有点含糊，应该是在睡梦中被吵醒，说道："什么情况？"

王焕把蒋天成的要求说了出来。

江旭闻言，说道："等我一会儿，看来我不得不把张局吵醒了。"

王焕等人回到客厅坐下，李薇在刘燕燕的监视下又给所有人泡了茶。

没过一会儿，江旭的回话传来，张局同意了。

王焕挂断电话，说道："蒋先生，我们局里已经同意你的要求了。蒋珊珊我们会带着一起离开，甚至在路上我们会允许你沿途一起照顾她。那么现在，我们可以开始了吧？"

此时蒋天成的神情有了些放松，说道："那如果你们允许的话，我想从故事的开始讲起。现在刚刚凌晨，离天亮还早，我想我们有足够的时间。"

王焕站起身子来到窗边，看了看外面的夜色，现在刚刚过午夜十二点，估计，这将是一个无法入睡的夜晚了。

他将本来敞开的窗帘拉上，隔绝了窗户外的黑暗，重新回到座位上坐下，捧起了放在他面前的茶杯，轻轻地抿上了一口。

王焕抬起头，对着蒋天成说道："蒋先生，我想今天我们为了事情的真相，都会有足够的耐心听你把故事讲完。请你开始吧。"

## 第二十三章　　时光流逝

故事开始在一九九二年，那一年离王焕出生还早，江旭刚脱离玩泥巴的年纪，而这一年的蒋天成，二十六岁了。

蒋天成的老家在东山市的一个县城里，父母都是县里国营电子厂的工人，在那个计划经济的年代，这可是实打实的铁饭碗，一家三口不说富有，但是在吃穿上是从来不用发愁的。

蒋天成的父亲是个有想法的人，一直以自己只有小学学历而感到后悔。他把所有的期望都放在蒋天成的身上，总觉得自己的儿子不应该和自己一样，每日站在流水线旁忙忙碌碌，而是应该从小学、初中、高中，一直念到大学。如果顺利的话，研究生也不是不可以。甚至都已经做好了勒紧裤腰带，也要让蒋天成完成学业的准备。

蒋天成自己也是个聪敏好学的人，在父亲的殷切希望和严厉监督下，自然也顺风顺水地从小学念到了初中。然而生活中的意外总是会在不经意间发生，就在蒋天成即将初中毕业之际，他的父亲因为工作的车间发生了机械故障，被卷进了机器，就此丧生。

本来按照父亲之前的意愿，蒋天成应该再继续念书，完成父亲的遗愿。但是这个时候，国营电子厂的处境已经逐渐艰难，加上父亲的突然逝世，只剩母亲一个人的收入，已经无法应付家里的开销。

再加上按照电子厂里的政策，如果蒋天成不进厂顶上他父亲的班，那么这个机会就会让给别人，之后再想进厂，就不是那么容易了。

蒋天成无奈之下，只能放弃了继续念书的想法，进了电子厂顶了父亲的班。但是即使这样，他也没有放松自己，每天有空的时候，都跟着厂里的老工人和技术工人到处转悠，念过书、嘴又甜的他跟着这些人学到了不少实用的知识和技术，再加上手上的功夫也不差，自然赢得了不少人的好感，其中一名钳工甚至都生起了要将蒋天成收为徒弟的想法。

蒋天成也不满足于此，每天下班不像厂里的其他男青年都围着女孩子打转，而是制订计划学习外语。本来就聪明的他，很快也学会了英语、德语以及俄语。

如果生活一直这么继续下去，说不定蒋天成会成为一名优秀的工人。按照他这个聪明、好学、上进的劲头，从电子厂脱离出来走上仕途也未必不可。认真工作，按部就班地结婚生子，奉养母亲，然后在时间的流逝中慢慢老去。

可惜，随着经济的发展，改革开放的提出，全国掀起了下岗的狂潮。

此时的电子厂里连工资都不能按时发放了，原本的铁饭碗也就成了一触即碎的泡沫，蒋天成的母亲率先被下岗，家里的生计也因为时有时无的工资变得越来越难以维持。

因为穷，工厂子弟连养家糊口都难，更不要说恋爱、结婚、生子。

随着工厂的形势变得越来越困难，电子厂被县里当作包袱抛售，蒋天成也在工厂转手之际下岗，成了当时社会上随处可见的大龄待业青年。

没过多久，蒋天成的母亲就因为接连的打击，郁郁而逝。那段时间，蒋天成活得浑浑噩噩，甚至觉得整个世界都对他充满了恶意。失去了工作，失去了家人，他拿着家里剩下的不多的钱如同行尸走肉般活着。直到有一天，蒋天成在电视新闻上看到，经济特区的设立，改革开放的进行。一九九二年，蒋天成揣着最后的几十块钱家底，坐上了开往深城的火车。

王焕三人静静地喝着茶，听着蒋天成回忆以前的故事，都没有催促。这会儿还是深夜，离天亮还早，足够他们听完蒋天成的过往。

蒋天成抿了一口茶，继续说道。

改革开放之际，很多人发了财，但是这些人里面没有蒋天成。那个时候，全国也都掀起了前往沿海淘金的热潮，蒋天成只是这芸芸众生中

## 第二十三章 时光流逝

不起眼的一个。

等他到了深城,他揣着身上剩下不多的钱,只能省吃俭用地到处转悠,寻找机会。蒋天成对自己的认识很清晰,他没有资本、没有背景,有的只是自己学到的知识和技术。因此,他想找的都是技术工作。但是,在那个年代,蒋天成没有资格证书,也没有足够的学历,有需要的连展示的机会都没有给他。

而在那段时间里,蒋天成看到很多人购买股票认购权,有的人倒卖外汇,他自觉十分无奈。在他的眼里,这些人连垃圾都算不上,可是自己又是什么?垃圾中的垃圾?

对于那些人来说,这里只是一个大型游乐场,而对于蒋天成来说,他连这个游乐场的入场券都买不起。

备受打击的蒋天成并没有放弃或自甘堕落,而是努力调整自己的目标。最后,他摸索了一段时间,终于找到一份工厂里的工作,据说老板还是归国华裔。

这是一家名叫"名城药业"的制药厂,所有的生产设备都是从德国进口,但是因为高素质工人的稀缺,当招人的职员听到蒋天成初中学历,还有电子厂的工作经验,二话不说就让蒋天成上了岗。

虽然这里的工作很累,但是这里的待遇很好,不仅包吃住,工资也比之前的电子厂更高。本来他以为自己能在这里安心工作,一步一步地往上爬,只是他也没有想到,机会来得那么快、那么突然。

一天,制药厂里的流水线停摆了,蒋天成混迹在工人堆里,看到那个传说中的年轻海归老板,正对着一个人高马大的德国工程师大发脾气。

原因是德国工程师说,这个机器故障在国内没有办法修理,必须把关键部件运回德国进行维修,一来一去,至少都要半年。而这段时间,工厂没有办法进行任何生产。

但是当时这个老板已经接下了一个大订单,如果不能按时完成生产任务,他将得不到任何利润,更会因为违背合同而赔付大笔的违约金,如果真是这样,可能这个厂都经营不下去了。

蒋天成能够看到老板的怒火在燃烧，他也能看到那个德国工程师脸上扬扬得意的表情。现在的中国在科学技术上处于劣势，只能被这些洋垃圾欺负。

最后那个德国工程师掏出一本全德语的流水线说明书，扬扬得意地表示，如果有人能看懂这个，说不定能修好这个机器。不然的话，就只能听他的摆布，将机器运回德国维修。

听到德国人的翻译将这句话说出来以后，老板绝望地看着自己的工人。他清楚自己手下工人的情况，他不认为在场的工人中有人能做到这一点。

直到，蒋天成推开人群站了出来。

年轻老板看到这个瘦瘦高高、毛遂自荐的年轻人，皱着眉头问道："你会德语？"

蒋天成有点紧张，但还是故作镇定地说道："自学过，会一点。"

老板从那个德国工程师手里抢过说明书，递到蒋天成手里，说道："如果你能把这个机器修好，以后这个厂里，除了我，你说了算。"

蒋天成点点头，找了个位置，开始翻阅起说明书。

其实他刚才说谎了，他不仅会德语，还会英语和俄语，从来没有放弃过学习的他，在电子厂上班的闲暇，就一直在自我充电。

虽然这本说明书涉及很多机械方面的专业词汇，但是蒋天成靠着自己在电子厂跟着老技术工人修理机械的经验，逐渐看了个一知半解。

那名德国工程师一直没有走，他根本不相信这样一个看起来普普通通的工人能够解决这个流水线的问题，哪怕这个问题简单到只需要拧动几颗螺丝，但是也要他能找到这几颗螺丝的位置在哪里。

德国佬突然嘲讽地笑了笑，想道：那个工人只是在装模作样，看他那年轻的样子，估计连德语都不会，更不要说看懂那本说明书了。

这个工厂因为停摆造成的损失与他无关，他只能想到把机器运回德国的高昂维修费用能够给他带来高昂的提成。拿到这笔钱，他又能在这里潇洒好几个月。

## 第二十三章　时光流逝

德国人的翻译也有点高兴，干成了这单活儿，这个德国佬定然不会亏待他的。再说了，这个德国佬去哪里玩不得带着他？语言都不通，他还怎么玩得高兴？

随着时间的慢慢流逝，蒋天成收起说明书，找工厂的技术工人要了一把螺丝刀，在德国人诧异的目光中，绕着生产线走了一圈。

在众人的眼里，他只是简单地看了看，然后用螺丝刀拧动了几个位置的螺丝，接着启动了生产线，然后，他就成功了。

当他把说明书还回老板手里的时候，还是一脸平静，说道："幸不辱命。"

老板笑了笑，瞟了一眼德国佬，问道："你德语口语怎么样，能不能帮我翻译几句话？"

蒋天成也笑了，说道："应该可以。"

于是两个人看着那个德国佬，老板说一句，蒋天成说一句。

"听说史蒂夫先生是贵公司最优秀的工程师之一，不过经过今天的事情，我觉得这可能是个误会。一个普通工人都能解决的简单的小问题，史蒂夫先生居然会提出那么不可思议的建议。鉴于这个情况，我想我会跟贵公司反映，更换一个不那么优秀的工程师，才更符合我们的利益。"

德国佬涨红了脸，在他的认知里，这是他第一次受到如此的羞辱，他一边大声嚷嚷着会让他们后悔，一边离开了工厂。

老板看着蒋天成问道："你叫什么名字？"

蒋天成淡然回答。

老板仔细地打量着他，说道："我叫张铭城，以后你就跟我。只要我有一口饭吃，你绝对不会饿着。"

就这样，蒋天成抓住机会成功上位，成了张铭城的手下。

王焕皱了皱眉头，向白术问道："这个张铭城的名字，怎么似曾相识的感觉。"

白术回答道："张铭城，盛天药业集团创始人，现任董事长及执行总裁张盛的父亲。"

"咝。"王焕倒吸一口凉气,这么多年以前,天成药业和盛天药业集团就已经有联系了吗?

　　蒋天成没有在意王焕等人的表情,继续他的回忆。机会总是留给准备好了的人,这句话是没错的。最开始张铭城以为蒋天成只是会德语,懂机械维修。当他发现蒋天成会多国语言的时候,就对他更加重视了一些。再等他发现蒋天成不仅语言天赋高,而且会为人处世,又极富观察力的时候,他就把蒋天成当成了自己的心腹培养。

　　在改革开放的浪潮里,两个人同心协力,五年的时间,他们把最开始只是小小制药厂的公司做成了一个拥有自主研发能力、渠道铺售能力的知名药企。办公地点也从发展中的深城搬到了具有更多国际机会的东海。

　　张铭城不仅把蒋天成当成了最忠诚的心腹,也把他当成了最好的兄弟,甚至还分了名城药业的股份给他。

　　那一段时间,是两个人的"蜜月期",蒋天成的能力为他带来了可观的财富,为他带来了张铭城的信任,也让他的野心逐渐膨胀。已经三十岁出头的他,想要拥有自己的事业。

　　所以,最后的分道扬镳已经不可阻挡。可是让蒋天成没有想到的是,张铭城早就预料到了这一天的到来。没有想象中的钩心斗角,也没有想象中的兄弟反目。

　　当蒋天成选择对张铭城坦陈自己的想法的时候,张铭城的器量超乎了将大成的想象。

　　张铭城只是笑了笑,对蒋天成说道:"我早就知道你不是池中物,早晚有一天会离开我自己去打天下。但是即使你有这样的能力,你还是没有选择背叛我,这在我看来,比金钱更重要。而我张铭城,永远是你蒋天成的兄弟和靠山。"

　　最后蒋天成只是交还了名城药业的股份,带着张铭城借给他的千万资金,离开了他奋斗过的东海市,回到了北方的东山,开创了天成药业公司,开始为自己而奋斗。

## 第二十三章　时光流逝

这个时候，张铭城也将名城药业更名为盛天集团，开始了进一步的扩张。

凭借着之前积累的人脉，以及张铭城暗地里对他的大力支持，蒋天成迅速在北方打开了市场，站稳了脚跟，也逐渐还清了张铭城的欠款，而且两人的感情依旧如初，直到张铭城的病逝。

张铭城比蒋天成大了十来岁，但是按道理来说，他也不应该如此早亡。张铭城在临走前，告诉了蒋天成真相。

原来张家一直都有家族遗传病史，在到了一定年龄，他们的大脑细胞就会开始急速老化，导致健忘等多种症状，世界上，把这种症状叫作阿尔兹海默病，但是张家的这种病更加致命。张铭城的父亲、祖父都是死于这种病。

然而张铭城因为不甘心，终于在改革开放的前夕毅然决定回国创立药企，就是想通过自己的努力，改变家族的这种命运。

现如今，他已经为自己的子孙打下了基础，剩下的就需要他的后代来努力了。

之后，之前就已经回国、在父亲手下工作的张铭城的次子张盛接手了盛天集团，而蒋天成在回到东山以后，也开始大力研发脑科类的药物。

两个公司虽然明面上没有任何联系，但是私下里一直在互通有无。而张盛因为张铭城和蒋天成良好的关系，也因为蒋天成之前对于盛天集团做出的贡献，私下里一直尊敬地称呼他为叔叔。

张铭城的死同时也给蒋天成提了一个醒，这么多年来，他一直在为自己的事业忙碌，一直忽略了自己还孤身一人的事实。

然而蒋天成是一个骄傲的人，他不允许自己因为孤单而随便找一个女人陪在自己的身边。可是命运的奇妙让他不久之后就遇到了自己后来的妻子李薇。

李薇是京城水木大学医药系的高才生，蒋天成在一次京城招聘的时候见到了她。李薇并不是一个美貌的姑娘，相对于蒋天成曾经接触过的那些女人来说，她也只是中人之资。可是李薇身上的那种自信活力和对于自己专业的认真笃定，让蒋天成在几次接触以后，爱上了这个女人。

蒋天成隐瞒了自己企业家的身份，对李薇展开了热烈的追求。而李薇也被蒋天成的热烈和坚决所打动，没有在意蒋天成表现出来的事业上的不成功，嫁给了他。

当然，在知道蒋天成是隐瞒了身份以后，李薇还是给了蒋天成不少的苦头吃。不过爱情事业家庭都丰收的蒋天成，在那段时间，可谓是春风得意。

就连现在仅仅只是回忆，蒋天成的脸上也开始浮现出幸福的微笑。

两人结婚后不久，李薇就生下了女儿蒋珊珊。那一年，蒋天成已经快要四十岁了。

可是命运再次跟蒋天成开了一个天大的玩笑。蒋珊珊 9 岁的时候，遇到了车祸，当蒋天成赶到医院的时候，医生无奈地告诉他，虽然保住了一条命，但是因为过度的脑损伤，蒋珊珊只能是一个植物人了。

女儿出事之后，蒋天成夫妻计划将部分收入投入了慈善事业。他们将此视作唤醒女儿的精神寄托。

可是命运再次跟蒋天成开了一个天大的玩笑，女儿出事后没多久，李薇因为突发白血病，撒手人寰，将蒋天成父女独留人间。

王焕三人面面相觑，蒋天成的遭遇换成一般人，可能早已经承受不住，不是发疯就是寻死了。

可就在绝望即将吞噬蒋天成的时候，张盛找到了他。

原来盛大集团开发出来一种新药，对于脑损伤以及帕金森有着超乎想象的疗效，这对于蒋天成来说无异于溺水的人抓住了最后一根稻草。

于是蒋天成和张盛商定，由两家公司出资进行共同研发，但是鉴于这种新药致命的副作用，还是决定暗地里进行。

王焕问道："难道之前的保健品诈骗案中涉及的，就是这个新药？"

蒋天成点点头，有点自嘲地说道："这是救我女儿最后的希望，但是我没有想到，张盛比我更加疯狂。"

经过了六年多的研发，新药的药效越来越出众，但是它的副作用也越来越明显。从最开始的脑部缓慢衰竭，到最后稍微使用过量，就会导致立即死亡的脑死亡症状。

蒋天成无奈之下，只能准备叫停新药的研发，但是没有想到，傅青的研究室居然会发生药品失窃事件。

关键是，蒋天成还是从张盛的口里知道这件事的。

原来，张盛也已经开始产生他们家族遗传病的症状，慢慢变得健忘，这一切，让心高气傲的张盛难以接受。对于死亡，张铭城选择坦然面对，而张盛则选择疯狂。

因为新药的副作用一直无法消除甚至减轻，所以药物研发也一直没有进入人体试验阶段。张盛从盛天集团和天成药业分别拿出来一部分药品，并用蒋珊珊为突破点，诱惑蒋天成和他一起进行接下来的计划。

蒋天成诱惑自己的手下孙池把新药拿出去稀释重制，以保健品的形式在东山市部分地区进行售卖。孙池因为不想担责，找到了赵鲲，而赵鲲因为同样的原因，找到了远方的亲戚赵鹏。

他们售卖新药获取利益，而蒋天成和张盛则暗中派人搜集买了药的人使用以后的身体数据，希望对他们接下来的研发起到帮助。

但是他们没有想到，即使稀释了百倍，新药的致死性依然如此要命。在东山市发生命案以后，东山市警方立刻立案调查，而赵鹏也火速落网。

王焕急忙问道："所以你们为了掩盖事实，决定派出杀手杀害所有的知情人，好让你们能够置身事外？"

蒋天成看着王焕，摇了摇头，说道："王警官，说出来你可能不会相信，我从来就没有想过要杀人。可是我当时改换身份来东海陪珊珊，当我知道出事以后，已经来不及了。"

原来张盛早早地就准备了后手，他一直观察着赵鹏等人的行动，等到赵鹏落网以后，他就派出了杀手。

王焕恍然：K，是张盛的人？

蒋天成说道："之后的事情，你们也都知道了，张盛派出的杀手失控，而你们在那之后，也找到了我。"

白术说道:"你有证据证明自己刚才说的话吗?"

蒋天成说道:"自然是有的,张盛疯了都知道给自己留个后手,我当然也不例外。只是相关的证据我都放在一个只有我知道的地方,你们通缉我以后我也没回去过。如果你们想要,我会在我们全家安全回到东山以后交给你们。"

王焕叹了口气。只要蒋天成愿意提供证据,他们就可以开始正大光明地调查盛天集团,他也可以离K的真相更近一步。

这时他看了看在一旁的李薇,问道:"那这个李薇,或者我应该叫她李幼芬,又是怎么回事。"

李薇听到王焕问起自己,茫然地抬起了头,看了看蒋天成的脸色,又埋下头去,这些,还是交给蒋天成去解释吧。

蒋天成叹了口气,把这个李薇的事情讲了出来。

原来,当年蒋天成和张盛敲定了新药研发的事情以后,就开始着手将女儿送到东海进行疗养,并一直在寻找适合来陪护女儿的人选。

可是观察了很多人,都没有让蒋天成感到放心的人。

只是一次偶然间到京城出差,蒋天成发现了那时落魄的李幼芬。

李幼芬是个演员,一个不出名的话剧演员。对于女演员来说,到了三十出头还没有在这个圈子里混出什么名堂,那这辈子也就没有什么奔头了。再加上李幼芬家里本来就不富裕,她在京城这个高消费的地方,一直又没有什么稳定的收入,又不愿意安安生生地找个工作,便逐渐和家里断了联系。

蒋天成看到李幼芬的时候,是在一个话剧社门外,当时求职的李幼芬被工作人员赶了出来。蒋天成遇到这样的情况其实并不怎么在意,人间冷暖,在他年轻的时候就都已经尝过了,但是当他看到李幼芬的脸时,一切都不一样了。

李幼芬居然跟他故去经年的妻子李薇长得有七八分相似!

当时留了个心眼的蒋天成并没有立即和李幼芬接触,而是派人对她进行调查。当他确定李幼芬是个值得信任的人的时候,他才约李幼芬出

## 第二十三章 时光流逝

来见面。

见面的理由很简单,他要给李幼芬提供一份长期工作,还是演员工作,报酬高到让她无法拒绝。

就这样,蒋天成开始了对李幼芬的改造,安排她改名,出国获得外国国籍,然后回来在东海安家,并负责照顾女儿蒋珊珊。

落魄的李幼芬无从拒绝,接受了蒋天成对她的安排。

而蒋天成的本意,只是因为觉得李幼芬长得和李薇相似,想让她以李薇的身份陪在蒋珊珊的身边,说不定奇迹会发生,让蒋珊珊醒过来。

说到这里,蒋天成微不可察地看了李幼芬一眼,对王焕他们说道:"其实她对我做的事并不清楚,她跟我也没有太多的关系,几位警官,可不可以放她一马?"

王焕为难间还没来得及说话,李幼芬抬起头说道:"蒋天成,这个时候你是在关心我吗?"

蒋天成看着她说道:"这个时候,你能不能不要说话。我做了什么事情你一直都不清楚,而且你本来也没有做什么害人的事情,你现在的身份、财产,都是合法的。这些年你为珊珊做的事情我都看在眼里,我不能拉着你一起死。"

李幼芬激动地站了起来,说道:"这些年,我对珊珊怎么样,你不知道吗?我早就把珊珊当成我自己的女儿,难道你就不明白我的心意吗?"

蒋天成讪讪地没有说话。王焕看他的样子,对李幼芬也不是毫无情义,至少在这个时候他还想给李幼芬开脱,就说明他也绝不是一个绝情绝义的人。

只是这样的话,王焕三人就有点尴尬了。从事实上讲,李幼芬确实是犯了包庇罪无疑了,但是她本身又没有做什么伤天害理的事情,再加上对蒋天成的情义和对蒋珊珊的用心,王焕实在不想给李幼芬什么难堪。

只是王焕想到自己的身份,还是对蒋天成说道:"蒋先生,这一点,我实在不能做主。李幼芬有没有罪,法院说了算,只是我们现在不能让

221

她就这么离开。"

蒋天成听到，也没有再勉强，说道："我也明白，还是感谢王警官了。"

王焕花了点时间，把刚才蒋天成说的事情简要汇总了一下，编成了信息发给了江旭。江旭此时估计已经没有了困意，直接打了电话过来，说道："等天一亮，张局就会联系东海方面，让白术和刘燕燕押送蒋天成、李薇回东山，也会安排医护人员把蒋珊珊也送回来。王焕，现在你先回去，既然已经有了盛天集团的线索，我们还需要你在东海继续进行调查。"

等江旭交代完，王焕挂断了电话，就对白术和刘燕燕说道："白哥、燕燕姐，我还有任务，就不在这里多待了。蒋天成他们就拜托你们了。"

白术点点头，刘燕燕则大气地挥手说道："放心吧，挨过这晚，明天我们就能回东山，倒是还要辛苦你在东海这边了。"

王焕笑了笑，就要离开，这时蒋天成开口说道："王警官，如果我没有猜错的话，你们接下来会开始调查盛天集团。我给你一个忠告，哪怕张盛变得很疯狂，他也不是一个能够轻易应付的对手，你多注意了。"

王焕看着蒋天成点点头，表示自己知道了。

他现在要回去好好睡一觉，养足精神，接下来，还有战斗。

## 第二十四章　　烈日危局

刘燕燕把王焕送出了门，叮嘱王焕好好休息，让他心里不由得一暖。他心想，她如果不是太暴力的话，也能算是东山市刑警队里一道靓丽的风景线了。

刘燕燕比王焕早两年入队，正如前文所说，刚进队的时候想要秒天秒地秒空气，结果被白术强力镇压，在队里也就不敢造次了。但是如果有犯人想要反抗，觉得刘燕燕是软柿子的话，那肯定会感受到来自刘燕燕"深沉的爱"。

在王焕刚入队的时候，刘燕燕也不是不想和王焕过过手，当时办公室里的白术只是悠悠地说了一句话，就让刘燕燕偃旗息鼓。白术说的是："王焕大学自由搏击全校第一，打架没输过。"

刘燕燕暴力归暴力，但是也不是脑子里只长肌肉的，相反，她身上那股女孩子特有的细腻从未消失。

很多时候，男同事们发现不了的蛛丝马迹，刘燕燕反倒是能够很快地查漏补缺，再加上她的暴力基因再也不朝自己人挥洒，在队里的人缘还是很不错的。

除了不想再找个当警察的男朋友的执念，让警队里的单身狗们伤透了心，其他的也没有什么可挑剔的。

另外令所有人吃惊的是，刘燕燕有一手好厨艺。每次她休息的时候，都会带上些自己做的菜到队里来和所有同事分享，让队里的大肚罗汉们都交口称赞。

回去让师父组织个相亲会，解决一下队里的单身问题吧。王焕如是想着，和刘燕燕道了别。

王焕开着租来的小车离开了观海小区。蒋天成的落网让他松了一口气。只要白术和刘燕燕把他们带回东山，蒋天成就会交给他们之前他藏起来的证据。只要证据一到手，接下来，王焕就可以光明正大地开始调查盛天集团。

想到蒋天成最后对他说的话，王焕还是隐隐有些担心。张盛的资料他也不是没有看过，对于这样一个从年轻的时候就开始执掌盛天集团这样大型企业的强人，王焕也不是没有忌惮。从之前的情况分析，蒋天成是一个极度骄傲、强势的人。多年来的成功经历让他对于自己的眼光和能力都极为自信。

可就算蒋天成这样的人，可以说都是被张盛推到了前台，可见张盛也绝对不是什么省油的灯。不过蒋天成说张盛已经濒临疯狂，这对于王焕来说，反倒是个好消息。越是疯狂的人，就越是会留下更多的破绽。

想到这个案子终于要结束了，王焕居然觉得有点泪目的感觉。

从刚毕业到东山市刑警队实习就遇到这个案子，之后就一直围着它打转，从盛夏到入秋。眼看着迷雾渐散，王焕激动得不能自已。

然而王焕并不知道，今夜注定不会平静。

警笛长鸣，两辆警车组成的车队沿着道路疾驰。刘山山和刘晨两个人坐在第一辆车的后排上，前面副驾坐着严闯，而陆明正专心致志地开着车。

晚上刘山山正在等待王焕回来的时候，突然收到刘晨发来的短信。原来是陆队紧急通知他们在警局集合，要出一个紧急任务。

刘山山看着窗外漆黑的夜色，心里有点不安。之前收到王焕的信息，说蒋天成已经落网，刘山山本来也松了一口气，这样他们来东海的任务就至少完成了一半。而后又有些兴奋，只要蒋天成坦白，这下他们就有理由开始对盛天集团展开调查，而王焕，就不用再装成什么都干不了的菜鸟小透明了。

## 第二十四章　烈日危局

说实话，当之前刘山山知道王焕就是那个在天成药业大楼顶上和杀手展开殊死搏斗的警察时，他满心都是佩服。而当看到伤痕累累，就连肋骨都骨折了的王焕被担架抬下来的时候，刘山山就有了一些不安和愧疚。

刘山山今年二十六岁，足足比王焕大了三岁。在他朴素的意识里，从年龄上来讲，王焕绝对是他需要保护的弟弟。但是，当时作为拆弹专家的他，不能及时拆除炸弹，反而需要王焕和凶手纠缠，为他们赢取了一线生机。

所以，在事后，刘山山就主动申请调到刑警队。他想了解王焕，也想了解当时和他站在一起的江旭，更想和这样的人在一起工作。

在知道江旭安排他和王焕来东海，并且要为王焕当挡箭牌、让王焕可以在私底下进行调查的时候，刘山山兴奋的心情没有人能够理解。这次，终于轮到他来保护王焕了。

只是来到东海以后，王焕被东海市刑警队的同事各种看不起和轻视，虽然是因为他们的任务所需，但是刘山山的心里还是多有不快。

王焕是谁？是在那个随时会被炸弹炸成废墟的大楼顶上，和凶手搏斗的警察，那个刑警！你们知道他有多勇敢吗？你们知道他受了多少伤吗？你们知道他断了多少根骨头吗？你们都不知道！

刘山山想把这一切都吼出来，可是他不能。所以，王焕憋着一口气，他刘山山同样也憋着一口气。

当知道王焕和白术、刘燕燕他们已经成功逮捕蒋天成的时候，刘山山终于放下心来。但是这次紧急任务，让刘山山不由得和王焕那边的事联系在一起，莫非是情况有了什么变化？

他看着旁边的刘晨，小声地问道："这个任务到底是什么状况？我们什么都不知道，就这么拉着人过去，莫非是什么大案子？"

刘晨同样小声地回答道："你才来，不了解我们陆队的作风，像这样的紧急任务，都是陆队点了名，到了任务地点的时候才会告诉我们大概情况。等任务结束以后，我们才会知道详情。你就放心吧，不会有什么事，一会儿听指挥就行了。"

刘晨的话并没有让刘山山放下心里的疑惑，大概开了一个多小时的车，陆明通过对讲机，指挥后面的车辆关掉警笛。

没多久，他们到达了一个小区门口。门口的保安看到是两辆警车，根本就不敢阻拦，马上抬杆放两辆车进去，嘴里还嘀咕着："之前就来了一批警察，现在又来一批。这里到底发生了什么事？算了算了，事不关己，高高挂起。"

没多久，两辆警车停到一栋别墅附近，所有人下了车。

陆明看着眼前的众人，小声说道："今晚接到紧急报警，现在嫌犯逃窜到这里，我们的任务是执行抓捕。根据情报，对方没有火力，但是我们也不能放松警惕，所有人检查佩枪，跟我走。"

所有人迅速检查了自己的装备，跟着陆明轻轻地走到那栋房子外面。屋子里还亮着灯，只不过窗帘拉了下来，看不清楚里面的情况。陆明做了几个战术手势，其他人就分散开将这里包围了起来。

陆明带着严闯和刘晨走到房子正门处，刘山山没有得到指示，就跟在严闯后面。陆明拔出手枪，对刘晨示意了一下。

刘晨伸出三根手指，又一根根收回。

刘晨率先破门而入，陆明紧跟其后，严闯和刘山山也持枪跟在后面。

陆明快速抢先了刘晨一个身位，一马当先朝亮着灯的客厅走去。只见客厅里本来坐着的两男两女也站了起来，其中一男一女反应迅速地掏出枪，将另外两人挡在身后。

陆明大声吼道："警察，我们是警察。你们放下武器，立刻投降，你们已经被包围了。"

对面的男人明显愣了一下，没有放下枪，迅速问道："我们也是警察！执行任务中，放下你们的武器，证明你的身份！"

陆明气笑了，吼道："证明你们的身份！不然的话我就开枪了！"

对面的男人接着说道："不要开枪，我是东山市刑警队副队长白术！说明你们的身份！"

这时刘山山从后面走了出来，看到面前的人，惊讶道："白哥、燕子姐？"

对面的刘燕燕也惊讶地问道："山山，你怎么在这里？"

刘山山迅速收起了枪，对陆明说道："陆队，别开枪，这是我们东山的同事。"

陆明脸色铁青地把枪收了起来，没有说话。

这时白术也放下了枪，脸色不好看地说道："原来是东海的陆明陆队长。"

这时严闯站了出来，虽然脸上还是一如既往地挂着笑，说话的语气却带着寒意。

严闯说道："大水冲了龙王庙，一家人不识一家人了啊。不过你们谁来解释一下这到底是什么情况？"

刘山山站在两拨人中间，对陆明和严闯说道："这位是我们东山市刑警队的副队长白术，另外一位也是我们的同事刘燕燕。"

白术已经收起了枪，走上前来说道："你应该就是东海刑警队的严闯吧，我是白术，幸会。"

陆明是个不喜欢说话的，而白术又是东山的副队，这个时候自然是严闯这个东海的副队最适合出来对话。

严闯问道："那还请白队说明一下，你们过来是干什么的？如果是行动的话，为什么我们东海刑警队没有得到任何通知？"

白术一板一眼说道："执行任务，抓捕嫌疑人蒋天成。因为是秘密执行，所以没有事先通知。根据任务安排，你们会在天亮以后得到通知。"

严闯不买账，说道："逮捕令呢？其他的书面文件呢？这是你们东山的任务，但是在我们东海的地头上。你们东山的做事连纪律和规矩都不要了吗？"

白术的脸色已经有点难看了，这事儿确实是他们理亏。毕竟未获批准的跨省执法是大忌。

刘山山站在中间非常尴尬，还好白术察觉到了，对他说道："山山，你先到旁边去,这边我来说。"说罢,白术又看向严闯,指着蒋天成说道:"他是我们东山一个大案的重要嫌疑人,潜逃到这里。我们好不容易找到他的所在实施了抓捕,还请贵方见谅一下,我们天一亮就走。"

这时陆明抬手指着蒋天成说了一句:"他也是我们的嫌疑人。"

白术眉头一跳,这个事情复杂了,他说道:"不好意思,我给我们队长打个电话。"

注定今夜无眠的江旭电话一接通就问道:"老白,你这里又是什么情况?"

白术说道:"江队,情况有变。"说着,就把现在的情况一五一十地跟江旭说明了。

江旭想了想说道:"把电话给陆明,我直接和他沟通。"

白术闻言,便把手机递向陆明,说道:"陆队,不好意思,我们江队想和你沟通一下。"

这时白术明显看到陆明迟疑了一下,才接过他手中的手机。他看过东海的资料,自然也知道陆明是个和江旭一样的强人,只是也不至于不敢接江旭的电话吧。知道事情真相的严闯倒是很想为陆明代劳,不过他知道自己在江旭那里说不上话,只能作罢。

陆明接过手机,沉声说道:"喂,我是陆明。"

江旭说道:"陆队,好久不见啊。我是江旭,有没有想我啊?不过这里有正事,咱们就先不叙旧了。我就长话短说,这次任务是涉及我们东山一个大案,由省厅牵头组织,去东海实施的抓捕。出于保密原因,按照计划,是在抓捕成功以后,再告知你们这件事情。老陆,不是我们故意要破坏规矩,只是任务所需,还请见谅。"

陆明听着江旭的话,过了一会儿才开口说道:"江队,事情我知道了。不过,现在蒋天成也是我们东海一件大案的主要嫌疑人了。今天,蒋天成我们必须要带走。"

江旭却连忙说道:"欸。老陆,不要这么翻脸无情嘛,我们那么多年交……"

## 第二十四章　烈日危局

陆明没有给江旭继续说话的机会，就挂断了电话，还给了白术。

接着，他说道："大家都是同事，我也不为难你们。只是你们有你们的任务，我也有我的职责。今天蒋天成我一定会带走，你们想要人，可以，让你们上面的过来说话。"

说完，陆明大手一挥，说道："抓人。"

严闯直接就要过去拿住蒋天成，而蒋天成不敢有任何反抗，他只是知道，自己这次可能是真的栽了。

白术也没有阻止他们，只是看着陆明问道："陆队，一定要这样吗？"

陆明脸上看不出任何表情，说道："同样的话我不会说第二遍，你们过来做客，我欢迎。但是，不要在我的地头上搞事。"

白术无奈地摇摇头，拉着气愤的刘燕燕退到了一边。

刘山山摸着自己的脑袋，叹了口气，站到了白术的旁边，不管怎么说，他都是东山刑警队的人，这个时候要搞清楚自己的立场。

蒋天成被戴上了手铐，只是说道："我女儿还在上面，你们不能就这样把她留在这里。"

严闯看了看在一边没人搭理的李薇，说道："这里不是还有人吗？你放心吧，一会儿就会有医院的人过来把你女儿接走。"

蒋天成看了白术他们一眼，又看了看陆明等人，心下已经了然，安安静静地被带了出去。

陆明看了一眼刘山山，问道："你回不回去？"

刘山山苦笑，说道："陆队，我是东山的人。"

陆明没有多说什么，刘山山只是做了一个正确的选择，他毕竟是东山的刑警，陆明也不怪他，毕竟是他的话，也会这么做。

陆明冲刘山山点点头，走了出去。

白术无力地坐回到沙发上，说道："好吧，这下白忙活一场。要是王焕知道刚才发生的事，可能会当场爆炸吧。你说江队刚才在电话里跟陆明说了些什么？陆队虽然面无表情，但是我明显感觉他也是当场就要爆炸了。"

刘燕燕气鼓鼓地说道："不用他，我现在也马上要炸了！这个陆明是怎么回事？还有蒋天成怎么又和东海的什么案子扯上关系了？"

刘山山叹了口气，说道："现在谁知道呢，我们只能等江队的消息了。估计他现在已经把张局都吵醒了。我们现在的问题是，谁去通知王焕？反正我不去。"

说完，三人互相看看，异口同声地说道："你去跟王焕说。"

三人没有想到的是，王焕还是从江旭的嘴里听到了这件事。他刚回到宿舍没多久，正准备好好睡一觉，江旭的电话就到了。

江旭说道："王焕，事情出变故了。陆明带队出紧急任务，结果找到了观海小区那里。因为我们暂时不占理，蒋天成又和东海的案子扯上了关系，他们已经把蒋天成带走了。"

王焕感觉自己脑子都要短路了，问道："这怎么可能？先不说蒋天成和东海什么案子扯上关系，陆队他们怎么知道蒋天成在哪里？我们今天才找到蒋天成的线索，陆队他们就上门去抓人，太巧了吧？"

江旭说道："动动你的脑子想一想，蒋天成肯定是被人给卖了！我现在已经通知了张局，他现在也在和省厅的领导联系，看看我们是不是还有可能把蒋天成带回东山。明天白术他们会先去东海刑警队等交涉结果，你不要忘了你的任务，先不要跳出来，看一下东海那边的水到底有多深。"

王焕强迫自己冷静下来，说道："师父，我知道了。"

挂断电话，王焕看了看时间，已经是凌晨。他躺回床上，努力让自己入眠。不管天亮之后会发生什么样的事，他都要给自己留足精力。

天亮之后，王焕来到警局，发现白术、刘燕燕和刘山山都已经等在了那里，看上去都是一夜没睡的样子。

王焕装作怯懦的样子，上前去打招呼，说道："白哥、燕燕姐，你们怎么在这里？"

说话的时候，王焕给白术递了个眼色。白术微不可察地摇了摇头，装作不耐烦的样子朝王焕摆了摆手，让他快滚。

## 第二十四章 烈日危局

王焕心中明了，交涉估计还没有个结果，便回到自己的座位上装作处理文件的样子和他们一起等候。东海刑警队的其他人看在眼里，又在心里给王焕打了一个叉，原来这小子在东山市也不怎么招人待见。

过了一会儿，陆明带着严闯走了进来，看到坐在那里等候的白术三人，明显有些无奈，江旭的手下都跟他一样，是属牛皮糖的吗？

严闯走上前去，对白术他们说道："经过一晚上的审讯，蒋天成对他的犯罪事实供认不讳，诸位，你们不用等了，蒋天成你们是带不走的。"

白术拉住了想要跳起来的刘燕燕，站了起来问道："那至少告诉我们，蒋天成在你们东海犯了什么事吧。"

严闯说道："这个属于我们东海的案件，不方便向不相关的人员透露。"

白术觉得以自己一直以来的好脾气，现在都有点要控制不住了。这时电话铃声响起，却是江旭打过来的。

江旭对白术说道："老白，你和刘燕燕先回来吧，这次是我们输了。"

江旭的声音非常疲惫，也没有再说什么，直接挂断了电话。

白术压抑住自己的怒火，对严闯说道："这次承蒙照顾了，下次见面再多多指教。"

说完朝王焕的位置看了一眼，就带着刘燕燕朝外走去，刘山山紧跟其后，王焕也连忙起身跟着出去。不管怎么说他也是东山的人，前辈们要走，他肯定是要去送送的，不然史会惹人怀疑。

等走到警局大门外，白术已经逐渐冷静下来，他对送出来的刘山山和王焕小声说道："刚才江队说让我们先回去，这次是我们输了。虽然现在我们还不知道到底发生了什么，但是我们也不能放弃。你们还需要继续留在这里。"

王焕轻声说道："这边我会继续调查的，这件事从里子里就透着古怪，我这边一会儿也和师父联系一下，看他知不知道现在到底是什么状况。"

白术点点头，又对刘山山说道："山山，还是要麻烦你，继续给王焕打好掩护，也要修复一下和东海这些人的关系。昨天你选择站我们，多多少少会给他们心里留下疙瘩。"

刘山山笑着说道："白哥，我懂的。其实我昨天站在你们旁边，他们最多有点小情绪。要是我不这么做，他们就会看不起我。"

白术说道："你明白就好，现在我就和燕燕先回去了，这边就麻烦你们了。"

刘燕燕也分别拍了拍王焕和刘山山的肩膀，低声说道："找到机会帮我揍那个陆明和严闯一顿，看着他们我真是太烦了。"

王焕和刘山山应承下来，不过心里想的都是：那也得有机会啊。你能有机会干江旭一拳？先不说有没有机会，你也得敢啊。

等到白术和刘燕燕一走，两人就回了办公室，王焕继续回到他的办公位，不过线索已经断了，他现在得等着消息看蒋天成目前到底是什么情况。刘山山想去找严闯，不过现在刑警队的主要人员都在开会，而且拒绝刘山山的参加。

说到底，刘山山毕竟也是东山的人，而这次正是东山和东海结下了梁子。你说要是刘山山得到消息给东山汇报吧，人做的没错，位置摆得正，可是大家心里硌硬。你说要是人全心全意给东海干活吧，连自己哪国的都不知道？那人品有问题，大家心里也硌硬。为了避免这种不愉快，就还是让刘山山坐几天冷板凳吧。

刘山山只能在办公室找人聊天熬着了，这时王焕却等到了江旭的电话。

江旭说道："我们被人抢了先了。"

王焕疑惑地问道："现在到底是什么情况？蒋天成是怎么和东海这边的案子扯上关系的？"

江旭愤愤地说道："东海这帮人太会捂盖子了。昨天盛天集团法务部报警，说蒋天成偷取了盛天集团已经废弃的研发中新药的样品，并交由他人贩卖。也就是说，东海之前也出现了保健品诈骗案，但是因为死亡人数不多，他们发现得早，这件事没有在社会上引起太大波澜，他们一直在秘密调查，只是没有找到太多的线索。这次盛天集团报案，提供的证据直指蒋天成，同时还有蒋天成通过境外公司向国外暗网汇款雇佣杀手的记录。盛天集团现在想把东山连环杀人案的锅完全扣在蒋天成的头上。"

王焕吸了一口凉气，说道："也就是说，盛天想把蒋天成扔出来当靶子，自己完全脱身？而且这是从一开始就策划好的？"

江旭叹了口气，说道："现在看来是这样，虽然还没和盛天集团直接接触，但是如果蒋天成昨天告诉你们的事情都是真的，他们的掌门人确实是脸厚心黑啊。"

王焕则问道："师父，那我们现在能做什么？"

江旭说道："目前没有其他办法了，你和山山在那边千万不要暴露自己，先看看事情现在到底是怎么发展的，我们再看看能做什么。不过做好心理准备，现在张局正在办公室拍桌子呢，好像东海那边要求把蒋天成有关的案子都放在那边处理，再加上我们昨天过去抓人确实有点不合规矩，省厅的领导有点扛不住压力了。"

王焕无奈道："那我们只能静看事态发展了。不过，师父你怎么得到这些情报的？"

江旭干咳了两下，说道："这你就不要管了，你师父我纵横江湖多年，总会有那么几个朋友的。先挂了！"

和江旭通完电话，王焕突然有点明白为什么江旭那么喜欢抽烟了，有的时候这种压力总要有途径排解。不过江旭说到自己还有那么几个朋友，王焕却觉得有些奇怪。从来没听说过江旭还有朋友，能当江旭朋友的人，心得有多大啊。

而另外一边一个没人的房间里，陆明拿着电话控制着自己的情绪，刚才差点没忍住把电话砸了。旁边的严闯赔着笑脸连忙安慰道："别气别气，都是为了工作。再说江旭什么人什么性子你不知道？你们认识这么多年了，这么久不见面，别说碰面了，打个电话都炸。"

陆明呼出一口气，说道："老严你知道的，江旭这王八蛋，说话太贱了！"

严闯拍拍陆明的背。他年龄比陆明大，也是看着陆明从小警察一路闯过来的，因此这个动作也不算过分。

严闯说道："是，江旭这人就是二皮脸，不过你昨天当着他手下面不给他面子，他话都没说完就把他电话挂了，他肯定得在你这儿找补找补。"

陆明憋着气，瓮声瓮气地说道："他有手下我没手下？他要面子我就不要了？当着我手下的面我把人给他们，别人怎么看我们东海？怎么看我？"

严闯一直笑着的脸上都有了些苦意，说道："行了行了，不说江旭了。现在蒋天成在我们这儿，他说的那些事情，把我们所有人的计划都打乱了，现在我们怎么办？"

陆明站了起来，平复了情绪，说道："接着审吧，看蒋天成的样子，怕是要接着演了。那个律师是谁给他找来的？"

严闯说道："还能有谁，盛天集团给他找来的！这真是有意思，一方面报警抓他，一方面又给他派律师。"

陆明问道："现在谁在审讯室里？"

严闯说道："就刘晨。"接着意味深长地补了一句，"陆队，这不太好吧？"

陆明冷笑了一下，说道："是人是鬼，不试一下怎么知道呢？"

另外一边，江旭挂断了和王焕的电话，坐在张为民的办公室里，两个人都有些发愁，手里的烟就没有断过。

张为民抽了一口，叹了口气问道："老江，现在得想个办法了，蒋天成现在落在陆明他们的手里，不知道又会怎么说。"

江旭脸上的神情阴晴不定，说道："陆明和老严都是信得过的人，王焕和刘山山过去之前我就和他们打了招呼了。谁知道盛天集团这么阴，卡在那个节点报警，陆明是不去也不行。而且他怀疑他们警队里有内鬼，所以更不能通知我，只能和白术他们碰了个正面。"

张为民掐灭了烟头，又续了一根，说道:"现在王焕他们还是不能暴露，我们也只能静观其变了。希望蒋天成能把他对王焕他们说的，也原样在东海说出来。"

江旭摇摇头，说道："难了。东海是盛天集团的地盘，明里暗里，利益关系盘根错节。现在陆明能把刚才的消息告诉我，已经让我欠他人情了。就我跟陆明的关系，这个人情不好还了。"

张为民哼了一声，说道："我就搞不懂你们两个。当年都是战友，后来又都干了刑侦口，互相又没什么仇，联手破过的案子也不少，怎么你们两个待一块儿就针尖对麦芒的，要没人拦着都能打起来！"

江旭突然笑了一下，说道："你不觉得陆明那么大个儿、又总是一本正经的样子逗起来很好玩吗？"

张为民一下哽住，无可奈何地指着江旭点了点。

现在东山警队方面心里都已经明了，这一切应该都是盛天集团在背后操纵，可是蒋天成在东海被捕，还不知道会在东海做怎样的口供。他们手里没有直接证据，对盛天集团无可奈何。

江旭和张为民等着最新的消息，而王焕看着天，想着：盛天集团，这次你又会怎么出招？

*（欲知后事如何，敬请关注《铁血盾牌2：热血铸就》）*